印星林 —— 著

印星林

[电影剧本集]

中国文联出版社

图书在版编目（CIP）数据

印星林电影剧本集 ／ 印星林著．－－北京：中国文
联出版社，2025.1．－－（印星林作品集）．－－ISBN 978－
7－5190－5742－8

Ⅰ．I235.1

中国国家版本馆 CIP 数据核字第 2024XM6412 号

著　　者　印星林
责任编辑　李　民　周　欣
责任校对　秀　点
装帧设计　小宝书装

出版发行　中国文联出版社
地　　址　北京市朝阳区农展馆南里 10 号　　　　　邮编　100125
电　　话　010－85923025（发行部）　　　　　85923091（总编室）
经　　销　全国新华书店等
印　　刷　三河市华东印刷有限公司

开　　本　710 毫米×1000 毫米　　　1/16
印　　张　19.5
字　　数　259 千字
版　　次　2025 年 1 月第 1 版第 1 次印刷
定　　价　89.00 元

序

　　大概半年前星林给我发了他的《印星林文集》电子稿，嘱我作序，我满怀期待地打开文件，不禁为之愕然——内含电影文学作品集五部：《绝地战将》《垛上花》《国宝追踪》《桃花运行动》以及《武松降虎》；电视剧剧本集：《不负青春不负卿》；更有纪实文学：《光影追梦》；小说：《碧凌剑》《啸长风》与《乱世八艳》。整部文集洋洋洒洒一百六十多万字，涵盖了小说、电影文学剧本、电视文学剧本等多种体裁，琳琅满目，令人一时不知从何读起。

　　坦率讲，当时的我并未将此全然放在心上，除了因为自己琐事缠身，难以静下心来品味如此浩瀚的书籍，还因为我一向都认为作序是名人名家的事，是锦上添花的事情。我非名人名家，况且才疏学浅；即使添花之心有余也力不足以添花，更妄论有花可添。几番推辞未果，问及缘由，他只说："你懂我。"

　　我与星林可谓亦师亦友，20世纪90年代初，星林考入南京大学中文系作家班，我做过一段时间他们班的班主任，所以一直以来他对我都持弟子之礼，总是称呼我为"张老师"，我也习惯应答，毕竟我的职业就是教师。就这样，一段长达三十年的交往，由此拉开了序幕。

　　星林出身于书香门第，我第一次到他老家时，见到了他九十多岁的老祖母，老人家随口便能吟咏诗词歌赋。这让我对星林拥有如此深厚的文学功底不再感到惊奇。看着他家那百年沧桑的老屋，尽管破落，但仍能从细节处窥见当年的荣华。我戏谑他是个破落户，他笑称自己是最后一个少爷。住在那锈迹斑斑的老屋里，喝着他自家酿的小麦酒，吃着新鲜的蔬菜，啃着刚会打鸣的小公鸡，听老祖母讲述家族往事，真是别有一番滋味。所以当我读星林的小说时，对很多场景都历历在目。往事已矣，如今老祖母不在了，老屋也拆掉盖了三层小楼。星林在写另一部《流连红尘》，是不是对老屋、对老祖母乃至整个家族的怀念，我不得而知。

星林是有少爷的命，却没有少爷的运。他出生时正赶上"文化大革命"，他父亲是小学校长，在"文革"中去逝。孤儿寡母，世态炎凉，生活之艰辛可想而知。上小学三年级的星林，也许实在是饿极了，跟几个同龄小孩去偷集体土地上的玉米。当别的小孩带着"战利品"回家时，家长直夸儿子有本事，而星林带着偷来的玉米回家时，却被一字不识的母亲罚跪在父亲的遗像前，母亲手持藤条，边抽边流泪：我不指望你成才，只希望你成人，不要让人戳着脊梁骨，骂这孩子没有人教养。

星林由于严重偏科，高考毫无悬念地名落孙山，在那个年代作为一个农村青年，何谈出路，更别说前途。他在老家的那四年里当过代课老师，干过翻砂工、搬运工、电焊工。那期间，他不乏漂泊流浪的经历，为了糊口，他还做过秘书、通信员等工作，凡是能维持生计，他都勇于尝试。如果你看过小说《平凡的世界》，主人翁孙少平就是星林的写照。为什么说命运掌握在有准备的人手里？星林在任何艰难困苦的情况下，手里始终有本书，这个习惯一直延续到现在。在那四年里，星林完成了中文大专自学考试，自学日语四级，发表了小说、报告文学、新闻等二十多万字，这背后蕴含的不懈努力与坚韧毅力，令人赞叹不已！

后来，真是一个偶然的机会，泰兴党史办派星林去采写曾经在泰兴战斗过的革命老同志的英雄事迹，其中就有南京电影制片厂老厂长张佩生，他看了星林为其撰写的文章后，慧眼独具，决定招星林作为厂里的临时工。于是星林从泰兴来到了南京，他的命运之门从此打开。尽管住在厂里的楼梯间，星林却拥有了一个宝库——海量专业书籍任他阅读，众多可望而不可即的编剧、导演等艺术家近在眼前，可以随时请教。他求知若渴，沉浸在不懈的学习与创作中，这两年临时工的生涯为他以后的成就奠定了坚实的基础。

果然，星林写的第一部电影《天地良心》就获得了国家"五个一工程"奖，后来又写了《无雪的冬天》《又见阳光》《同学》等十几部电影和电视剧，都或多或少产生了不俗的影响。正当厂里要正式收编他的时候，他却下海经商了。这不奇怪，当市场经济的大潮袭来，有多少国人能扛得住日进斗金的诱惑，把守着半死不活的文学？但是星林的一句话让我无言以对：当文学成为经济的工具的时候，不知道是文学的悲哀还是文人的悲哀？

读书时他不是班里最优秀的学生，还在外面开着一家广告公司，生意上倒是红红火火，后来还在南京大学中文系捐资设立了奖教金，以示对老师的敬重和感恩。但我总觉得凭他的天资聪慧，对文学勤奋吃苦的精神，经商可惜了。我劝过他几次，但他固执己见，那份少爷脾气一点没变。

从作家班毕业后，星林并没有沿着文学创作的道路走下去，而是继续他的经商生涯。后来，据我所知，伴随着中国经济发展的潮起潮落，转型升级，他的生意也是起起伏伏，几经挫折。后来，他终于放弃了纯粹的生意，不再办公司、开工厂，而是跑到北京跟文化打交道去了。其实他是公司破产避债而去的，听说当时他背负了沉重的债务负担，最终通过从事枪手写作，才还清了一百多万元的债务。

星林在北京的时候，我刚好去北京讲课，我们有过一次深谈。我听江小渔（我的另一个引以为豪的学生，著名音乐人，春节联欢晚会的总策划）讲，他在北京文艺圈很吃得开。我问星林是什么感觉？他哂然一笑，调侃道：什么叫吃得开？人模狗样，醉生梦死。我很惊讶他为什么会有这种感觉，就问他来北京是不是后悔了？他深深地叹息道：这倒没有，来北京就像人生打开了一扇窗，人生本来就是过程而不是结果。不过，我以为北京是中国文化的高地，其实不然，这里什么都有，却没有文化。

再后来，星林又回到南京，做起了电影，成了江苏星瑞影业公司的老总，并且做得风生水起，成为江苏省内屈指可数的民营电影公司，拍了好多部电影。我在央视电影频道上看到他们公司出品的《良心作证》《永贻芬芳》《步步惊心》《黑白道》《爱你烦不了》《垛上花》等二十几部电影，他不是编剧就是导演或是制片人。他们公司出品的电影，让我看到了星林这些年在文学创作包括电影创作方面实实在在的成绩和进步。我确信如此评说他应该是一点不为过的。

及至我静下心来认真读了星林的这几部长篇小说、电影、电视剧剧本的创作，我才深信，这些年来他一直在努力，在积累，在等待着创作上的厚积薄发。艺术作品向来仁者见仁、智者见智，但从中还是可以窥见作者的思想和境界。从作品中可以看出星林对社会、历史、文化、人生都有他独到的见解和评判。他是个思想者，同时也是个浪漫主义者，他的痛苦在于思想很浪漫现实很骨感。他无法把握这个世界的时候，选择冷眼观世态，归隐待人生。从这么多年他走过的路可以看出，星林是个孤独的堂吉诃德式文化人，但他从来不承认自己是个文化人。

当然，如果我把自己当作星林的老师，"教不严，师之惰"，还是可以对他的这几部作品创作提出一些更严格、更高的要求。例如，有些作品的叙述显得过于匆忙，影响了对人物性格的深度刻画；有些故事因为社会历史背景的复杂而采取了躲闪和回避的方式，影响了作品主题的深化与升华，等等。我语重心长地告诫他：要创作出脍炙人口、流传于世的艺术佳作，你面临的挑战还很多，道路还很长。

星林却笑笑：我就是个文学票友，张老师别对我要求那么高好不好，以后恐怕再也没有时间进行创作了。原来他又在忙着开发健康 AI 管家平台，对中老年健康做到预测、预防、预警，推广到全国，将惠及千家万户。我虽有些无奈，但对他的健康 Al 管家平台还是满怀期待！

星林就是个天马行空、我行我素、没落无为的少爷。

是为序。

张建勤

2023 年 5 月 6 日于紫金山北麓寓所

（作者为南京大学金陵学院艺术学院院长、书记）

●●●●●● 目录

垛上花

1. 双虹湖　外　日

湖面上雾气缭绕。

微风吹开雾气，一艘小船驶入镜头。

叶梦虹站在船头，平静地望着前方。

安子鸣拿着相机，对着眼前的美景不时按下快门。

水鸟飞过湖面……野鸭在杂草间觅食……

湖边垛田盛开着金黄色的油菜花随风摇曳。

2. 垛田　外　日

叶梦虹和安子鸣的船开过来。

叶梦虹指着前面的垛田：看，这就是垛田。

安子鸣看着垛田独特的地貌和美景。

安子鸣感叹：太美了！

说着，安子鸣情不自禁地拿起相机拍照。

安子鸣：我走过这么多地方，还真没见过这种地貌。这么好的地方不搞旅游可惜了！

安子鸣不断寻找角度，按下快门。

叶梦虹也受到感染，高兴地：我小时候就生活在这里。

安子鸣：开发出来一定会大火。

安子鸣转头看到叶梦虹站在一个垛田前，人美景美。

安子鸣赶紧将镜头对准叶梦虹：别动，你这个角度太好了！

说着，安子鸣按下了快门。

叶梦虹看了一下手机：哎呀，我们要迟到了！舅舅一定等着急了。

安子鸣恋恋不舍。

叶梦虹对船夫：师傅，麻烦您快一点。

3. 金虎家　内　日

金虎和周志轩、刘主任正在看二先生写字。

二先生挥毫写下一个寿字……

金虎和周志轩、刘主任叫好。

金小雨和舅妈在厨房做菜……

舅妈端了炒好的菜进堂屋。

这时，院里传来叶梦虹的声音：舅舅，舅妈。

4. 金虎家院里　外　日

叶梦虹和安子鸣往屋里走去。

金虎和舅妈出现在堂屋门口。

金虎：梦虹来了！（看到安子鸣）哟，这……

叶梦虹介绍安子鸣：这是安子鸣，我朋友。

安子鸣：叔叔阿姨好！

舅妈笑：好！总算见到真人了！梦虹说过你啊。

金虎高兴地：好，快请进！

5. 湖洲村蔬菜脱水厂　内　日

蔬菜脱水厂大门敞开，两三辆小型农用车、三轮车进进出出，看似繁忙，其实是个近似作坊式的小工厂。

6. 金虎家　内　日

金虎的寿宴正在进行，金虎夫妇，金小雨、叶梦虹、安子鸣、二先生、周志轩、刘主任等人围桌而坐。

大家喝酒吃菜，其乐融融。

叶梦虹对着金虎举杯：祝舅舅健康长寿！

金虎高兴地：谢谢！我家小叶子出息了。

二先生摸着手中的紫砂壶，点头道：小小年纪就已经是镇上的团支书了，年轻人前途不可限量啊。

金虎：好好干，舅舅将来要靠你了。

刘主任举杯敬酒：支书，我敬你！这些年，你对咱村劳苦功高。

金虎微醺，飘飘然：哈哈哈哈，功高谈不上，也就做了那么几件事吧。那些鱼塘，是我带着大家，一锹一铲挖出来的。又扩了不少垛田，种上了香葱，也算让大家发了点小财。

二先生抚摸着手中的紫砂壶，默默摇头：凭心而论，金虎同志的确勤勤恳恳、任劳任怨，给村里也做了不少实事，好人啊。不过，你别怪我扫兴，我对你有些事是有意见的。

刘主任：哎呀这个就别说了！

二先生喝了酒，没忍住：我得说，这话我想很久了。金虎同志，这个鱼塘，把湖面都快占完了。脱水厂呢，能加工蔬菜不假，可多大污染呀。还有那新垛田，真是多的多，少的少。群众意见很大。

金虎的脸慢慢拉下来。

刘主任再劝二先生：二先生，你看你喝多了。来来，吃菜！

舅妈打破尴尬：对对！大家吃菜！小安你吃菜啊！年轻人，不要客气！

安子鸣：好好，我吃。

刘主任见状赶紧打圆场：对，大家吃菜，吃菜啊！

叶梦虹若有所思。

这时周志轩的电话铃响了，赶紧接电话：喂！

电话那头传来保安的声音：厂长，不好了！环保局来人了。

周志轩跟金虎耳语。

金虎脸色一变：走。

金虎和周志轩起身向外走去。

7. 湖洲村蔬菜脱水厂　　外　　日

执法车被工人和村民们团团围住，动弹不得，现场人声嘈杂。

执法队员被工人和村民拉下车来，骂骂咧咧，推推搡搡，要动手的样子。

桂花嫂等村民在不远处围观，看热闹。

金虎、周志轩、叶梦虹、二先生、安子鸣、刘主任、金小雨一起赶到现场。

安子鸣拿出手机拍照。

叶梦虹大喊：大家快住手！

村民和工人便松了手。

金虎向执法队长了解情况：请问是什么情况？

执法队长出示执法文书：湖洲村蔬菜脱水厂没有污水处理设备，造成了水体污染，我们现在是依法查封！

叶梦虹赶紧对大家讲话：乡亲们，执法队是正常执法，请大家不要阻拦，更不要闹事，否则，就是犯法！

村民甲：站着说话不腰疼。

周志轩对村民：厂子一关，香葱怎么办？你们上哪里干活？

大家一听这话，场面更加不可收拾：滚出去！滚出去。

金虎大吼：别闹了！

村民们被金支书的权威震慑，赶紧停止了围攻，现场安静下来。

……

执法队员贴封条。

8. 浮坨镇镇政府蒋正兴办公室　内　日

蒋正兴将手机一把扔在桌面上，满脸怒气。

叶梦虹看了一眼桌上的手机，几张湖洲村蔬菜脱水厂污染、暴力抗法的照片和相关报道。

蒋书记嘀咕了一句：这记者怎么会跑到湖洲村去的呢？

叶梦虹脸色尴尬，低下了头。

蒋书记：这湖洲村也太不像话了，现在闹得满城风雨，连林诗阳副市长都被惊动了，打电话把我劈头盖脸地骂了一顿。

叶梦虹：这脱水厂早该关了。（叶梦虹自知失言，闭口不说话了）

将书记一脸诧异地看向叶梦虹：你说，你继续说。

叶梦虹继续：湖洲村现在的状况，有点两难啊。

蒋正兴饶有兴致地坐下：说来听听。

叶梦虹下定决心：我是在那儿长大的，对那的情况还是比较了解的。一方面，垛田风景美丽如画；另一方面，村里环境脏乱差。就说现在的金支书吧，人是个好人，但是观念陈旧，方法落伍，听说五六年都没发展党员了。

蒋正兴点点头：是啊，连年考核都靠后，金虎年龄也大了，班子是得动一动了。

叶梦虹默默地听在心里。

蒋正兴脸色凝重：难啊，湖洲村刘主任呢，缺乏点魄力。还真找不到一个合适人选。（想了想）看来，只有动员镇里的干部来竞选了。

叶梦虹沉思，看了看自己的手机。她的手机屏保图片是一个五六岁的女孩站在湖边，背景是雨过天晴后成片的油菜花，和双虹湖上若隐若

5

现的双虹。

蒋正兴看到这张图片：哦，这图片很美呀！这小孩是……

叶梦虹将手机递给蒋正兴：是我呀！那天我遇到了难得一见的双虹奇观。

蒋正兴接了手机，看看图片，感慨：真的很神奇。

9. 金水生船上　内　日

破烂的水泥船舱里。

赵彩虹十岁左右，满脸的泪水，在跟金水生争执：人家都上学，你为什么就不让我上？

金水生来火：识几个字就行了，上多了有什么用啊，浪费钱。

说完转身出舱。

赵彩虹直接拿起桌上的手机，拨打110。

10. 湖洲村双虹湖边　外　日

叶梦虹和刘主任并肩走在路上。

刘主任：蒋书记交代过，这几天就由我来带你下村调研。

叶梦虹：麻烦你了刘主任。

刘主任：你想先从哪儿开始？

叶梦虹：先看最穷的吧。

刘主任：要说最穷的吧，就是这个金水生了。

叶梦虹：你说说？

刘主任：他家到现在还住在船上。

叶梦虹：啊？不是早有上岸的政策了吗？

刘主任：这个人有点犟，几代渔民了，说是要靠湖吃湖，不愿意上岸。

叶梦虹若有所思。

11. 垛田 外 日

叶梦虹和刘主任路过垛田。

油菜花地里，几个城里来的游客正在开心地拍照。

游客甲看到叶梦虹，赶紧叫她：美女，帮我们拍张合影吧！

叶梦虹：好！

叶梦虹走过去，给那几个游客拍了两张合影。

叶梦虹看着他们的背影，然后问刘主任：他们是？

刘主任：每年油菜花开花的季节，都有很多城里人来玩。

叶梦虹若有所思，两人继续往前走，这时一辆警车呼地向前开去。

刘主任：看，前面就到了。

叶梦虹远远地看见一艘破旧的水泥船，有点不相信地问道：这也能住人？

刘主任点点头，带着叶梦虹往前走。

12. 河道边 外 日

叶梦虹和刘主任来到水泥船跟前，看到水泥船边岸上停着一辆警车，不禁疑惑，朝船上走去。

两个警察对金水生宣布：金水生，你的行为已经触犯了《中华人民共和国义务教育法》，现在请跟我们到派出所协助调查。

赵彩虹在一边哭哭啼啼。

金水生争辩：我丫头上不上学，关你们什么事？

叶梦虹和刘主任走上船。

刘主任：警察同志。

警察看看刘主任，点点头。

叶梦虹上前劝说：水生舅，话不能这么说。你女儿有受教育的权利，你也有送她上学的义务。

金水生满脸不屑：狗拿耗子多管闲事，我的丫头我做主。

刘主任：水老鸦，你别胡闹，老老实实送女儿上学。（转身又劝警察）警察同志请放心，我会劝他的。

警察警告：金水生，以后不要再出现这种事了！

叶梦虹蹲下身，帮小女孩擦眼泪。

13. 镇政府蒋正兴办公室　内　日

蒋书记：现在镇里已经有几个人报名了，连你是五个。你这两天调研得怎么样？我看好你，一方面你对湖洲村比较熟悉，也比较有感情；另一方面，我比较看好你的能力。我想，五天之后，你们提出各自的治村纲领，进行公平竞选。

叶梦虹：好。

14. 浮坨镇叶梦虹宿舍门外　外　夜

叶梦虹回到宿舍，准备开门。

这时安子鸣从后面抱住叶梦虹。

叶梦虹急忙转身看去，是安子鸣。

叶梦虹开心：子鸣，讨厌，吓我一跳，你怎么来了？

安子鸣笑：惊不惊喜？

叶梦虹也笑：快进屋。

叶梦虹开门，两人搂着进屋。

15. 浮坨镇叶梦虹宿舍　内　夜

安子鸣拿出手机：你看！

叶梦虹接过手机：这不是那天拍的垛田照片吗？

安子鸣：对，我把它传到了网上，一天之内，点击量破千万。

叶梦虹看网上照片，高兴。

安子鸣：另外我还有个好消息，我们买的那套房子已经拿到钥匙了。

叶梦虹正看着网友评论入神，没有搭理他。评论里的一张照片将叶梦虹牢牢吸引【特写】照片上是一个五六岁的女孩，背景是雨过天晴后成片的油菜花和双虹湖上若隐若现的双虹。

安子鸣开心地：这样我们每天都可以在一起了。

叶梦虹沉浸在照片里，兴奋地：这小女孩……是我哎。

叶梦虹点开照片，把手机举到安子鸣眼前，惊喜地：子鸣，你快看。

安子鸣：这是什么？

叶梦虹：这就是我。我妈怀我的时候，梦见自己从湖上走过，正好赶上双虹奇景，所以给我取了"梦虹"的名字。

安子鸣：你先听我说，市里的那套房子下来了，我们年底就可以结婚了。

叶梦虹听到结婚两个字，反应过来：啊？什么？结婚？你等等，我有事要跟你说。

安子鸣：你说。

叶梦虹：我打算竞选湖洲村村支书。

安子鸣惊异：怎么突然有这个想法？

叶梦虹：其实，我从小到大，心里一直都有一个梦想。

安子鸣略带讽刺：当村支书？

叶梦虹：讨厌。

安子鸣：梦虹，我们不是说好了年底就调回省城，然后结婚吗？你去村里当村支书，至少得再干三年吧，你忍心让我再等你三年吗？

叶梦虹抓着安子鸣的胳膊：哎呀，子鸣，你就支持我一下嘛。

安子鸣生气，甩开梦虹的手，转身关门离去。

叶梦虹被关门声吓了一跳，叶梦虹有点难过。

16. 金虎家　内　夜

叶梦虹和舅妈、金小雨坐在客厅看电视。

金虎从外面回来，脸色冷冷地：梦虹，我听说你要来咱湖洲村竞选村支书？

叶梦虹站起身：舅舅您都知道啦？我只是报名参选，能不能选上还说不定呢。

舅舅：你在镇上好好的团支书不做，来竞选什么村支书。你诚心让村里人看我的笑话，是不是？

叶梦虹：舅舅您言重了，我就是想试试。

金虎讽刺：要试你到别的村试，不要在湖洲村现眼。

这时，周志轩怒气冲冲地进门，也不跟叶梦虹打招呼，直接越过她身旁：金支书，我去市里了，环保局就是不松口。说是一个姓安的记者把照片捅到网上了，上面很恼火。

金虎：姓安的记者？（想了想，看叶梦虹）是不是上次你……

周志轩火气更大，一下子暴跳起来：对，我想起来了，就是你朋友拍的照片！

叶梦虹小声嘀咕了一句：本来报道的就是事实嘛。

周志轩继续发火：叶梦虹！你干吗这么害我啊？我哪里得罪你了？

金小雨：志轩你怎么说话呢？

叶梦虹：对不起！我没想到会这样。

金小雨打圆场：算了算了，姐，咱们回房休息吧。

金小雨拉叶梦虹回屋。

17. 村路上　外　日

皮大明正站在路边抬头看着树上的鸟。

桂花嫂走过来，看到皮大明一动不动，奇怪地说：皮大明，你看什么呢？

皮大明调皮地：嘘！我在看鸟呢。

桂花嫂：这鸟有什么好看的，哪根筋搭错了？

皮大明：它羽毛的颜色，真漂亮！

说完，桂花嫂离去。

皮大明回过神来，小跑着跟上去：你去哪儿啊？

桂花嫂：我去看戏。

皮大明：什么戏？

桂花嫂：你不知道？打擂台选支书呢！

皮大明想了想，也跟了过去。

18. 湖洲村村委会会议室　内　日

屋里坐满了人，其中有蒋正兴书记、金虎、叶梦虹和刘主任等人。

蒋正兴坐在桌子正中，他身旁左右分别坐着叶梦虹和另外两个镇里干部（候选人）。

蒋正兴：金虎同志年龄大了，镇里调他去农办上班。我们这次决定大胆尝试，面向全镇公开选拔村支书，经过个人报名，资格审查，驻点调研，最终三名同志胜出（指着身边三位）。今天我们请三位先来个竞选演说，让湖洲村的党员、村民代表投票。下面，我们先请赵艺同志发表演说，大家欢迎！

众人鼓掌。

赵艺站起来。

19. 湖洲村村委会大院　外　日

一群村民三三两两地站在院里议论。

桂花嫂站在人群中，皮大明挤过去，故意往她身边凑。皮大明微笑着向桂花嫂打招呼，桂花嫂给了他一个白眼。

桂花嫂：挤什么？那边那么宽。

20. 湖洲村村委会会议室　内　日

第一个人讲完。众人鼓掌，随后安静下来。

蒋正兴：叶梦虹同志，到你了。

叶梦虹微笑着打开电脑，在投影幕布上调出了PPT。

21. 湖洲村村委会大院　外　日

村民乙：金支书就这么下台了，我看他脸往哪搁。

桂花嫂：其实谁当支书还不都一样，能多给你分几百块钱？

皮大明：有道理。

22. 湖洲村村委会会议室　内　日

叶梦虹指着投影幕布上的PPT：……以上就是我对湖洲村现状的一些分析。其实，严格说来，我应该算是半个湖洲村人，因为我小时候，很长一段时间就生活在我外婆家里，可以说，这里很多乡亲都是看着我长大的。所以，我对湖洲村也有一份特殊的感情……

23. 湖洲村村委会大院　外　日

二先生端着紫砂壶走进大院。

村民甲：二先生，您算算看，最后谁会胜出？

二先生微笑：这还用算？小叶子肯定胜出。

24. 湖洲村村委会会议室　内　日

蒋正兴：下面是党员和村民代表投票。不过我首先声明啊，这投票呢，也只是作为参考。好，开始吧。

党员和村民代表写选票……

（淡入淡出）

字幕：一星期后

25. 叶梦虹宿舍　内　夜

叶梦虹给安子鸣打电话，没有人接，接着给他发微信：亲爱的，竞选结束，接近成功。你不来分享快乐吗？

叶梦虹在房内踱步，坐立不安。突然桌上的手机震了一下，叶梦虹欣喜不已，拿起手机看。

安子鸣回复：祝叶支书官运亨通。

26. 湖洲村村委会办公室　内　日

蒋正兴：经过前期报名、审查、调研、演讲等环节，镇党委研究决定，由叶梦虹同志任湖洲村村支部支书，大家欢迎！

众人鼓掌，叶梦虹起立向大家鞠躬致意。

金虎板着脸，有些不情愿地也鼓起掌来。

蒋正兴：金虎同志不愿离村，我们表示理解。作为梦虹同志的前辈，又是舅舅，希望金虎同志今后要多多支持梦虹同志的工作啊。

叶梦虹多少有些内疚地看向金虎。

金虎则尴尬地笑笑，点了点头。

27. 湖洲村村委会院子宿舍　外　日

叶梦虹带上行李住进了村委会的院子。

金小雨在叶梦虹宿舍内：姐，我爸让你还是住在我家里，住在家里多方便，我们也方便照顾你。

叶梦虹：小雨，还是不去了，我住在村委会工作也方便。还有，我习惯了熬夜，怕影响你们休息。

28. 金虎家　内　夜

金虎家里，挤满了村民。

桂花嫂：老支书，咱的香葱往哪里卖啊？你再不管，这一季的香葱可就要打水漂了。

村民甲：老支书，赶紧想办法啊。

金虎：不在其位不谋其政，我管不了，你们去找新支书，她有办法。

村民丁：她一个韭菜和麦苗都分不清楚的小丫头，懂什么啊，我们信不过她。

村民乙：对，我们只相信您。

金虎：我有什么办法，我家的香葱也还在地里呢。

29. 湖洲村村委会大院　外　日

村委会大院冲进来十几个人，周志轩带着脱水厂的工人们。有的人甚至把香葱也挑过来了。

大家在门外七嘴八舌地叫嚷着。

叶梦虹来到院子里。

村民甲：小叶子，你给叔想想办法，没有脱水厂，我这香葱往哪里卖呀。

村民乙：政府不能只顾关脱水厂，不顾老百姓的死活啊。

桂花嫂：大妹子，金厂长说你有门路，你就帮我们把香葱卖了吧，我儿子还指望这笔学费上高中呢。

皮大明：对，大家揭不开锅了。

刘主任训斥皮大明：皮大明，你凑什么热闹？

皮大明：我这是为民请命。

周志轩煽风点火：你现在是村支书了，你要为老百姓谋条出路啊！

叶梦虹硬着头皮，大声地：这样吧！大家先回去，给我三天时间，我一定帮大家把香葱卖出去！

村民甲：真的假的。是不是骗我们？

周志轩本以为叶梦虹会推托，没想到她这么爽快就答应了，有些怀疑，也有一丝敬佩。

村民：你说话要算数啊！

叶梦虹：大家放心，我说话算话。

村民：好，那我们等你三天。

叶梦虹眉头皱紧。

30. 村委会办公室　内　日

刘主任：叶支书，你有办法了？

叶梦虹摇了摇头。

刘主任有点责怪：那你怎么能答应他们三天能卖掉呢？你不知道他们的秉性，到时候要是卖不掉香葱，他们会把房顶掀了！

叶梦虹镇定地笑笑：总会有办法。

31. 农贸市场　内　日

叶梦虹拿着一袋香葱一家一家打听，一个一个摇头。

32. 桂花嫂香葱地里　外　日

叶梦虹在动员桂花嫂：桂花嫂，你把这香葱收上来晒干了不就坏不了了吗？

桂花嫂没好气地：我的傻妹子，晒干了不就成了一堆草了？那还有什么用？

叶梦虹尴尬地道歉：对不起，是我想简单了。

桂花嫂爱怜地：你呀，是急糊涂了！

33. 环保局办公室　内　日

叶梦虹跟工作人员谈事。

环保局工作人员：不行！你们村脱水厂没有环保设备，绝对不能开，没得商量。

34. 垛田上　外　日

叶梦虹一天下来毫无收获，落寞地走在垛田上。

叶梦虹掏出手机给安子鸣拨过去

安子鸣调侃的口气：叶大支书您这么忙，还有空给我打电话？

叶梦虹带着哭腔：子铭，我想你了。

安子鸣变得温柔起来：你怎么哭了？是不是有人欺负你？

叶梦虹哭得更大声了：就是你！

安子鸣哄她：好好，我错了，你快说发生什么事啦？

叶梦虹：我们村脱水厂关了，香葱卖不出去。

安子鸣心平气和地：这个事呀，那我帮你想着点吧。

叶梦虹：你不是朋友多吗？

安子鸣：哎，市电视台有一档美食节目。是我一个朋友负责。我请他们做一期炒香葱系列，推广一下。看看能不能帮你们促销。

叶梦虹很是感动：谢谢你子铭。

35. 叶梦虹卧室　内　夜

叶梦虹躺在床上辗转反侧睡不着觉。

她突然起床，打电话：喂，小雨。

36. 金小雨家　外　夜

穿着睡衣的金小雨站在门口。叶梦虹匆匆过来。

金小雨：姐！怎么了？这么晚了还不睡啊？

叶梦虹：唉！睡不着！

叶梦虹和小雨进去。

夜已深，其他人似乎都睡了。

37. 金小雨卧室　内　夜

叶梦虹和小雨进来。（金小雨房里挂着很多农民画，还有直播卖货设备）

金小雨：我听说了，是为香葱的事吧？

叶梦虹点点头。

金小雨善意地教训：姐，你一个女孩子怎么想起来当什么村支书？这才开始哦，后面有得你受呢。

叶梦虹：至于吗？准备干活儿。

金小雨不情愿：大半夜的还干什么活儿？

叶梦虹：你不是开网店卖农民画吗？你把我们这香葱也挂上去试试，毕竟咱们这是农家纯天然绿色食品，说不定能畅销呢！

金小雨：哎呀！我明天帮你试试！

叶梦虹：不行，等不了明天，现在就弄！

金小雨：我真是服你了，好吧！

两人在电脑面前一直工作着，一边打着哈欠，一边勉力坚持。

38. 二先生家　内　夜

二先生家里挂着一副他自己写的对联：逍遥半壶酒，惬意一杯茶。

此时，叶梦虹正在跟二先生谈事。

叶梦虹：二先生，不好意思，这么晚来打扰您，有关香葱的事情我想请教您。

二先生抚摸着紫砂壶：卖这点香葱其实并不难，开发区也有脱水厂，帮着送过去就是了，花点运费而已。

叶梦虹：几十里的路，老百姓不肯送啊！（想了想）没事，我想想办法。

39. 开发区脱水厂办公室　内　日

叶梦虹跟厂长谈事。

厂长：不需要！我们有自己的签约基地，我们的香葱来源很充足。

叶梦虹感到无奈。

40. 农贸公司办公室　内　日

叶梦虹把一袋香葱放下来：蔡总，这就是我跟您说的香葱，纯天然绿色农产品，你们收了肯定有市场！

蔡总：我知道你们的香葱很优质，可惜目前我们有很多便宜的外地葱在手上还没卖出去呢，所以不好意思，暂时还不考虑收购。

叶梦虹：蔡总，您就试试吧！毕竟我们的葱口感比外地葱好呀！

蔡总：小叶书记，我真帮不了你！

叶梦虹：求你了，蔡总！

蔡总想了想：那你先留个百儿八十斤放这儿试试吧！有消息我再通知你。

叶梦虹：哦，那……好吧！

叶梦虹失落的样子。

41. 湖洲村村委会办公室　内　日

村民们突然冲了进来。

村民甲：叶支书，已经三天了，香葱的事怎么说？

叶梦虹痛苦地摇摇头：对不起。

村民乙不相信地：你是忽悠我们的？

周志轩煽风点火：忽悠你，你能怎么样？

叶梦虹下定决心：你们的香葱我自己掏钱买。

村民们不相信地：你说的？说话算数？

叶梦虹坚定地点点头。

大家将信将疑。

这时，叶梦虹的手机响了。

叶梦虹接电话：喂……子鸣。

安子鸣：你在村委会吧？

叶梦虹：是啊。

安子鸣：那你等着，我马上就到。

叶梦虹：你来干什么？

安子鸣：你别管。我马上到。

说完，安子鸣挂了电话。叶梦虹感到疑惑，收起电话。

这时刘主任把叶梦虹拉到一边，问道：你家是开银行的？

叶梦虹：不是啊。

刘主任：那你有多少钱贴进去？

叶梦虹：言而有信，这是做人的最基本道理。

刘主任摇摇头：农村工作不是像你这样做的。

叶梦虹摆摆手：我错了，但这次就先这样吧。

这时，一辆卡车开到村委会大门外，安子鸣跳下车，朝院里走来。

电视台的工作人员搬着器材陆陆续续下来。

安子鸣进来：梦虹。

叶梦虹：你怎么来了？

安子鸣：给你们的香葱做节目啊。

村民一起新鲜地围上去。

42. 湖洲村村委会大院　外　日

电视台在做炒香葱节目，主持人在解说：观众朋友们，这儿是湖洲村炒香葱现场……

周志轩不冷不热地嘲讽叶梦虹：净整这种绣花枕头，没用，要把香葱卖了才是实在的。

叶梦虹想想，点点头，发愁：你说得对，这还真不是个办法。

这时，二先生端着紫砂壶走过来：小叶子，别发愁了。我跟市里林诗阳副市长反映了你这个情况，他决定支持你，亲自给开发区的脱水厂打了电话，让他们帮你。脱水厂现在答应了。

叶梦虹欣喜地连连鞠躬：谢谢二先生，谢谢林市长。

二先生摆摆手：举手之劳，不值一提。

然后，叶梦虹对村民们：好了，大家都听到了。赶紧去把香葱运到村委会来吧！

大家高兴：哎呀，太好了。

43. 湖洲村村委会厨房　内　日

叶梦虹正在炒菜，打电话给自己妈。

叶梦虹：妈，西红柿炒鸡蛋，是先炒鸡蛋，还是先炒西红柿？……好，明白了。

叶梦虹炒完菜，自己尝了一口，立即就吐了出来，叹了口气。

44. 叶梦虹宿舍　内　日

叶梦虹在吃方便面。

金小雨进来：姐，吃什么呢？又是方便面？快别吃了！（从身后拿出一个饭盒）看，我妈让我给你送来的。

饭盒打开，是一盒鱼。

叶梦虹高兴：还是舅妈疼我！

金小雨：让你去我家又不肯。

叶梦虹吃鱼，笑而不语。

45. 湖洲村村委会办公室　内　日

刘主任：我们村基本上没有贫困户了，就这三户比较特殊，各有各的困难。

叶梦虹：全面奔小康，一户也不能落下。

刘主任：现在就是不知道怎么帮。

叶梦虹：我们就从金水生上岸帮起！

46. 湖洲村双虹湖湖边　外　日

叶梦虹和刘主任来到湖边。

金水生在一艘小木船上拾掇他的渔网。

叶梦虹：水生舅，上岸来聊聊呗？

金水生：忙着呢，没空！

叶梦虹：我们来跟你聊聊上岸的事。

金水生：我现在饭都吃不饱，哪有钱上岸盖房子？

金水生突然接到一个电话，一下子急了，赶紧把船划到了岸边，跳上岸来。

叶梦虹和刘主任都莫名其妙。

刘主任：水老鸦，你这是怎么了？

金水生：我老婆跑了！

47. 村路上　外　日

叶梦虹、金水生、刘主任、二先生一起朝前跑去。

叶梦虹：二先生，实在是不好意思，我们毕竟是晚辈，怕她听不进去劝。您在村里德高望重，所以请您出面劝劝她。

二先生：好好好，不用说了，先把人找到再说。

48. 村口等公交车处　外　日

水老鸦老婆在这里等公交车。

金水生跑过来，上去抱住老婆，泪流下来。

金水生：你走了我怎么办啊？

二先生：水生媳妇，你就这样一走了之，真舍得丢下水生和丫头不管？

水生老婆抹眼泪：我跟着他这穷日子真是过怕了，他喝了酒还发酒疯，我实在是过不下去了。

二先生：水生媳妇，有你在，再穷也还是个家。你这一走，这家也就没了。

叶梦虹劝：舅妈，留得青山在，不愁没柴烧。有我在，就不会丢下你们一家子不管。听我的，回村吧！

水生老婆：原来还能在脱水厂上班，现在我回去还能干什么啊？

叶梦虹：你放心，工作的事我来想办法。

水生老婆将信将疑地看着叶梦虹。

49. 脱水厂外　外　日

叶梦虹来找周志轩。两人在厂院内边走边聊。

周志轩：我来起火恨不得把这封条撕了！

叶梦虹：志轩，你听我一句劝，现在环境保护抓得这么严，不能再以牺牲环境来致富了。

周志轩：这些大道理，我也懂。可是……我在上海打工赚的钱都投到这个厂子里了，你说怎么办？

叶梦虹：要么上环保设备，要么只有关了。

周志轩：上环保设备那么贵，我还赚个屁钱。

叶梦虹：那还有一条路。就是转行，开发乡村旅游。

周志轩有点兴趣：哦？怎么开发？

叶梦虹：你脑子活，又是去上海见过大世面的，应该知道，城里人现在都喜欢来乡下旅游。

周志轩：对啊，我知道。他们常常会来乡下，吃吃农家饭，感受一下乡下生活。

叶梦虹：你不是流转了 300 亩农田吗？我看你那垛田地里种了不少油菜。一到节假日，就有城里人在那里拍照留念。你是不是可以做点宣传，多吸引一点游客过来，然后再办一个民宿，让游客在咱们村待上两三天。这样，旅游经济就慢慢起来了！

周志轩：我还能再流转一点土地吗？我想扩大经营。

叶梦虹：可以啊，村里正好流转过来 200 亩垛田。

周志轩想了想：那好，我考虑考虑。

50. 村委会办公室　内　日

叶梦虹和刘主任在谈事。

刘主任：桂花嫂本来家境还不错，都是因为给她丈夫治病才掏光了家底，哎，可惜胡大哥还是没能救过来。

叶梦虹：这就叫因病返贫，不过现在好多了，有了新农合，为有病的家庭减轻了许多后顾之忧。

51. 湖洲村桂花嫂家　外　日

叶梦虹和刘主任走到桂花嫂家门外，就听到桂花嫂和儿子的争吵声。

孩子声音：我就不上学，我要出去打工。

桂花嫂：我们家穷，还不是吃了没文化的苦？

叶梦虹和刘主任走进门。

孩子往外跑出来。

52. 湖洲村桂花嫂家　内　日

叶梦虹走进屋里：桂花嫂，发生什么事了？

桂花嫂一把鼻涕一把泪地哭诉：人穷志就短，这孩子也是心疼我，考上了兴化中学也不肯去上学，想出去打工！我拦不住啊。

叶梦虹：桂花嫂你做得对。

桂花嫂：可现在脱水厂没了，我可咋办啊？

叶梦虹想了想：桂花嫂，我记得小时候在湖洲村，经常吃你做的豆腐，那个嫩滑啊，你现在怎么不做豆腐了？

桂花嫂：人家现在都用上机器做了，我们没钱买机器，跟不上了。

叶梦虹：机器做的豆腐怎么能有手工做的好吃呢！我在城里，吃一碗手工做的豆腐花要七八块钱呢！

桂花嫂：真的？唉，可惜我也不能到城里去做豆腐啊。

叶梦虹：你在村里做，也能让城里人吃到。

桂花嫂情绪缓了缓，略有心动：可是我什么家什都没有，也没有本钱，想做也做不了啊。

叶梦虹：总会有办法。

53. 湖洲村村委会会议室　内　日

周志轩正在跟刘主任签土地承包协议。

叶梦虹：志轩，考虑好了下一季种什么了吗？

周志轩：我还在考虑是种香葱好还是种油菜好。

叶梦虹发急：脱水厂都没有了，还种什么香葱？我建议你全种上油菜，到了明年春天，一片油菜花多漂亮，肯定吸引一大批城里人来观光旅游。

周志轩想了想，点点头：不错，好主意。

叶梦虹：你做好了就向全村推广。

周志轩：你是不是把我当试验田了？

叶梦虹：对了，谁让你脑子活呢。

周志轩开玩笑：失败了找你算账。

刘主任夸：不会的，你可是我们湖洲村的能人。

周志轩和刘主任互换签署好的协议。

叶梦虹把周志轩拉到办公室。

周志轩态度变好了：梦虹，还有什么事？

叶梦虹试探他：志轩，你有没有考虑入党的事。

周志轩摇摇头：算了算了，我没有想过。

叶梦虹：你可以考虑考虑。

54. 河道边　外　日

叶梦虹、刘主任在做金水生的工作。

叶梦虹：根据国家政策，村里安排你宅基地，帮你盖房子。你自己花不了多少钱，就能上岸定居，总比你在船上好多了吧？

金水生：可是我只会打鱼，你让我上岸，以后我怎么生活？除非……

叶梦虹：除非什么？

金水生声音很小，底气不足地：除非你给我承包个鱼塘。

叶梦虹：鱼塘？

金水生：其实原来我也想要，可我哪有钱投标啊？

叶梦虹很肯定地说：给你鱼塘就上岸？

金水生点点头。

叶梦虹：好，一言为定！

金水生两眼放光。

55. 金虎家　内　夜

金虎：什么？你还好意思打我鱼塘的主意？

叶梦虹：舅舅，你也是请人帮忙，不如转给水生舅算了。

金虎：你这孩子怎么胳膊肘总是往外拐？

叶梦虹：这叫物尽其用嘛。

金虎：真拿你没办法。

叶梦虹：舅舅你答应啦？还是舅舅好。

金虎：脸皮厚。

叶梦虹招呼门外站了许久的金水生：水生舅，你进来吧！

金虎不情不愿地将鱼塘工棚的钥匙交给金水生。

金虎：这鱼塘算是我转包给你的，先不收你租金，等你养鱼赚了钱要给我的。

金水生：我不养鱼，我要养蟹，养蟹赚得多。

金虎：嗬，你个水老鸦，就是鬼主意多。

金水生傻乎乎地笑了。

56. 家庭农场　外　日

叶梦虹走来，周志轩正带着四五个农民打理农场，农场初现雏形，有几个零零星星的游客在走动。

叶梦虹问周志轩：志轩，你这儿还需要人干活儿吧？

周志轩：什么意思？

叶梦虹：我向你推荐个人。

周志轩：不用不用，我这儿人够了。

叶梦虹：我听说你这儿工人工作时间，都超过 12 小时了，不符合国家法定工作时长啊。

周志轩：我说叶支书，您管得真宽啊，我都愁得不行了。

叶梦虹：愁什么呀？

周志轩：我不想用化肥，可是又找不到那么多的有机肥。

叶梦虹：嗯——（思考）要不这样，你收下水生舅妈做工，我来发动村里人往你这儿送。

　　周志轩：好，我答应你，总行了吧。

　　叶梦虹：志轩，还有一件事。

　　周志轩：你哪来这么多事啊？

　　叶梦虹：就最后一件！

　　周志轩：说吧说吧。

　　叶梦虹：在你这旁边，能不能做个豆腐坊？

　　周志轩想了想：我无所谓，生意不好不要怪我。

　　叶梦虹：行，我就要你这句话！

57. 湖洲村周志轩家庭农场旁的小农舍　外　日

　　几个党员正在给桂花嫂盖豆腐坊，叶梦虹和桂花嫂一起搬动做豆腐的家什，有人在帮着打扫院子。

　　大家都出去了，屋里只剩下叶梦虹和桂花嫂两个人。

　　叶梦虹递给桂花嫂一沓钱，桂花嫂犹豫着要不要收下，叶梦虹把钱塞到桂花嫂手里。

　　叶梦虹：这1000块钱是我们支部党员同志们的一片心意，你拿着买黄豆，再添点别的东西。

　　桂花嫂推让：不行不行，我哪能要你们的钱呢！

　　叶梦虹：没事，以后赚钱了再还给我们。

　　桂花嫂感激地接住了钱：大妹子，谢谢了！

58. 湖洲村金水生建房处　外　日

　　一处空地上，村里给金水生盖的房子正在施工中。

　　工人正在砌墙。

　　金水生正在忙里忙外。

　　金水生的媳妇给工人提来了暖壶。

叶梦虹和刘主任微笑地看着施工现场。

叶梦虹对刘主任：照这速度，不久他们一家就能住进来了。

59. 桂花嫂豆腐坊院里　外　日

桂花嫂的豆腐坊开业，大家来捧场，二先生、叶梦虹、周志轩也在其中。

皮大明在墙壁上画画。有几个村民围观。

桂花嫂正在磨豆浆，几个来周志轩农场游玩的客人围着看桂花嫂现场做豆腐。

叶梦虹正在给客人倒豆浆，大家围拢在一起，端起碗来品尝。

叶梦虹问游客：怎么样，味道还行吧？

游客：嗯，不错不错，纯！比城里早点铺卖的好喝多了。

二先生也慢慢啜着豆浆仔细品味：嗯，是小时候的味道，自然！

叶梦虹：二先生喜欢自然的东西？

二先生：那是！"人法地，地法天，天法道，道法自然。"自然而然，才能长久。

周志轩：二先生高见！

这时，皮大明喝完豆浆，起身离去。

桂花嫂：大皮鞋，还没给钱呢！

皮大明：我帮你画了画，你还要什么豆腐花钱啊？不收你钱都不错了。

众人哈哈大笑。

叶梦虹：这个皮大明可真逗。

周志轩：他是咱村的奇葩，痴迷画画，把地荒了，老婆跑了。

二先生：可惜没有用武之地。

叶梦虹若有所思。

60. 桂花嫂豆腐坊里屋　内　日

豆腐坊里只剩下叶梦虹和桂花嫂。

叶梦虹：桂花嫂，你就带着皮大明一起磨豆腐吧，他给你打下手，就当帮他一把，也算帮我一把，行不行？

桂花嫂：不行！那是个神经，跟他一起干活儿，累不死也会被气死。不行不行，我还想多活几年呢。

叶梦虹有些泄气。

61. 桂花嫂豆腐坊院里　外　日

桂花嫂儿子小强趴在桌子上画图，皮大明端了一杯豆浆坐过来，边喝边看，不时地指点一下小强的画画。

一会儿有同学过来，小强画完图后同桂花嫂打了声招呼，就和同学结伴出去玩了。

桂花嫂赞赏地：不错啊皮大明，你这点手艺还管用，今天这杯豆浆请你了。

皮大明：那我再要一杯。

桂花嫂摆摆手：自己拿。

来喝豆浆的游客越来越多，一会儿要加糖，一会儿要不加糖，眼看着桂花嫂一个人忙不过来，皮大明放下手里正在喝的豆浆上前帮桂花嫂跑前跑后招呼客人。

皮大明由于不熟练，要么就是弄洒了豆浆，要么就是弄撒了糖。桂花嫂看到着急地喊皮大明：你捣什么乱？

皮大明：你不是忙不过来吗？来帮帮你呀。

村民甲：你俩一个没了老公，一个走了老婆，凑合凑合一块过日子得了。

桂花嫂：老娘我大他 3 岁，他当我儿子还差不多。

村民乙：女大三抱金砖，你抱着这又明又亮的金砖，还怕没有好日子过？

皮大明厚着脸皮：我倒是不嫌她老，也不嫌她穷。

桂花嫂说：死不要脸的货，你自己穷得都快当裤子了，你还有脸嫌我穷？

大家笑得花枝乱颤。

村民甲对皮大明：皮大明，可不要错过这么好的媳妇！还白捡了那么大一个儿子。

皮大明：就是年纪大了点。

桂花嫂听见了，吼：谁年纪大，啊？你说谁年纪大呢！

村民甲：你自己刚说大人家 3 岁的，这就忘了？

桂花嫂：女大三抱金砖，你懂不懂！

村民甲和皮大明在一旁坏笑，桂花嫂似乎意识到自己说错了什么。

桂花嫂：呸呸呸。

桂花嫂追打皮大明，皮大明四处乱窜，桂花嫂突然眼前一黑，摔倒在地。

皮大明：桂花嫂！

叶梦虹正好进来，也朝桂花嫂跑过去。

62. 村路上　外　日

皮大明背着桂花嫂，快步奔向卫生室。

叶梦虹在一旁跟着。

63. 湖洲村桂花嫂家　内　日

桂花嫂躺在床上，叶梦虹坐在床边陪她。

桂花嫂：我没事，就是最近累的。

叶梦虹：桂花嫂，你磨起豆腐来还真不要命呢！

桂花嫂：嗨，我还不是想让我们家小强过得好一点嘛！我这辈子就是吃了没文化的亏，所以不管吃多少苦，我都要让他好好念书。

叶梦虹：那你也得注意身体啊，我早就跟你说过，让皮大明给你打打下手，你又不同意，这次可多亏了人家皮大明，一口气都不喘地拼了命把你往卫生所背，医生都说了，还好送来得及时，再晚半个小时可就危险了！

桂花嫂：看不出，这大皮鞋平日里神经兮兮的，倒还挺热心。

叶梦虹：要不，你就把他收下吧？

桂花嫂：磨豆腐那么苦的差事，他哪干的来啊？他那懒，可是全村出了名的，不给我添乱就不错了。

叶梦虹：要是他肯干，勤快一点，你愿不愿意给他个机会？

桂花嫂：就算看在你的面子上，也得给啊。

叶梦虹大声地：大明哥，你都听到了？进来吧。

皮大明走进来。

皮大明对桂花嫂鞠躬：谢谢！

桂花嫂：啊？你俩这是串通好的？

叶梦虹：桂花嫂可不许反悔啊。

桂花嫂嘴上不饶人，心里却很暖：行吧，行吧。

64. 周志轩的垛田油菜花区　外　日

有少量游客在这里游玩拍照。

叶梦虹、二先生、周志轩三人走过来。

叶梦虹：天天在垛上忙来忙去，反而忘记欣赏自家门口的花了。

二先生：是啊，这油菜花确实漂亮。不过就是规模太小了点。

周志轩：规模小，我自己的宣传也没什么力度，所以游客有限。

叶梦虹：咱们垛田油菜这么漂亮，不如我们来办一个油菜花节。怎么样？

二先生：好啊，油菜花海一旦扩大规模，那将何等壮观啊！

叶梦虹：如果效果好了，到今年秋天，我们再在全村大面积种植油菜。

周志轩：真拿我当试验田。

三人笑。

65. 湖洲村村委会办公室　内　日

叶梦虹拉着安子鸣朝外走。

安子鸣：我好不容易放假来找你一趟，你这又带我去哪儿啊。

叶梦虹：带你去周志轩的油菜花田看看。现在是我们当地的一大美景，最适合情侣拍照了。

安子鸣：啊？就是你那个开脱水厂的发小？

叶梦虹：哎，人家现在可不是以前那样了。

安子鸣：还能哪样？

66. 周志轩的油菜花田　外　日

安子鸣：真美啊。

安子鸣、叶梦虹、周志轩站在农场里一大块油菜花田面前。

金小雨正在做直播。

安子鸣赶紧拿出相机对着油菜花田"咔咔咔"地拍起来。

67. 村委会院里　外　日

叶梦虹看到皮大明从院外走过。

叶梦虹：大明哥。

皮大明停下，看看叶梦虹。

叶梦虹：你来一下！

皮大明走进来：什么事？

叶梦虹指着院里的石凳：咱们聊聊。

皮大明有些不情愿地坐下。

叶梦虹也在旁边坐下：我看到了你在桂花嫂家院里画的画，很不错！

皮大明感到自己被人理解，有些感动。

叶梦虹：你的绘画很有天真纯朴的味道，了不起！咱们湖洲村人杰地灵。希望你不要放弃，可以多画些关于本地风貌、生活的画。

皮大明：现在的社会，人人眼里只有钱，哪有画？

叶梦虹：孔子说，"行有余力则后学文"。诗和远方固然浪漫，可眼下的生活也要过好啊。同样的道理，画画和生活可以兼得，你说呢？

皮大明若有所思。

68. 湖洲村村委会办公室　内　日

周志轩给叶梦虹看网上的照片，以及抖音视频等等。

周志轩：叶支书，我发现了一个商机，这次真得感谢你家安子鸣。

叶梦虹好奇：哦？

周志轩：上次你家安子鸣把在我那油菜花地里拍的照片发到了网上，引来好多城里的游客参观，还有抖音的网红来这儿直播拍照，我这块地都快成了网红地了，他们拍完还问我附近哪儿有民宿可以住。哎，（打个响指）我就想到了，商机啊。

叶梦虹：那真是太好了。

周志轩：我倒是建议，我们村可以大面积种植油菜花，这旅游还真是有搞头！

叶梦虹：看来你尝到甜头了。

周志轩：那是。

叶梦虹：那好，我们趁热打铁，赶紧举办一个小规模的油菜花节。

周志轩：这么匆忙，行吗？

叶梦虹：行，事情总要迈出第一步。

69. 湖洲村油菜花节现场　外　日

油菜花节现场，游客比起以前多很多。

主席台上站满了镇政府、村委会各方面的领导，安子鸣带着泰州文旅集团的王总他们也来了。

蒋正兴：我宣布，湖洲村油菜花节开幕。

金小雨正在做直播。

众人欢呼。锣鼓喧天，热闹非凡。

70. 游船上　内　日

安子鸣将泰州文旅集团的王总等人介绍给蒋正兴和叶梦虹、周志轩等人。

安子轩：这是泰州文旅集团的王总。

叶梦虹：王总，欢迎你们来湖洲村考察！

王总：谢谢！百闻不如一见，湖洲垛田果然是美不胜收。

叶梦虹：二先生，请你给王总介绍一下湖洲村的历史和文化。

二先生：湖洲湖洲，在湖之洲。我们湖洲村是浮坨镇最大的垛田村。村里有个双虹湖，多年前湖上曾出现过漂亮的双虹，湖景和垛田是咱们村特有的风景线，如果能开发出来，必定非常独特。

王总：的确是很有特色。我们很感兴趣，希望我们能够合作。

叶梦虹：很好！我们有资源、人力，你们有资金和管理经验。大家通过资源的合理配置，取长补短，合作共赢。

71. 垛田水路　外　日

载满了游客的游船穿行在垛田的水路中，一片片垛田油菜花展现在大家面前。

72. 湖洲村村委会办公室　内　夜

大家手忙脚乱地忙碌着。

叶梦虹：统计了吗？来了多少人了？

周志轩：8 天时间，接近 9000 人，没想到会来这么多人。

叶梦虹：真是超出我的预期。幸好镇里安排了警力给我们维持秩序，要不然就乱套了。谢谢蒋书记！

蒋正兴：看来我们是小看了这个油菜花节的威力了。争取明年办得更大。

叶梦虹：蒋书记请放心！我们准备请专家给我们做一个科学的规划，再跟文旅集团合作，争取把咱们的油菜花节做大做强。

蒋正兴信任地看着叶梦虹，微笑。

73. 湖洲村村委会会议室　内　日

叶梦虹、刘主任等村干部在开会，还请来了二先生，以及青年实业家周志轩，还有老支书金虎。

叶梦虹做设计规划汇报，她拿着激光笔指着规划方案的投影跟大家介绍：这是我们湖洲村美丽乡村规划的一个初步设想。

大家边看边听叶梦虹介绍。

叶梦虹：首先，今年秋天，垛田区域将统一种植观光植物油菜花，创建垛田油菜花景区。在垛田的对面，将增加、改建一部分民宿，以此来留住游客。这个油菜花节，以后每年都会举办。

大家点头。

叶梦虹：另外，为了提档升级，扩大规模，将对垛田景区之外、双虹湖四周进行改造，3000 多亩鱼塘区域需要退渔还湖，恢复原来的双虹湖面貌，进一步发展生态旅游。同时，我们还要发展农村电商，把我们湖洲村的特色农产品推广出去。

有人点头有人摇头。

二先生：好啊！真能这样，双虹湖当年的美景将能重现，人和自然将和谐相处。

刘主任点点头：这个种油菜还早，也好说。不过这个退渔还湖……怕是难度不小。按照文件规定，这一亩鱼塘才补贴400块，肯定有很多人不会答应。

金虎：对，我不同意！这鱼塘可是全村几百口人的饭碗。想当年，我们是一铲泥一铲泥挖出来的，就这样毁了？虽说这是上面的号召，但别的地方都没动，我们村逞什么能？

叶梦虹：挖塘养鱼不是长久之计。一旦生态被毁，必然殃及子孙后代。退渔还湖，恢复生态，发展乡村旅游业，才是更好的出路。

大家议论纷纷。

周志轩：我支持叶支书。发展旅游确实是一条好路。

金虎不满地：你支持？那把你家的鱼塘先清理了吧。

周志轩：好，那就由我带头，首先清理我家的鱼塘！

74. 湖洲村周志轩农场的鱼塘　外　日

鱼塘上围满了人，既有村民，也有外地来的游客。

此时，鱼塘已经快见底了，黑压压的一群人拖着鱼篓，在抢着捕捉一条条乱窜的鱼，平时斯斯文文的人们，已经被黑泥抹得面目全非，但污泥没有掩盖捉到鱼的喜悦。

金小雨拿着手机，正在做直播。

金小雨：……这就是湖洲村的特色节目，下塘捉鱼……

二先生和叶梦虹等人也站在围观的人群中。

二先生：志轩这小子可以啊，还能忽悠城市里的人亲自下鱼塘捕鱼。

叶梦虹：你没看到他们多开心啊。

一个游客将一大桶鱼提到周志轩用课桌临时搭建的称鱼台过秤。

游客将手机镜头对准了周志轩和游客的鱼。

金小雨：当当当当，今天的捕鱼冠军产生了，58斤，奖品就是这58斤鱼，58，58，我要发。

桂花嫂：真是服了志轩了。五块钱一斤批发给鱼贩子的鱼，把城里人拉来，自己抓，弄一身泥，还得花20块钱一斤买走，这些人图什么啊？

叶梦虹：这你就不懂了吧？这就叫旅游经济，游客们买的不只是鱼，是捕鱼的快乐。

桂花嫂似懂非懂。

二先生：志轩这个头带得好啊！

周志轩：等塘里的人上来，就破开围堰，放湖水进来，清理鱼塘。

二先生赞许地点了点头。

75. 湖洲村村委会　外　日

清理湖洲村双虹湖鱼塘的行政命令贴在了村委会的墙上。

众多养殖户围住了村支部，吵吵嚷嚷，要个说法。

金水生闹得最欢：叶梦虹！你个骗子！当初你骗我上岸，让我把所有的钱都投到鱼塘里，螃蟹苗进水里还没逮一回，你们就要把我的鱼塘扒掉，这不是要人的命吗？

村民甲：对，要命有一条，要清鱼塘没门。

金水生发狠：谁要敢来扒我的鱼塘，我就跟他拼命。

村民乙：对，谁敢动鱼塘，我们就拼命。

金水生：叶梦虹你给我滚出来，你这个骗子！

76. 湖洲村大外景　外　日

刘主任在大喇叭上通知：清理鱼塘的补偿款已经到了，请大家到村委会领取。清理鱼塘的补偿款已经到了，请大家到村委会领取……

村民甲：哎，你家的鱼塘扒了没有。

村民乙：不急不急，先看看再说。

77. 湖洲村鱼塘区域　外　日

金水生情绪激动地站在鱼塘前，手持一柄木棍，跟村干部们形成对峙。

金水生：谁敢毁我鱼塘，我弄死他！

二先生：金水生，休得无礼！

叶梦虹：水生舅，别激动，有话好好说，你先把木棍放下。

金水生：你们不给我活路，我，我也不想活了！

金水生说着走向鱼塘边缘。

叶梦虹：你一定要相信我，退渔还湖之后，很快就会产生经济效益，而且绝对是一件有利于子孙后代的大好事！

金水生：哼，你别再忽悠我了。我不活了！

金水生说着将木棍往地上一扔，转身要往旁边河里跳。

叶梦虹赶紧冲上去，想要拉着金水生，却没想到脚下一滑，往河里摔去。

二先生：小心！

众人赶紧冲过来搭救叶梦虹。

金水生看大家只顾着搭救叶梦虹，没人顾上拆他的鱼塘也就松了气。

78. 湖洲村村委会办公室　内　夜

叶梦虹独自一人在伏案工作。

周志轩走进来：叶支书，还在忙？

叶梦虹：马上完了。你这是……

周志轩走到叶梦虹面前，从兜儿里拿出一纸条，郑重地递给叶梦虹：叶支书，这是我的入党申请书。

叶梦虹接了，高兴地：好啊！

叶梦虹想要站起来，摔伤的腰突然疼了起来，她又坐下了。

周志轩发现了，上前关切地：哟，你的伤？

叶梦虹：没事。只要退渔还湖能顺利完成，受点伤，也值。

79. 湖洲村给水老鸦建房处　外　日

叶梦虹将几袋包装精美的兴化大米，放在桌子上。

叶梦虹对金水生夫妇：这终于搬进新家了，我代表村委会，给你们送几袋大米。

金水生不理叶梦虹。

金水生媳妇拎起大米，连忙推辞：哎呀，叶支书，这哪好意思啊，不能要不能要。

兴化大米在二人手中来来去去。

叶梦虹：这你必须收下，这可是我们兴化人自己种的大米，舅妈还出了一份力呢，别不好意思了。

最终，叶梦虹说服金水生，金水生收下兴化大米。

金水生媳妇非常感激地：叶支书，我们水老鸦前几天那么对你，是不是有点太过分了？

金水生露出愧疚的神情。

叶梦虹：我知道他不是冲我来的，也是为挣钱的门路着急，不过，你们不用担心，我这次来，就是解决问题的。

金水生和水生嫂疑惑地看着叶梦虹：难道取消退渔还湖了？

叶梦虹：村委会上周提交的咱们湖洲村美丽乡村规划方案已经得到了市里的认可，其中一项是发展乡村旅游，办垛田旅游景区，到时候会像城里的欢乐谷、游乐园一样，在旅游旺季每周办五次演出，邀请你加入景区的捕鱼民俗表演队，工资按月结算，上社保还会有退休金，到时候景区游客多了，你的收益不比鱼塘挣得少。

金水生和水生媳妇紧锁的眉头终于舒展开来。

水生媳妇感激地紧紧拉住叶梦虹的手：叶支书啊，我们真的太感谢你了。

80. 垛田　外　日

这是叶梦虹小时候拍照的地方。

叶梦虹独自来到这里，坐下沉思……

81. 季节变化的空境（从夏天到秋天）

82. 湖洲村村委会办公室　内　日

秋天，到了种油菜的季节。周志轩和二先生到了办公室。

周志轩说：之前承诺种油菜的，有的又反悔了。夜里偷偷地种上了香葱。

叶梦虹：总数有多少？

刘主任：不到百分之十，其他都种上了油菜。只是，我们规划的景区核心区，有几户不愿意种。

周志轩很欣慰：不过，可喜的是，皮大明、桂花嫂、金水生这三户很积极，都种上了油菜。

二先生：好，人心都是肉长的。

叶梦虹：核心区的那几家，怎么办？

周志轩：我去跟他们谈谈，大不了我出个高价，把他们的垛田流转过来，我种油菜。

刘主任：不过，这油菜花一年只开一季，等收了拿去榨油，这块地就荒半年，白白浪费了。

周志轩：那好说啊，种菊花！种完油菜花种菊花！一样都是黄灿灿的，游客照来不误。

叶梦虹惊喜：好主意！

83. 垛田湖边　外　日

安子鸣和叶梦虹来到湖边。

安子鸣递给叶梦虹一份杂志：你看，你们村皮大明的农民画发表了。

叶梦虹接了杂志，看画：真漂亮！

安子鸣看向经过退渔还湖后的湖景，有一种震撼的感觉。

安子鸣：我记得上次来湖洲村，双虹湖还不是这样子的。

叶梦虹：对啊，这是我的杰作。

安子鸣：嚯，王婆卖瓜自卖自夸！尾巴不要翘到天上去哦！

叶梦虹：还不快夸我?！

安子鸣：夸，当然要夸！

说着，安子鸣一下子抱住叶梦虹。

叶梦虹：快放手，被人看到了！

安子鸣松开叶梦虹：看到就看到吧！

两人笑。

84. 湖边　外　日

二先生面对恢复生态的双虹湖，心情激动：至若春和景明，波澜不惊，上下天光，一碧万顷；沙鸥翔集，锦鳞游泳；岸芷汀兰，郁郁青青。而或长烟一空，皓月千里，浮光跃金，静影沉璧，渔歌互答，此乐何极！登斯楼也，则有心旷神怡，宠辱皆忘，把酒临风，其喜洋洋者矣……

字幕：第二年春天

85. 湖洲村垛田油菜田　外　日

春暖花开。

成片的垛田，全部种上了油菜，金黄的油菜花如同海洋一般，看不到尽头。

86. 湖洲村村委会　内　日

湖洲村村民大会。

叶梦虹、周志轩、二先生坐在台上。

叶梦虹：首先，我向大家报告一个好消息。刚刚接到市里通知，兴化市油菜花节定在今年4月举行，我们村将作为主办方。还有，我们湖洲村美丽乡村规划方案得到市里认可，我们的发展目标是将湖洲村发展成垛田油菜花国家4A级景区。

村民们鼓掌。

叶梦虹：为了做好油菜花节的准备工作，经过村委会讨论决定，从今天开始油菜花节筹委会正式开始工作。现在我对筹委会的人员与分工做以下部署。

周志轩等人都期待地看着叶梦虹。

叶梦虹：在这之前，我先宣布一个好消息。经过各项考核，上级组织批准任命周志轩同志为我们湖洲村的代理副主任。

众人鼓掌，周志轩高兴。

叶梦虹：所以呢，咱们的民宿项目和油菜花景区规划项目就交由咱们村的先进青年实业家、副主任周志轩同志负责。

众人鼓掌。

周志轩向大家点头致意。

叶梦虹：老支书带领村民修缮村里的码头和做好每个垛田的水土养护。

金虎点点头。

叶梦虹：二先生，您和金水生负责捕鱼和民俗文化表演。

二先生点点头，金水生非常得意。

村民甲：金水生，咸鱼翻身，能耐了啊。

金水生：去，我是浪里翻身！

叶梦虹：再报告大家一个好消息，大明哥和桂花嫂，要结婚了！

坐在皮大明身边的桂花嫂突然害羞起来，捶了皮大明一拳。

桂花嫂：谁让你说出去的！

叶梦虹：我们开会商量过了，决定在油菜花节期间由村委会出资，给桂花嫂和皮大明办一场咱们村独有的风风光光的婚礼！

会场欢呼庆祝，热闹一片。

87. 村委会　内　日

叶梦虹跟周志轩谈话。

叶梦虹：经过村支委的讨论决定，批准你成为入党积极分子。以后，我就是你的培养联系人。我将安排你进行集中培训，包括听党课、参加党内有关活动等。

周志轩有些激动：谢谢！

88. 湖洲村菜地内　外　日

叶梦虹在垛田上给林诗阳和蒋正兴汇报工作：林副市长、蒋书记，去年年底，我们成立了垛田农业合作社。

林诗阳：成立合作社以后，村民人均收入能增加多少？

叶梦虹：每个月增加 1500 元左右。

林诗阳点点头：比我在这当村支书的时候强多了，你继续。

叶梦虹继续：合作社为了分担种植油菜花的风险，引入了万寿菊的项目，和油菜形成了间隔种植，也有一部分垛田种了芋头。正好是完美套种。

林诗阳点点头。

89. 桂花嫂的豆腐坊里　内　日

金小雨正在摆弄手机，教桂花嫂做直播。

桂花嫂：就把手机放在这里，这网上的人就全都能看得到我？

金小雨：那也要您有粉丝才行啊。

桂花嫂：粉丝？我家里有。

金小雨笑了：不是家里的，是网上的。

桂花嫂似懂非懂地：噢！

金小雨在镜头前，介绍桂花嫂的手磨豆腐花，桂花嫂现场演示手磨豆腐花。

金小雨：这就是我们湖洲村有名的桂花豆腐花，嫩滑可口的豆腐花加上一些桂花蜂蜜，嗯，那味道简直人间少有……

桂花嫂在一旁听得腼腆地笑起来。

金小雨：另外，大家请看这里。

金小雨指着墙上贴着的剪报和画。

金小雨：这些发表在各大报纸杂志网络上的画作，作者就是咱们村著名画家皮大明。

说着，金小雨将镜头对准正在旁边帮工的皮大明。

皮大明对着镜头笑。

90. 湖洲村菜地内　外　日

叶梦虹正拿着手机在看桂花嫂的直播。

叶梦虹：林副市长，您看。

林诗阳也向直播看去。

叶梦虹：不仅垛田地里有直播，还有桂花嫂的豆花也都上了直播，村里涌现出不少的网红呢，现在电商经济也发展起来了。

林诗阳（转向蒋支书）：嗯，还是年轻人厉害啊。

蒋支书点点头。

91. 湖洲村油菜花节现场　外　日

油菜花节现场，人山人海。

主席台上站满了来自各方面的领导，还有泰州文旅集团的王总他们。

林诗阳：我宣布，兴化市 2019 年油菜花节开幕。

众人欢呼。锣鼓喧天，热闹非凡。

叶梦虹心情激动，拿出口袋里的照片看着，感觉自己离梦想又近了一步。

92. 垛田水路　外　日

载满了游客的游船穿行在垛田的水路中，一片片垛田油菜花展现在大家面前。

乘客甲：听说这双虹湖有双虹奇观，我们就是奔着这个来的。

导游：想要看到双虹奇观，得等到雨天才行。

93. 游船上　内　日

林诗阳和众多省市领导、泰州文旅集团的王总等人一起登船，蒋正兴和叶梦虹、周志轩等人陪同。

林诗阳：王总，油菜花节能成功举办，离不开你们泰州文旅集团的大力支持啊！

叶梦虹：林市长，他们还准备在我们这儿投资开发民宿村。

林诗阳：欢迎欢迎啊。

王总：能为家乡做些实事，是我们的荣幸！

众人笑。

94. 周志轩农场旁的民宿　外　日

一些游客正来民宿办入住。

金小雨在民宿前做直播。

金小雨：当当当当，我们湖洲村新建的民宿终于开张啦，我来给大家做个采访，看看住在乡下是怎样的一种体验……

民宿旁，皮大明和桂花嫂一起磨豆腐，游客们将他们的豆腐摊围了个水泄不通。

95. 湖洲村村委会办公室　内　夜

村干部还在忙。

叶梦虹：统计了吗？来了多少人了？

周志轩：没到两天时间，景区接待了接近5000人。民宿都爆满了，没想到会来这么多人。到了吃饭的时候，很多人都排不上队。

蒋正兴：一下来了这么多人，好事啊。

林诗阳：看来我们是小看了这个油菜花节了。

忽然，一场暴雨下来。大家惊呆了。

96. 油菜花田　外　日（小雨）

第二天……

叶梦虹、周志轩等人撑着伞来到油菜花田，看着被暴雨打折的油菜，一脸的忧愁。

"铃铃铃"，周志轩手机响。

周志轩接起电话："喂？"

叶梦虹看着周志轩越来越紧锁的眉头，越发担忧：怎么了？

周志轩：入住民宿的游客一看油菜花田没了，都嚷嚷着要退宿退票走人。

二先生默默地叹了口气。

97. 湖洲村村委会大院　外　日（小雨）

村民们冒雨聚集在村委会大院，议论纷纷。

村民甲喊：这雨一下，游客都不来了！旅游节没了收入，村里拿什么给我们付钱？

村民乙：就是，没有游客，这油菜花就算白种了。

村民丙：别以为躲在里边不出来就算了，这笔账该怎么算?!

98. 湖洲村村委会办公室　内　日

二先生、刘主任、周志轩将叶梦虹围在中间。

面对突如其来的天气变化，叶梦虹愁容满面。

刘主任：这下该怎么跟乡亲们交代啊。

周志轩：他们不就是怕拿不到钱呗。

叶梦虹拿出一张银行卡：我工作这几年，也攒下了5万块钱……

周志轩打断：叶支书，你为村子里出了那么多力，不能再把家底都垫上，还是留着结婚用吧。（掏出一个存折，塞到叶梦虹手中）折子上有三万块钱，你先收着。

叶梦虹愣愣地看着大家真诚的脸庞，眼眶里噙满了泪水。

二先生也拿出存折递给叶梦虹。

这时，金虎匆匆走进来，从衣服兜儿里掏出来一个信封放在桌上，转身离去。

周志轩拿过来打开一看，竟是厚厚一沓100元的大钞。

99. 湖洲村村委会　外　日

金虎从办公室走出来，村民们顿时安静下来。

金虎：你们的钱，村委会一分都不会少。要是少了，你们来找我。

都散了吧！

村民们慢慢散去。

100. 湖洲村村委会办公室　内　日

叶梦虹看着窗外的金虎的背影，泪水夺眶而出。

金水生、桂花嫂和皮大明，带着一些村民走进办公室，办公室里一下子挤满了人。

桂花嫂：小叶支书，我们大家都商量好了，这赔偿啊，我们暂时不要了，我们会跟着你继续干下去。我们大家伙都看到了，你是真心帮我们，我们不是那种不知道好歹的人。

金水生：小叶子，在这湖洲村，我水老鸦本来谁都不服，现在就真心服你。你不仅给我盖了房子，还帮我留住了老婆，我相信跟着你干，一定会过上好日子。

叶梦虹哽咽：谢谢，谢谢你们！只要大家理解我们村支部的良苦用心，支持我们的工作，再大的困难都能克服，我相信，办法总比……

众人接口道：……困难多！

叶梦虹和大家一起笑。

接着，刘主任匆匆进来，高兴地说：叶支书，统计完了。

大家都看刘主任。

刘主任：前两天的所有收入，减去所有的开销，最后剩下了五万六千块钱。

叶梦虹高兴地：你们看，才开了两天的油菜花节，还能给我们带来五万块钱收入，这说明办油菜花节、发展旅游的路子走得对！

大家欣喜。

101. 垛田油菜地里　外　日

阴天，雨后，有风。

金虎带着皮大明和金水生在检查油菜花田，扶起倒在地上的油菜……

周志轩过来，递给金虎一件防风雨外套。

金虎疑惑地：怎么回事？

周志轩：这是叶支书给您买的，穿上吧。外面风大，挺冷。

金虎看看衣服，百感交集。

102. 特写

各种报纸都在报道油菜花节的消息……

电视和网络上也在报道油菜花节的消息……

103. 双虹湖　外　日

雨过天晴，天朗气清。游客回来了。

美丽的双虹湖上，行着几条挤满了游客的旅游船。

104. 游船上　内　日

一条游船上正在举办一场特色集体婚礼，林诗阳、蒋正兴、叶梦虹、周志轩和金虎都在游船上，和很多游客一起，饶有兴味地观看这场婚礼。

一对新人穿着婚纱礼服，被游客们围在中央。

导游：这是我们湖洲村特色的婚礼，今天这对新人，就是皮大明和芦桂英。

众人笑。

导游：在村支部的帮扶下，他们不仅顺利步入小康，还组成了一个幸福的家庭。游船上给大家准备的网红冰豆浆，就是新娘桂花嫂纯手工制作的。

众人鼓掌。

【特写】此处表现水乡婚礼十八帮。

105. 垛田油菜花田　外　日

【空镜】垛田上，连片油菜花碧波荡漾、金黄灿灿的美景。

106. 游船上　内　日

远处的湖面上升起了冲天炮。

导游介绍：这是双虹湖表演的召集号令，现在我们的船正在前往表演区。

107. 湖区表演区　外　日

乐队吹响了号角。一阵欢呼声传来，是金水生带领的捕鱼表演开始了。

几条渔船冲进了表演区。

渔人的吆喝、游客的尖叫，一阵狂欢。

金水生把鱼鹰赶下船，看着鱼鹰把鱼儿逮住，抄网抄起……鱼鹰再次下水。

鱼鹰表演结束，渔船并排停在一起，渔人站立，鱼鹰回到船上。

金水生组织的扳罾（zeng）表演，一罾起来，鱼虾满筐。

忽然，另一边鼓乐齐鸣。

那边出现了本地秧歌，男女在两条船上对唱……

另一处，是二先生带领的判官舞。

一些游客在旁边观看……

108. 游船上　外　日（雨）

金虎看着远处：没有二先生，这台节目不会这么精彩。

忽然，双虹湖一阵乌云翻滚。

林诗阳和蒋正兴颇有些担忧。

叶梦红等人特别害怕！

大家都特别担忧！

一会儿柔和的春雨下了起来。

林诗阳：不要害怕！这是春雨，是喜雨。

大家平静下来。

109. 游船上　外　日

雨过天晴。

大家忙着整理刚才一阵雨带来的狼狈。

眼尖的游客惊喜地发现，天边突然出现了一道彩虹。再过了一闪念之间，彩虹竟然成了双虹。

游客甲：双虹！

双虹湖出了双虹奇景，惊呆了游船上的每一个人。

二先生热泪盈眶，轻轻地吟诵：凭栏望，春意染金黄；万萼繁华花锦垛，一舟浮漾水云乡。

归去梦犹香。

所有垛田人眼含热泪。

叶梦虹拿出那张五六岁时候拍的照片，对照着照片上的双虹奇观。

叶梦虹激动地：我梦中的双虹，终于又出现了。

双虹奇景再现双虹湖，引起人们的阵阵惊叹，拿起手机纷纷拍照。

110. 垛田上　外　日

垛田的油菜花地里，突然出现了安子鸣高大的身影，他正满面春风地朝游船的方向走来。

111. 游船上　外　日

叶梦虹也发现了安子鸣，激动地要下船，无意中将照片掉落在地。

林诗阳刚好在一旁，看到照片掉落，捡了起来。

【特写】照片上是一个五六岁的女孩，背景是雨过天晴后成片的油菜花，和天边湖上若隐若现的双虹。

林诗阳：这，这照片……

蒋正兴凑了过来：噫，这不是叶支书小时候的照片吗？

林诗阳和蒋正兴向叶梦虹方向看去，她正走下大船，朝垛田那边走去。

林诗阳：这照片，是我拍的啊，当时我还是镇里的通讯员呢。

蒋正兴眼里露出惊讶的表情：这么巧啊！

112. 垛田上　外　日

叶梦虹朝安子鸣跑去，扑入他的怀抱。

美丽的双虹下，叶梦虹和安子鸣紧紧相拥。

《三十六垛上》的歌声远远传来……

113. 油菜花田　外　日

油菜花海，黄色花朵随风摇曳……

（剧终）

国宝追踪

1. 市郊建筑工地上　外　日

警察和文物局的车辆先后驶入施工现场。

施工现场中间有个十几平方米的大洞，看得出是古墓的出口。

大墓石头上，隐隐约约有"大明"等几个字。

三四个警察下车紧张地拉警戒线，在施工现场四周警戒。

考古专家方伟带了两个工作人员下车，工地负责人迎上去握方伟的手：欢迎，欢迎，你们终于来了。

方伟：谢谢你们保护现场。

警察拿着电喇叭命令：文物发掘现场，无关人员请离开，不要围观。

民工们在窃窃私语。

民工甲：听说下面葬的是个什么王，有不少好宝贝呢。

民工乙：这你就不懂了吧，我看过墓葬的书，这可能是明朝裕王的墓。

民工甲不屑地：就你懂？

工地负责人现场指挥：把墓坑里的照明给上。

电工：好嘞。

2. 市郊建筑工地古墓现场　内/外　日

古墓现场开启了大功率的照明灯。

发掘现场顿时灯火通明，蜻蜓、蚊虫等飞来飞去。

在别人手忙脚乱的时候，工地上的电工顺手就把几个绿豆大小的微型监控设备粘在了不同位置探照灯的外壳上。

3. 市郊建筑工地现场　外　日

古墓里灯光雪亮。人们各自忙着。

现场人员个个喜形于色，方伟戴着手套，不停地举着青花瓷端详来端详去。

方伟头顶上空，几只蜻蜓绕着青花瓷飞来飞去。

方伟：初步判断这是元代青花瓷，此次发现，可谓意义重大。

一工作人员问：方教授，那这青花瓷值多少钱啊？

方伟：这绝对是国宝级文物，可以说价值连城。如果非要说钱的话，最少值5亿元以上。

众工作人员顿时两眼放光。

喜悦的气氛充满了整个发掘现场。

4. 市郊建筑工地现场外　车内　日

工地外几百米处，一辆集装箱车像幽灵一样停在那儿。

集装箱车内，神秘的人，神秘的空间，神秘的气氛。

突然，集装箱后门闪开一个缝隙，一对蜻蜓大小的无人机，悄无声息地飞向发掘现场。

集装箱车内，几个大大小小的监视器里，监控和无人机拍回来的实时视频把发掘现场和青花瓷的画面显示得清清楚楚，各种数据在电脑上一目了然。

一个男中音命令道：海子，抓紧出模型，两个小时内我要见成品。
（不见男中音的脸）

一青年人王：是。

5. 市公安局局长办公室　内　日

市公安局局长林国祥：我说志伟啊，支队长的位置你就别惦记了。省厅考虑到你的实际情况，答应过段时间调你去训练中心。

刑警支队副队长罗志伟：我就喜欢在刑警队，再说了，我也舍不得离开您老人家啊。

林国祥：行了，行了，别贫了。说正事啊，双龙村建筑工地发现了元代青花瓷，据说是国宝，文物局已经请了安保公司进行押运，鉴于文物价值连城，又请求我们协助一下，我答应了。（他看了下手表）宜早不宜迟，给你半个小时时间，五点钟前赶到现场。你多带几个人，持械，火力要强点，有备无患。

罗志伟：小菜一碟。

林国祥：别大意，一定要考虑周全，确保万无一失。要是出了问题，看我怎么收拾你小子。

楚天佑：报告。

林国祥：进来。

罗志伟：局长，那我就先去现场了。

林国祥点点头。

楚天佑走到办公桌前，对楚天佑：天佑，你马上去高铁站帮我接个人。说完，递给楚天佑一张照片。

楚天佑：电话号码呢？微信号也行啊。（同时对罗志伟招呼）队长也在呢。

林国祥：这点本事都没有，你还干什么刑警队？

楚天佑：得嘞，没有问题，肯定把人给您接来。

罗志伟对楚天佑点点头，出门走了。

6. 市城乡接合部　内　日

集装箱车缓缓行驶在市城乡接合部的小路上。

王用 3D 打印出来的青花瓷成品，放进烤箱烧制，半小时后，从烤箱里取出的青花瓷，闪着耀眼的光芒，样子跟古墓里出土的青花瓷一模一样。

一双深邃的眼睛，闪现出一丝阴险，还是不见他的整张脸，他拨了个手机号码，还是那个男中音的声音命令：准备行动。

7. 市郊建筑工地　外　日

文物局的车在前，押运车在中间，刑警队的车断后，三辆车缓缓开出了工地。

工地的电工迅速拿出了电话，发微信语音：我下班了，已经离开工地，你明天再来找我吧。

电工一双鼠眼注视着车队离去的方向。

车队行驶在去往城里博物馆的路上。

8. 押运车行驶在市城乡接合部的土路上　外　日

不远处的一处花店，开业大典，鞭炮齐鸣，亲朋好友前来道贺。

城管迅速到场，开罚单，城管队员：为了保护环境，市行政区域内禁止燃放烟花爆竹，你们胆子可真大，敢这么干，花店还想不想开了？

花店老板：我就放了，怎么着？我高兴，你罚呗。

城管队员把罚单递给花店老板：我满足你的高兴，罚款 200 元。还放吗？再放还罚！

花店老板掏出两张票子在空中甩了甩，贱贱地，有点挑衅地：罚款我交，来，给你两张红票！

城管队员：对不起，我们不收现金。你到银行去交罚款。

9. 楚天佑的车内　内　日

楚天佑的改装车行驶在市城乡接合部的公路上。

夏若楠看了看李俊杰手里一直抱着的的一束康乃馨，一脸嫌弃。

夏若楠：这是给谁过母亲节啊？

楚天佑和李俊杰一脸坏笑。

夏若楠：好歹你俩也抱一束玫瑰花过来接我啊。不过，看在这辆大排量车的分儿上，就算了。

楚天佑：美女喜欢玫瑰啊？早讲哈。

10. 押运车行驶在市城乡接合部的公路上　外　傍晚

罗志伟带领朱家乐、陈佳等刑警队队员紧张地注视着四周。

车队驶进一个偏僻的十字路口，押运车遭到一左一右两个方向五六个蒙面人的攻击，是霰弹枪打出的子弹。

歹徒：车上的人统统滚下来，我们只要东西，不想伤人。

罗志伟掏出枪，向两边挥了挥手，陈佳和朱家乐等人悄悄地一左一右下车。

押运车上的保安对司机骂：格老子的，队长没交代有这一出啊。

保安紧张地拿枪对外。

文物局车上的人紧张地抱住头，蹲下来。

罗志伟率领陈佳、朱家乐等众人，保护押运车不让歹徒靠近。

罗志伟带人和歹徒发生枪战，双方对峙。

11. 袭击现场不远处，楚天佑的车内　外　傍晚

袭击现场不远处，楚天佑开车载着夏若楠和李俊杰正在行进中。

夏若楠突然警觉地：不对，有枪声。

楚天佑：你到底分不分得清，那是烟花爆竹的声音。

夏若楠：不对，你再听听。

李俊杰：对，好像是枪声。

楚天佑突然非常惊呆的样子，随即车就像脱缰的野马奔向枪响的方向。

12. 市城乡接合部偏僻的十字路口　外　傍晚

罗志伟一枪击中一个歹徒，其他歹徒向后退去。

罗志伟指挥：陈佳，快，向家里紧急求援。

陈佳爬上警车，打开步话机：我们在双龙村附近遭到不明歹徒持枪袭击，请求支援，请求紧急支援。

歹徒向罗志伟他们连连开枪，又趁机冲向押运车。

罗志伟等人担心误伤了文物，不敢贸然开枪还击。

朱家乐：头儿，这下麻烦了，这是伙什么歹徒呀？

罗志伟：要不你去问问，问明白了咱们再打？

朱家乐：管他谁呢，反正不是咱的人。

罗志伟、朱家乐、陈佳他们早就熟悉了楚天佑车的声音，知道是援兵到了。

朱家乐说：头儿，是天佑的车。

13. 市城乡接合部偏僻的十字路口　外　傍晚

楚天佑的车呼啸而至。

楚天佑提醒夏若楠和李俊杰：坐好了。

楚天佑运用超高的车技，腾挪漂移，直接撞倒了一个来不及躲闪的歹徒，同时也把前挡风玻璃撞出了花。

楚天佑心疼不已，还贫嘴：这一下子我一个月的工资没了。

夏若楠不屑道：算我的。

在两个歹徒即将打开押运车车门的瞬间，夏若楠从天而降，用倒栽葱的架势，两脚各自踢翻一个歹徒。

两个歹徒冲上来对付夏若楠，她左右开弓，与两个歹徒打斗，应付自如，打得轻松自如。

突然，夏若楠抓起一个歹徒，右臂勒住他的脖子，警惕地看着四周，对歹徒喊：所有人退后，否则我拧断他的脖子。

另一个歹徒爬起来准备再次奔向押运车，此时押运车已被罗志伟、朱家乐、陈佳、李俊杰死死护住。

其他警察趁机开枪，歹徒躲在车后还击。

夏若楠声色俱厉地：你们不会得逞的，我们的人马上就到，快缴械投降吧。

歹徒一只手抽出身上的匕首想反抗，夏若楠一把将歹徒推出，随后将其一脚踢飞。

歹徒甲：奶奶的，怎么蹦出个女汉子，这么厉害。

歹徒乙：我们得不了手了，闪吧？

歹徒头目却是个女的，叫徐雯，她挥挥手：撤。

众歹徒看架势不对，准备开溜。抢了死伤的人，仓皇各自逃窜。

罗志伟：光天化日之下就敢抢国宝，真是吃了豹子胆了。弟兄们，追，给我把他们一网打尽。

夏若楠不让：停！护送文物要紧，不要恋战。

罗志伟有点怪异地看看夏若楠，喃喃自语：这是哪根葱？

陈佳也怪异地看看夏若楠，对师傅罗志伟悄悄地：师傅，是美女耶，就是有点冷。

夏若楠冷冷地看了一眼陈佳，却对罗志伟大大咧咧地反问：我说错了吗？

李俊杰见他们这样，打圆场：队长，这是局长的客人。

罗志伟匪夷所思地摇摇头：没有，没有，没错，不追了，不追了。

14. 市城乡接合部　内　日

集装箱车停在市城乡接合部的一条偏僻小路上。

阿标敲集装箱车后门，一长音两短音，敲了两遍。后门悄然打开一条缝，阿标上车。

一男中音：什么情况？

阿标：是安珂的人，想抢劫押运车，没得手，跑了。

男中音不屑地：一点技术含量都没有。

阿标：那我们？

男中音：一切按原计划进行。

阿标鬼鬼祟祟地跳下车。

15. 市公安局局长办公室　内　日

林国祥非常震怒，对着电话命令：歹徒如此嚣张，胆大包天。

林国祥顺手把茶杯摔了。

林国祥继续：命令全市所有交通卡口，立刻设卡拦截，不要让一个歹徒跑了。另外，派武装直升机升空护航。

嘴里开始碎碎念：敢在我们瑞恩市动手，你说他们是不是吃了豹子胆了？

正在汇报工作的工作人员第一次见局长发这么大火，吓得不敢说话。

16. 城市综合管廊内　内　日

劳务外包公司的维护队一行几人行进在管廊内部。

队员甲：不是还没到维护日期吗？

队员乙：咱们张队的儿子高考结束了，他说要提前把工作干完，然后他就可以回家陪儿子了。

队员甲：也是哈，怎么着也不差这一两天。

在一个特殊的地点，队伍中的最后一人，悄悄地查看自己手腕上的智能手表，他环顾左右悄悄蹲下：我鞋带开了，你们先走几步。

前面的人回答：好的，你快点啊。

这人悄悄地在一个特殊的地方，放了两个火柴盒大小的物体，随后跟上大部队继续前进。

17. 市解放路与北京路交通口　外　夜幕降临

傍晚的瑞恩市一片祥和，正值下班高峰期，车水马龙，显得紧张而有序。

解放路与北京路路口的交通信号灯，突然四个方向都变成了绿灯。不明就理的司机仍然把车开进路口，路口随即堵成了一锅粥，司机们拼命按着喇叭。

司机下车互相指责。

司机甲：长不长眼睛啊，都堵成这样了，还往路口开，你瞎呀？

司机乙：你大爷的，马路是你家的，绿灯，绿灯看不见吗？警察都管不了我，你算老几？

18. 市解放路与北京路交通口　外　夜幕降临

一辆破面包车，在众人恶意的问候中，从非机动车道摇摇晃晃地驶入路口，被刚刚骑着摩托赶到现场疏通交通的交警拦停。

交警敬礼：驾驶证、行驶证请出示一下。

酒驾的小混混一嘴酒气：没带，都没带。

交警：你是喝酒了吧？喝了多少啊？下来下来，赶紧的。

交警准备把司机拽出驾驶室。

司机突然驾车逃跑，交警扒着车门紧紧跟随着跑了两步，然后松开，开始拿对讲机呼叫支援。

面包车却在慌乱中撞坏了路边的消防栓，水流顿时射出几米高。

水流向马路，迅速积水。

19. 市解放路与北京路交通口　外　夜幕降临

押运车队缓缓地驶入路口，三条车道中，被堵在中间车道，动弹不得。

所有车辆都被堵在路上，寸步难行。

直升机在押运车队头顶上空盘旋。

夏若楠坐在楚天佑的车上，前后左右看了看，对前排的李俊杰：你下去跟罗队长打声招呼，情况不对，让他注意警戒。

李俊杰下车。

20. 市解放路与北京路交通口　外　夜

啪啪约车的网约车司机被堵在路上。

打车人：（四川话）这撒子回事嘛？地图上显示，这条道本来就堵，你龟儿子非要往这条道上开，你是故意的吧？

司机：这条路平时是从来不堵车的，今天不知道什么情况。你嘴巴放干净点。

司机话还没说完，打车人就动手了，俩人一直厮打到车外。

一个三流小网红正在嗲声嗲气地现场直播路况：各位小主，这里是解放路与北京路的十字路口，东西南北大堵车，前后左右水泄不通。请看天上还有直升机护航，像不像拍大片的感觉？小主，你猜对了。注意右下角，注意右下角，玫瑰花走一波，跑车走一波，谢谢飞哥送的火箭。

21. 综合管廊下的管廊管道井　井筒内　夜

灯光突然闪了两下，熄灭。

就在灯光突然灭掉的瞬间，管道井内的两人，把遥控按下。之前被人放置在管廊里的火柴盒大小的物体突然膨胀，弹出一个屏幕大小的东西。

阿标和一个工人飞速从管壁溜下，随即向左右两块屏幕各自投下一个视频。

22. 市解放路与北京路交通口　外　夜

一辆拉水产的小货车，突然货箱门松了，满箱的小龙虾掉落出来，跑进了积水里。

突然出现的小龙虾，让堵车的司机和行人都纷纷加入了捞虾的行列。

23. 综合管廊下的管廊管道井　井筒内　夜

阿标他们两人再次攀上井壁，悄悄地打开管道井的锁。

管道井外，正是堵车的现场，车底下都是水。

两人迅速拿出材料，把井口护住，不让水流进管道井。

工人最后取出水刀，对上面的车底盘进行切割。

24. 市解放路与北京路交通口　外　夜

前车司机，挂了倒挡，故意撞上了后车。

一个浑身冒着骚气的女司机，下来就和后车司机吵架。

女司机：怎么开车的，怎么开车的？你还追尾！你会不会开车呀？你驾照是网上买的吧？

男司机：大姐，大姐。

女司机：老娘我有那么老吗？

男司机：啊，小姐，小姐，你别着急。

女司机"啪"的一个耳光打了男司机。

男司机被打蒙逼了。

女司机：你喊谁小姐，谁是小姐了？你才是小姐，你们全家人都是小姐，你们全村人都是小姐。

男司机：哎，哎，哎，你讲理不讲理？是你倒车撞的我。

女司机：你一个大男人欺负我一个弱女子，你是人吗？你是不是人啊？是男人吗？讲道理，你跟女人讲道理，（动手推搡）我让你跟女人讲道理，（继续推搡）有意思吗，有意思吗？

男司机接连后退。

看热闹的永远不嫌事大，疯狂起哄。

看客甲：50块抛光就行了。

看客乙：网上买抛光服务，9块9包邮。

交警赶过来劝解：都别吵了，赶紧上车，把路让出来。

女司机还有点不依不饶。

25. 押运车内　内　夜

工人切割完毕，取下底盘。

机器人摄像头伸进押运车，看到了被包裹的青花瓷。

阿标放出机器人，把青花瓷送到切割口，取下青花瓷。

阿标让机器人把另外一个假青花瓷送回原处，然后收回机器人。

装上底盘。

26. 市解放路与北京路交通口　外　夜

罗志伟带队伍围在押运车四周，警惕地注视着周围，命令：堵了快一刻钟了，注意警戒。

自来水公司的抢修车辆闪着黄灯在现场施救。

城管队员骂骂咧咧地打开了雨水管道井，让水流得更快。

李俊杰下车，不放心地问了一下自来水公司的人：师傅，还要多久才能修好？

维修师傅：马上就好。

27. 管廊内　内　夜

工人原样装上井盖。

管廊内的灯再次闪烁。

阿标他们二人从井内溜下来，迅速消失得无影无踪。

28. 市解放路与北京路交通口　外　夜

交警手忙脚乱地指挥交通。

当他回头看一眼那个被他制服的酒驾司机的时候，却发现酒驾司机不知道何时溜走了。

29. 市解放路与北京路交通口附近楼顶　外　夜

路边的一个楼顶上，男中音通过高倍监控设备盯着被堵在路中间的押运车。

王在一旁调监听设备，警方的对讲机等各种声音，则被听得清清楚楚。

30. 市解放路与北京路交通口　外　夜

押运车队缓缓开出路口。

夏若楠命令楚天佑：赶紧掉头。

楚天佑：姐，几个意思？

夏若楠不容置疑地：回去勘查枪战现场。

李俊杰：啊？

楚天佑二话不说，一打方向盘，一个漂亮的漂移，掉头开走了。

31. 女司机的车里　内　夜

女司机的微信里，收到了 1000 元的转账，女司机美滋滋。

马上回语音：胖哥，以后再有这种事，记得还要找我啊。晚上我犒赏你啊，记得少喝点酒。么么哒。

32. 瑞恩市博物馆内　内　夜

假青花瓷在罗志伟等人的监视下被锁进了博物馆的 1 号保险库。

崔泰石馆长：罗支队，辛苦了，这次幸亏了你们，要不是你们在，这国宝就不知道被谁抢去了。

罗志伟：不辛苦。我担心歹徒还不死心。

博物馆保卫科科长韩永昌：罗支队，您就放心吧。我们的安保水平，不是老韩我吹牛，不比北京故宫的差，你就把心放到肚子里吧。

33. 希尔顿大酒店豪华房间　内　夜

歹徒头目徐雯毕恭毕敬地站在洋人安珂面前：老板，对不起，让您失望了。

安珂中文讲得很好：这次失手不怪你，只可惜胖娃娃进了博物馆，再想拿到，难度就更大了。

徐雯：我已调查清楚，胖娃娃被锁进了 1 号保险库，需要保卫科科长韩永昌和博物馆总监苏浩两人同时在场，用他们的视网膜才能打开保险库的门。

安珂老谋深算：胖娃娃我是志在必得，那就再冒一次险。

徐雯：明白。

34. 市城乡接合部偏僻的十字路口　外　夜

夏若楠带楚天佑和李俊杰在枪战现场勘查，他们捡起各种子弹头。

李俊杰：这伙歹徒看上去不像一般劫匪啊。

楚天佑：美女，你看这是些什么人？

夏若楠：这些都不是常规的弹头。这应该是一伙境外势力。

楚天佑和李俊杰同时"啊"了一声。

35. 市公安局刑警支队办公室　内　日

楚天佑、李俊杰等人在办公室议论即将空降到刑警支队的新队长。

陈佳：听说是省厅空降下来的。

李俊杰：会是什么人呢？

朱家乐：听说还是个女的。

罗志伟有点情绪：没活儿干了是吗？赶紧散了，该干吗干吗去。

楚天佑隐隐约约看到局长正在走来，他把食指放到嘴边向大家"嘘"了一声，大家噤声。

这时，林国祥带夏若楠进办公室，向大家宣布：杨政委出差，我替他宣布一下省厅政治部的任命。

林国祥：省厅任命夏若楠同志担任瑞恩市公安局刑警支队支队长职务，大家欢迎。

大家瞬间愣住了，惊掉了一地下巴，个个目瞪口呆，随即稀稀拉拉地响起了掌声，议论纷纷。

林国祥：夏若楠同志，你要尽快融入这支队伍当中，和大家打成一片，发挥你的技术专长，把这个队伍锻炼成有险必战，战之能胜的精英团队。

夏若楠点点头：是，我会努力的。

林国祥对夏若楠讲：这次国宝押运，虽说有惊无险，但嫌疑分子仍然逍遥法外。我命令你们刑警队尽快破案，把这一伙嫌疑分子，全部提拿归案。

夏若楠：您放心吧，局长，我们保证完成任务。

大家都对夏若楠持质疑的态度。

夏若楠来到自己的办公桌前，不动声色地黑掉了大家的电脑。

夏若楠：20元就能解锁。（随即在墙上贴出了微信支付二维码）

陈佳、朱家乐、李俊杰、罗志伟、楚天佑无奈扫码付款解锁。

林国祥也进来了，一脸无奈地扫码付款。

大家都付款完毕后。

夏若楠：好了，咱们的工作群就建起来了，群活动经费也有了。

众人惊讶，却突然对这个看似柔弱的女子刮目相看。

36. 豪华办公室　内　日

男中音坐在豪华茶桌前正在独自喝工夫茶，还是看不清脸。

阿标汇报：老板，都处理干净了。

男中音点点头：洋鬼子那边什么情况？

阿标：他们准备去打劫博物馆。

男中音哈哈大笑：好，有他们做掩护，我们就安全了。让他们折腾去，必要的时候，给他加把火。

阿标：明白。

男中音：你下去吧。

阿标出门。

男中音从抽屉里拿出一个 GPS 卫星电话，走到窗户跟前，拨出了一个号码，接通：我这里出了个宝贝，感兴趣吗？

37. 市公安局刑警支队会议室　内　日

夏若楠和罗志伟、陈佳、朱家乐、李俊杰、楚天佑等人在开案情分析会，林国祥等局领导也参加了。

罗志伟对夏若楠不屑地质疑：你凭什么判断是境外势力干的？

夏若楠：从案发到现在你勘查过现场吗？

罗志伟摇摇头：还没来得及。

夏若楠：作为刑侦人员必须第一时间勘查犯罪现场，你作为老公安难道不懂吗？

罗志伟被夏若楠戗得说不出话来：你，你，我也没有闲着。我的任务是协助押运文物，不是现场破案。

夏若楠冷冷地看了罗志伟一眼，对楚天佑：你汇报一下现场勘查的情况。

楚天佑把现场照片打到投影幕上——介绍：这是一个有组织的犯罪团伙，对手有备而来，很显然，他们对我们的行进路线、起运时间了如指掌。案发现场附近还有鞭炮声。现在瑞恩市 365 天禁止燃放烟花爆竹，为什么偏偏在那个时间、那个地点放鞭炮？所以，我认为，对方是经过周密部署、严格组织的团伙作案。最主要的，他们使用的火力配备，不是我们境内的团伙能够达到的水平。

林国祥：夏队长，你看下面侦破工作怎么进行？

夏若楠一句废话都没有，直接布置工作：

第一，嫌疑分子对国宝绝不会死心，还会有所行动，所以要加强博物馆的安保工作，这工作由罗队长负责。

第二，排查所有涉外酒店，清查这三天内持外籍护照的入住人员。朱家乐，你利用大数据以及人脸识别系统把这些人统统找出来，逐一甄别。

第三，我负责调查昨晚解放路与北京路交通口的大堵车。

夏若楠还没有说完，罗志伟又提出质疑：一次普通的堵车有什么大惊小怪的？

夏若楠没好气地：我也是瑞恩市人，解放路与北京路路口那么宽，你什么时候见过这里有这么堵过？为什么偏偏是在押运车到的时候堵？自来水水管破裂、龙虾落地、撞车吵架、网红直播难道都是巧合吗？事出反常必有妖。如果真觉得没有必要大惊小怪，简直就是弱智。你的警惕性去哪里了？职业敏感去哪里了？

罗志伟急眼了：你给我讲清楚，谁是弱智？谁没有警惕性了，谁没有职业敏感了？

林国祥：好了，好了，谈工作，较什么劲啊。

38. 韩永昌家　内　夜

微弱的亮光下，韩永昌战战兢兢，提出来一个装钱的黑色袋子：这200万你们拿回去吧，国宝我是实在不敢偷啊，那可是、是要杀头的啊。

徐雯：你干了，政府要杀你的头。你不干，我们也能杀你的头。怎么办，你自己掂量掂量吧。否则，别怪我们对你在美国的女儿下手。你女儿留学不是正需要钱吗？

韩永昌动了心思，赶紧地：凭我一个人打不开保险库的门啊，还需要苏浩的密码和视网膜。

徐雯：你先别管他，你自己答不答应？

韩永昌不情愿地讨价还价：事成之后，再给我加200万，你们还要帮我去美国。

徐雯：没问题，只要你配合。要是不配合，你的麻烦就大了。

39. 苏浩家　内　夜

苏浩不以为然地：200万就想把我打发了？

安珂：苏先生，你自己开个价吧。

苏浩伸出一个指头。

安珂：1000万？没有问题。

苏浩摇摇头：再加个零。

安珂瞪大了眼睛：一个亿？苏先生，你不要敬酒不吃吃罚酒。你如此没有诚意，就不怕我们把你干掉吗？

苏浩哈哈大笑：干掉我，你们就能拿到青花瓷了？

安珂恶狠狠地威胁：那你就等着。

40. 夏若楠家　内　夜

夏若楠在家中与工作中判若两人，不修边幅，大大咧咧。

夏母在唠叨：30多岁的人了，都快要绝经了知道不知道？还不谈个对象结婚，真是急死人了。你姥姥在你这么大的时候，把我们兄弟姐妹四人都生齐了。

夏父打断她：女儿事业才有点起色，哪有工夫谈恋爱啊？

夏若楠：就是。

夏父：女儿，听说刚出土的青花瓷失窃了？还找到了？

夏若楠：是的。

夏父：你们可千万不能再让它流失，说青花瓷是国宝一点都不为过。青花瓷的生产工艺是老祖宗传下来的，全世界只有我们中国能制作，其历史和艺术价值无与伦比。

夏若楠点点头：爸，你放心。

41. 韩永昌家　内　夜

韩永昌：保险库根本炸不开的，再说了，你们炸开了保险库，青花瓷不也就炸毁了？

徐雯：那怎么办？

韩永昌：按照规定，文物入库前，需要由博物馆组织专家对文物进行数据测绘，然后把测绘数据上报到国家文物局。到时候会把青花瓷从保险库里取出来。

徐雯：太好了。

韩永昌：只是，只是。

徐雯：只是什么？

韩永昌：只是，测绘现场，会有十几个摄像头对着，我根本无法下手啊。

徐雯：你只要把监控关掉就行，其余的你就不要管了。

韩永昌几乎哀求：你们可不能动粗啊，那可是国宝啊。

42. 市博物馆馆长办公室　内　日

崔泰石馆长：小苏，青花瓷的数据测绘，你们要抓紧了，测绘完成后，马上上报到国家文物局。今天下午三点，我给你们请来了我们瑞恩市文物界的前辈，翰林文化的董事长冷常青，我请他来掌掌眼。

苏浩：好嘞。（欲言又止）崔馆长，有人在打青花瓷的主意，我担心不安全。

崔泰石笑笑：正常，小心点就是了。押运路上都有人打劫，被人惦记再正常不过了。

苏浩点点头：明白。

43. 市博物馆门口　外　日

博物馆正常开放，博物馆大门口，人们陆续排队进入。

保安突然报告：人脸识别系统突然失灵。

韩永昌：采用身份证人工查验，人、证相符就放行。

博物馆门口的监控摄像头已不能正常工作。

徐雯等人陆陆续续拿身份证或护照通过人工查验进了博物馆的大门。

44. 市博物馆 1 号保险库　内　日

苏浩和韩永昌一同打开 1 号保险库的门，苏浩小心翼翼地把青花瓷抱出来。

45. 市博物馆测绘室　内　日

苏浩和韩永昌把青花瓷放在了一个四四方方的大桌上，四周各个方位都有监控，各种仪器和几个工作人员有条不紊地工作着。

崔泰石和冷常青戴上白手套，对着青花瓷一阵端详。

冷常青：恭喜崔馆长，得此宝贝，真是我们瑞恩人的福气呀。

如果此宝能留在瑞恩，一定是我们博物馆的镇馆之宝。

崔泰石：可惜了，这个宝贝要送到北京去了。

冷常青：能如此近距离地欣赏国宝，是我老冷三生有幸了。

崔泰石：感谢冷董事长莅临瑞恩市博物馆，那我就不留老兄了。剩下的时间，让他们测绘吧。

崔泰石对苏浩：小苏，测绘要多长时间？

苏浩答：七八小时吧。

崔泰石携冷常青退出了现场。

韩永昌：好，那你锁门吧，我到前面去。

苏浩：行，你去吧。

46. 市博物馆监控室　内　夜

韩永昌鬼鬼祟祟地走进了博物馆的安保监控室，取下了监控存储硬盘，又破坏了博物馆的监控网线。

47. 市博物馆测绘室　内　夜

苏浩他们正在进行数据测绘，发现上传到国家文物局的测绘数据到99%，慢慢到100%。苏浩和两名工作人员舒了口气。

苏浩给韩永昌打电话：老韩，我们测绘结束了，你来把青花瓷送保险库吧。

韩永昌：好，我马上过来。

48. 公安局刑警支队办公室　内　夜

值班员报告：报告罗队，博物馆监控突然失灵。

罗志伟一听是博物馆，马上一个机灵：所有人，带上武器，立刻去博物馆，马上通知林局和夏队。

49. 市博物馆走廊　内　夜

韩永昌刚刚从监控室出来，就被人用刀架在了脖子上，押着走向测绘室。

50. 市博物馆测绘室外面　外/内　夜

外面传来杂乱的脚步声，苏浩感觉有点不对劲，很麻利地将青花瓷包裹好，塞进了测绘室一个柜子的最下面。

韩永昌敲门：苏总监，你开下门。

苏浩听了听，从里面开门，门刚一打开，徐雯就拿枪顶住苏浩的脑袋。苏浩呆住了。

另外的歹徒拿刀逼住了其他两个工作人员。

徐雯问：青花瓷呢？

苏浩：在保险库里。

徐雯：不对，明明在这里。

苏浩：我放保险库了。虽然开锁需要两个人，但关锁只需要一个人。

韩永昌一听，愣住了。

徐雯对其他歹徒说：给我搜。

话音未落，枪声响起，是罗志伟率队到了。

51. 市博物馆测绘室　内　夜

枪声一响，徐雯和一个歹徒就挟持了苏浩和韩永昌。

徐雯和一个歹徒押着苏浩和韩永昌，走向保险库。

徐雯：我们知道保险库的门，需要你俩都在才能打开。现在你们俩就去打开保险库的门，把青花瓷给我取出来。

罗志伟：都不要动，我看谁敢动保险库的门，谁动我就开枪打死谁。

蒙面歹徒威逼韩永昌和苏浩，刀刃处已经流出了鲜血。

韩永昌：你们就是弄死我，也拿不到青花瓷，再说，青花瓷也不见得在里面。

苏浩：青花瓷就在里面。不过，你们就是杀了我，也别想得逞。我谅你们也不敢把我怎么样。

一个歹徒：把炸药拿来，我们得不到，谁也别想得到。

52. 市博物馆保险库外　内　夜

随即，一个歹徒把炸药包拿到了保险库门外面。

罗志伟带陈佳进来，一看大惊失色，随即带人冲向歹徒。

众歹徒忙于还击来自罗志伟等人的攻击，放开了韩永昌和苏浩。

两个歹徒夹击了陈佳，陈佳被打倒在地。等陈佳起身，发现已经被歹徒用炸药包挟持住。

歹徒拿着炸药包：我今天就要拿走这个东西，如果拿不到，我就把它炸掉，让你跟着陪葬。

罗志伟和其他警察一看陈佳被擒，顿时慌了，不敢再动手。

徐雯命令韩永昌和苏浩：你俩滚过来，把保险库的门打开。

韩永昌和苏浩被枪顶着，正慢慢走向保险库，刚要动手，外面突然响起一声：住手！

53. 市博物馆　内　夜

众人一惊，往门口一看，是夏若楠带队来了。

陈佳被歹徒拿炸药包挟持住，动弹不得。

歹徒：把国宝拿过来，否则我杀了她。

陈佳：不要管我，保护国宝要紧。

夏若楠手起，刀对着歹徒飞出去，打伤了挟持陈佳的歹徒，陈佳一个前滚翻，脱离了歹徒的控制。

被打伤的歹徒手握炸药包靠近保险库：拿不到东西，大家就同归于尽，什么人也别想得到国宝。

夏若楠又施展功夫对其他歹徒展开追打，歹徒不敌夏若楠的功夫，节节败退。

54. 市博物馆　内　夜

苏浩偷偷告诉夏若楠：国宝没在保险库里，我们正在对国宝进行数据测绘，我藏起来了。

夏若楠大喜：罗队，你保护他们把国宝转移到安全的地方。

韩永昌：我知道哪里最安全。

55. 市博物馆　内　夜

韩永昌在前面带路，罗志伟和陈佳保护苏浩，苏浩怀里抱着青花瓷，他们到了二楼的走廊尽头。

韩永昌打开了门，进去。

罗志伟：这是哪里？

韩永昌：这是博物馆的杂物间，平时都关着，我们把门一关，外面人不知道我们在里面。

苏浩：这里是偏僻，一般人找不到这里来。

56. 市博物馆杂物间　内　夜

韩永昌很隐秘地按下了手腕上的手表，一个信号传了出去。

几分钟后，一股神秘的烟状气体突然从门缝飘入，众人瞬间昏迷。

57. 市博物馆　内　夜

没有了后顾之忧，夏若楠带队打退了劫匪，劫匪逃跑。

夏若楠：陈佳，你找一下罗支队他们在哪里？

陈佳离去。

58. 市博物馆杂物间　内　夜

罗志伟、苏浩、韩永昌等人昏迷，东倒西歪地倒在地上。

陈佳给夏若楠打电话：夏队，在二楼找到罗支队他们了，只是，只是……

电话里传来夏若楠的声音：只是怎么了？

陈佳：国宝不见了，罗支队他们昏迷了。

59. 市博物馆监控室　内　夜

夏若楠：陈佳，你看一下监控。

陈佳检查监控设备：所有监控设备被毁，存储硬盘被取走了，看来对手早有准备。

夏若楠气急：立刻向局长报告，通知全城封锁。

60. 市博物馆办公室　内　夜

林国祥的车队驶入博物馆的大院。

林国祥人还没见到，就开始大发雷霆：国宝居然在眼皮子底下被抢走，真是丢人，丢人丢到家了！

夏若楠和罗志伟很狼狈地走到林国祥跟前。

林国祥：你们自己说说，我怎么向上级交代？怎么向全市800万人民交代？

夏若楠连连检讨：都是我的责任，我请求处分。

罗志伟：都怪我大意，着了坏人的道。

林国祥没好气地：别讲这些没用的，赶紧想办法，把国宝追回来。

朱家乐进来：报告，从监控分析，六名歹徒从博物馆逃跑，分乘了两辆车，一辆开向了复兴路，还有一辆进了希尔顿大酒店的地下停车场。已经确认这六名歹徒就是双龙村打劫的那伙人。

林国祥命令夏若楠和罗志伟：还愣着干吗？快去啊！你们两个带队分别去追，追不回来不要来见我。（又拿起电话命令）封锁全市的所有出口，捉拿抢劫博物馆的嫌疑分子。

夏若楠和罗志伟急步出门。

林国祥命令：小朱，你用大数据和卡口监控数据跟踪这两辆车，天亮之前将他们捉拿归案，抢回国宝。

朱家乐：是。

61. 复兴路　外　夜

一辆别克商务车在逃窜，司机贼眼警惕地观察着外面。

司机：前面有警车拦路。

歹徒头子：快左拐，走小巷子。

司机一打方向盘，商务车进了小巷子。

62. 复兴路　外　夜

罗志伟手上拿着对讲机，里面传来朱家乐的声音：就你前面的那辆别克商务车，左拐进了小巷子，你们赶紧追进去。

罗志伟命令陈佳：左拐。

陈佳一打方向盘，警车也进了小巷子，远远地看见前面的别克商务车，陈佳加大了油门直追上去。

别克商务车发现警车追上来了，也加大了油门，两车展开了追车大战。

63. 希尔顿大酒店地下停车场　外　夜

夏若楠带楚天佑等人持枪来到地下停车场，她们小心翼翼地进行搜索。

夏若楠耳麦里传来朱家乐的声音：别克商务车，车牌 E3686W。

大家分头在找，陈佳最先找到：夏队，找到了，车在这里。

大家持枪围着别克商务车。

夏若楠命令：搜查。

楚天佑不知用了什么工具，车门就被打开了，里面空无一物。

夏若楠：快去监控室。

64. 希尔顿大酒店监控室　内　夜

夏若楠一行进入监控室，楚天佑拿出工作证：警察办案。

两个保安乖乖起身让到一边，陈佳调看监控。

监控视频显示：别克商务车一停下后，徐雯带着三个歹徒匆忙下车，一个歹徒手里拎了个铁皮箱子。

另一个监控视频显示：徐雯等一行人上电梯。

又一个监控视频显示：徐雯等一行人从 5 楼电梯下来。

夏若楠：上！通知家里增援。

65. 潮洲街　外　夜

警车跟别克商务车紧追不舍，别克商务车拐，警车也拐。别克商务车别警车，警车一会儿前一会儿后。歹徒连连开枪，罗志伟和陈佳还击，两车大战。

罗志伟：请在广艺路与潮洲街口设卡，拦住前面那辆别克商务车。

耳麦传来警察的声音：收到，收到。

66. 希尔顿大酒店 518 房间门口　内　夜

夏若楠等人持枪对着房间门，让服务员敲门。

服务员上前敲门，里面没有声音。

67. 希尔顿大酒店 518 房间里　内　夜

这是个总统套房，里面有好几个房间。

安珂和徐雯等歹徒拿枪紧紧对着房间的门。

安珂对徐雯使使眼色，慢慢向后退去。

徐雯会意，慌忙把青花瓷装进箱子里，拎起来就往里面的房间走。

这时，外面枪声大作，门被打烂，夏若楠他们破门而入。

68. 广艺路与潮洲街口　外　夜

警察已在街口设卡，别克商务车快速开来，冲卡过去，被扎了轮胎，车在原地打转，众警察端着枪包围了商务车。

罗志伟：你们被包围了，缴械投降。

两个歹徒举手下车。

车上空无一物，警察摇摇头：查了，车里什么都没有。

69. 希尔顿大酒店 518 房间里　内　夜

安珂预先准备了绳子，他顺着窗外的绳子向下溜走。

警察与劫匪混战在一起。

徐雯拎着箱子也准备溜走，夏若楠赶到，一枪打在窗台上。

两个劫匪奔着夏若楠就冲过来，夏若楠右臂擒住了徐雯，用左手接招，用双腿攻击。

楚天佑冲过来对着一个歹徒就是一顿痛打，歹徒不是对手。

徐雯：放我出去，否则我就把青花瓷摔了。

说完，徐雯就丢下了箱子，夏若楠下意识地松开她去接箱子。

离得最近的楚天佑一个闪身，对着地板就冲过去，准备接住箱子。

另外两个歹徒准备对楚天佑开枪，被夏若楠一枪打断了手腕，手枪掉在地上。另外一个歹徒被陈佳开枪击中倒地。

一刹那，徐雯翻窗而逃。

枪声响起，楚天佑一个前滚翻，把国宝稳稳地抱在怀里。

70. 市公安局会议室　内　日

局领导和刑警支队的人在开会。

夏若楠：这次行动还不能说是完胜，还有几个漏网之鱼。

罗志伟：小菜一碟，包在我身上。

林国祥：在这次战斗中，刑警支队作风勇猛，作战顽强，用胜利保护了国宝。为此，局里决定为你们请功，给你们刑警支队请集体一等功，给楚天佑同志记个人二等功一次，记入个人档案。

楚天佑嗫嚅：领导，我的车挡风玻璃，咋说的？

林国祥说：你有改装车的钱，没有换玻璃的钱？

夏若楠一脸不屑：你还是不是男人？我都说了算我的，我把这个月的工资都给你，够了吧？

楚天佑掏出修车单，对夏若楠挤挤眼睛：姐，是你三个月的工资。

夏若楠拍打楚天佑的头：假发票吧？你看我不抽死你。

大家哄堂大笑。

突然，值班员推门进来：报告局长，国家文物局反馈，瑞恩市博物馆上传的文物数据，经专家评审后认为，是仿品。

众人惊得目瞪口呆。

71. 豪华办公室　内　日

冷常青在打电话：货在我手上，保证是真货，只是你给的价格，我很难接受。在公海上交货你才给我 1 亿美元，你这价格不太友好，1.5 亿美元怎么样？如果是 1 亿美元，在大陆交货，行。

一外国人说着不太标准的普通话：中国公安很厉害的，中国我们是不敢再去了，你不要说 1 个亿，5000 万我都不要。

冷常青很失望地挂了电话，转身问阿标：听说鬼佬把事情办砸了，还折了3个人？

阿标：对，到现在他们还不知道真品在我们手上。

男中音：放点风出去。

阿标：明白。

72. 市公安局局长办公室　内　日

林国祥毕恭毕敬地在接电话，电话中传来愤怒声：这起特大文物盗窃案，全国罕见，部里首长很震惊。你们立刻成立专案组，你要亲自挂帅，限你们十天破案，防止文物流失到境外。

林国祥唯唯诺诺：是，是，请厅长放心，我们坚决完成任务。

73. 安珂住处　内　夜

徐雯：老板，我们上当了。

安珂：怎么讲？

徐雯：我们从博物馆抢回来的是只仿品。

安珂：你是怎么知道的？

徐雯：国家文物局根据测绘数据分析，确认是现代仿品。

安珂震惊：啊！那真品呢？

徐雯：真品早就被冷常青调包了。

安珂把手中的杯子砸了：混蛋！我不得不佩服，这个混蛋的手法是不一般。

74. 市公安局会议室　内　夜

林国祥等有关局领导和刑警支队的所有成员都在开会。

林国祥主持案情分析会在紧张的气氛中进行。

林国祥命令：会议现场屏蔽所有的通信信号。

75. 市公安局会议室　内　夜

夏若楠分析：现已查明，安珂这伙犯罪嫌疑人的确是境外势力，他们实施了两次犯罪活动，双龙村和博物馆的两次打劫，至于国宝被调包，我觉得并非他们所为。瑞恩市至少有两伙人在打国宝的主意。

大家面面相觑。

夏若楠继续：那么国宝究竟是被什么人，在这么短的时间内做出了高仿品？又是在什么时间、什么地点、使用什么手段调包的？

林国祥：大家都说说想法吧。

76. 市公安局会议室　内　夜

夏若楠：我敢肯定，我们瑞恩市还隐藏着一个更大更强更深的作案团伙。

林国祥：你大胆说说吧，怎么把他们尽快揪出来？

夏若楠在白板上写写画画：国宝从出土到现在也就三天时间，我们沿着国宝移动的轨迹，追踪它的所有细节，就一定会露出蛛丝马迹，不要放过任何细节。

罗志伟：文物从工地起运，到送进博物馆的保险库，我都在场，在这个过程中，根本不存在被调包的可能性。

夏若楠：你不要这么武断。

罗志伟有点急眼了：你不相信我？

夏若楠：笑话，破案跟信任有什么关系？

林国祥：好了，都到这时候了，你俩还较什么劲？

夏若楠：在目前没有任何线索的情况下，我这是破案思路，思路不对，我们就会进入误区。

林国祥：我赞同夏支队的思路，按照惯用方法，走常规破案路线。这样，罗支队带陈佳、李俊杰，负责梳理国宝在博物馆的所有细节。另外，夏支队带楚天佑、朱家乐利用监控数据，采用智能、大数据分析排查。

大家一起回答：是。

林国祥：同志们，案情重大，为保密起见，从现在开始，我们使用北斗卫星电话智能终端进行该案的联络。

大家又一起回答：是。

77. 市公安局刑警支队办公室　内　日

夏若楠：小朱，你调用分局监控数据，查 2 天内进出博物馆的外来车辆。

朱家乐进行了查询：目前来看，绿化车一切都是正常的。

78. 市公安局刑警支队办公室　内　日

朱家乐：我分析出垃圾车有嫌疑。垃圾车出了博物馆就进了修理厂。

79. 汽车修理厂　外　日

夏若楠带人去查汽车修理厂监控。

修理厂说：监控坏掉了，数据已经清零。

80. 市公安局刑警支队办公室　内　日

夏带存储器回市局，把它交给了朱家乐：把它进行技术恢复。

朱家乐很兴奋地报告：楠姐，有情况。

大家一起查看，看到黑影靠近垃圾车后，带走了一个东西。然后，该影子翻出修理厂，警方监控显示，带着一个包。

81. 追击现场　外　夜

夏若楠带人追踪该黑影。找到了这个人。

战战兢兢地：有人给了我 1 万块钱现金，让我去垃圾车里取东西。

夏若楠：你干啥的？

那人：我是拾荒的人，并不认识给钱的这个人。谁给钱我就给他干活。

82. 刑警支队办公室　内　日

只好回到汽车修理厂的线索。

朱家乐：我去看一下修理厂附近的监控视频吧。

朱家乐突然地：这辆箱车正向南行驶在贵州往云南的高速公路上。我用人工智能分析预测，该车有驶向边境的最大可能性。

林国祥下令：迅速跟踪此车。

朱家乐：我有权限可以动用卫星，但是无奈云层太厚，根本看不到车。

省厅请求贵州警方、云南警方跟踪。

林国祥：夏队，罗队，你们带队火速飞往昆明。

83. 云南，边境线密林中　外　日

箱车驶向边境，准备携物逃跑。

夏若楠、罗志伟等带队拦截箱车。

84. 云南，边境线密林中　外　日

打斗中，歹徒甲取出文物盒子。

歹徒乙：都不要过来，都不要动，再动我就摔坏它。

夏若楠又使出飞刀打伤歹徒甲。

夏若楠奔向歹徒甲，欲抢下国宝，歹徒慌乱中引爆了炸弹，和国宝同归于尽。

满地的陶片。

夏若楠、罗志伟面面相觑：这根本不是青花瓷，只是一个陶罐。

85. 瑞恩市公安局刑警支队办公室　内　日

夏若楠正在分析案情，大家都听呆了。

夏若楠：对于文物在博物馆被盗的假设，有三个可能：

1. 里应外合，博物馆盗走真品，用假换真。原因是只有在罗志伟和警察带韩永昌科长和苏浩进行转移的时候，国宝曾经短暂离开过我们的视线。这个时间理论上具备调包的可能性。然后，对手藏匿真品，送假的到云南。

2. 还是上述的团伙，里应外合，盗走的却是仿品，用假换假。

3. 另外的团伙，企图浑水摸鱼，然而盗走的也是仿品。

如果是我，假如在博物馆之前我手里已经有了真品，我就明知而故意盗窃仿品，那几个人必定是我提前安排进去的，这几个人和当晚的抢劫分子里应外合，利用园林绿化的车把假的送进来，用垃圾车把真的运出去。然后再把假的送到云南去，混淆警方视线，来争取时间，最后把文物带出国境。这是最最高明的手段。

林国祥：但是这个假设的前提是已经有了真品，目前来看，这个假设很难实现，堪比登天。

夏若楠：如果是我，如果能在博物馆盗得真品，那几个人必定是我安排进去的，这几个人和当晚的抢劫分子里应外合，利用园林绿化的车把假的送进来，用垃圾车把真的运出去，然后再把假的送到云南去，混淆警方视线。

如果我是来自另外的团伙，我用一个假的，换了另外一个假的。我才不会绞尽脑汁再送一个假的到云南去。

所以，给我们挖坑的这一方，手里必定有真品。

陈佳：那真品能在哪儿呢？

夏若楠斩钉截铁地：应该还在瑞恩市。

林国祥：我觉得，对手水平不是一般的高，越是我们觉得不可能的事情，越有可能是我们破案的方向。

此言一出，夏若楠若有所思。

林国祥：最近大家都脑筋乱套了，大家静一下，好好理一下思路。

86. 市公安局刑警支队办公室　内　日

侦破又回到起点。

夏若楠：理论上，国宝在工地被盗，绝不可能。只有两种可能：一是在押运途中；二是在博物馆。

押运途中只停了两次车，是路上打劫的现场和堵车现场。打劫前前后后就几分钟，怎么可能？堵车堵在路中间，又怎么可能？

在博物馆，又被盗走了一次，理论上确实是有在博物馆进行调包的可能性。

朱家乐提出：种种迹象表明，我们已经进了嫌疑分子的圈套，我们走的每一步，都在对方的设计之中。

林国祥：我赞成朱家乐的观点。对手在掩盖什么呢？我比较倾向于，越是容易发现的线索，都是对手给我们的圈套。

87. 冷常青豪华办公室　内　夜

徐雯和一个歹徒身穿夜行衣翻身进入冷常青的办公室，她四处找保险柜，在办公室后面找到一个暗门，正要打开，阿标冲进来。

阿标与徐雯和歹徒三人在黑暗中对打。

阿标被徐雯用暗器击倒，徐雯和歹徒一个翻身到门外。

阿标受伤，无奈不再追赶。

88. 市公安局刑警支队办公室　内　日

室外暴雨如注。

新闻在报道：关于解放路城市综合管廊改造，起到防洪巨大作用。夏若楠眼前一亮，朱家乐也几乎同时想到了这一点。

朱家乐查询到：瑞恩市一年前建成了解放路全长 5 公里的城市综合管廊试验段。

夏若楠：小朱，你把押送当日，一路上的监控视频找出来，还有堵车的现场视频。

朱家乐定位了当时押运车的停车位置。

大家发现押运车停下的位置，正好正对着一个井盖。

朱家乐：华兴公司当日正在做 5G 实验，现场有 10 亿像素的彩色摄像头，易记录公司配合华兴公司，正在做大数据存储实验工程，项目正在测试阶段。幸运的是，我们已经拿到了当天的视频数据。

89. 冷常青豪华办公室　内　日

室外暴雨如注。

冷常青：敢到我这儿偷东西，看来胆子不小。阿标，查查是什么人干的？警察不可能这么快就找到我们啊？

阿标：老板，我查过了，是鬼佬的人干的。

冷常青：鬼佬，到我这里来偷东西？

阿标：是鬼佬的手下，一个是徐雯，还有一个马仔。

冷常青：你告诉鬼佬，光明正大地来拿，搞什么偷偷摸摸的，上不了台面。

90. 市公安局刑警支队办公室　内　日

【特写】朱家乐运用各种计算机、大数据、AI 分析等技术手段。

朱家乐运用高超的数据比对技术，把现场所有车辆的轨迹，从提前 20 分钟开始到最后停下，16 辆车，看似无意，实则有意，把押运车和警车结结实实挤在中间动弹不得。

被破坏的交通信号灯……

被撞坏的消防栓，自来水水管破裂……

胖女人撞车吵架……

龙虾落地，众人哄抢……

本不该这个时候开来的扫地车和洒水车……

还有花店开业的鞭炮声……

街头女网红直播……

最后，夏若楠和朱家乐两人异口同声：阴谋，绝对的阴谋。

91. 市博物馆监控室　内　日

罗志伟带陈佳、李俊杰检查博物馆的安保监控室，韩永昌在旁边战战兢兢。

李俊杰报告：师傅，监控存储硬盘被人拔掉了，监控网线是遭人为破坏的。

罗志伟查看，慢悠悠地问韩永昌：韩科长，你怎么解释？

韩永昌豆大的汗珠往下掉：我，我，不是我干的。

罗志伟似笑非笑地：我没说是你干的啊，你紧张什么？

92. 冷常青豪华办公室　内　日

冷常青在办公室和安珂见面，阿标和徐雯分列两边。

冷常青：老弟，想要青花瓷，派个人来拿就是了，何必动刀动枪的？

安珂：惭愧惭愧，多有得罪，前辈海涵。

冷常青：言归正传，咱俩合作，把东西运到公海上。我只要我的8000万美元，多的归你。

安珂：一言为定。

冷常青：一言为定。

安珂：给我三天时间，我去安排。

冷常青：我们还得给警方再放点烟幕弹，让他们把视线盯在博物馆那边。

93. 市公安局局长办公室　内　日

夏若楠兴奋地向林国祥报告：局长，有重大发现。

林国祥：说说？

夏若楠：对手终于露出了马脚，给我三天时间。

罗志伟闯进来：局长，好消息。

林国祥笑笑：今天捷报频传嘛，说吧，什么好消息？

罗志伟：博物馆的监控存储硬盘和监控网线遭人为破坏。

林国祥命令：演吧，好好表演吧。

94. 城市综合管廊内　内　日

次日早晨，一队戴口罩的管廊检修人员悄然进入检修出入口。

夏若楠、陈佳、李俊杰在队伍当中。

朱家乐在进行后台支援。

他们来到了当天押运车停车的位置下方。

【特写】管道井壁上发现了非常细微的带色水流痕迹。

夏若楠：很明显，这些痕迹被人为清理过。

朱家乐在后台做了技术分析。

朱家乐：数据分析，那是钢材被切割后的细微细末，被氧化后形成的颜色。

95. 市街头　外　日

楚天佑在车里接夏若楠的电话：天佑，案发时候的押运车出了车祸，已经被送到拆解厂。你离拆解厂最近，你火速赶到拆解厂，拦截下这辆车。

楚天佑：好嘞。（说着，一打方向盘，飞奔而去）

96. 汽车拆解厂　外　日

楚天佑迅速赶到拆解厂（特写驾车镜头），拦下了即将被压缩的押运车。楚天佑到处查看，发现蛛丝马迹。

楚天佑指着底盘问师傅：这是什么痕迹？

师傅回答：这是水刀切割的痕迹。

97. 市博物馆会议室　内　日

罗志伟和陈佳坐一边，苏浩坐另一边。

陈佳对苏浩问话：你别紧张，今天就是例行问话。

苏浩反问：我紧张了吗？

陈佳也不回答，继续问：你认为韩科长这个人怎么样？

苏浩：不怎么样。

陈佳：什么叫不怎么样？

苏浩有点不耐烦：有话直说吧，不要绕圈子。你是不是想知道，我会不会跟他勾结，把青花瓷给调包了？

陈佳有点尴尬：你说吧，从青花瓷进博物馆到现在有没有什么异常？

苏浩直言不讳：有。

罗志伟不动声色：有什么异常？

苏浩：有个叫安珂的洋鬼子来找过我，要送我 200 万，让我跟他们合作，我没答应。

陈佳：就这些？

苏浩：就这些。

罗志伟和陈佳有些失望。

98. 市公安局地下室密室　内　日

夏若楠下案情结论：押运车底部被水刀切割，基本确定国宝就是在堵车的时候被调包的。

罗志伟恍然大悟：这就合理解释了消防栓被撞，扫地车和洒水车的出现，他们是以此来进行保护和掩盖。看来对手是一个高智商、强大的团队在作案。（尴尬地笑笑）我们还是有点跟不上形势啊，夏队长，让你见笑了。

林国祥：为了掩人耳目，博物馆这根线不能放，志伟，你继续盯着博物馆不放。同志们，留给我们的时间不多了，时间越长，国宝就越有可能被运出国境，必须要争分夺秒，追回国宝。大家有没有信心？

大家一起喊：有。

99. 解放路上　内　日

夏若楠坐在楚天佑的车上去现场，接到夏妈的电话，夏若楠正在看材料，随手开了免提。

夏母：楠楠，你李阿姨给你介绍了个男朋友，定好今天晚上 7 点在北京路星巴克见面，你别忘了。

夏若楠：妈，我正忙着呢。（发现夏妈已经把电话挂了）（郁闷中）

楚天佑听得清清楚楚，阴阳怪气地：我离你这么近，相什么亲呀？

夏若楠：你是不是找抽？你这个小屁孩。

楚天佑：我是实话实说，夜深人静的时候你考虑考虑。

夏若楠：滚一边去。

坐在后面的朱家乐边看电脑监控边汇报：夏队，发现押运那天有辆集装箱车很可疑，从工地一直跟到这附近。

夏若楠：搜索它的所有行车轨迹。

100. 一神秘会所　内　夜

冷常青和安珂见面。

冷常青：船安排得怎么样了？我感觉警察留给我们的时间不多了。

安珂：如果不出意外，船后天就能到。

冷常青：太好了，我这就去准备。

101. 韩永昌家附近　外　夜

陈佳：师傅，自从昨天我们发现监控室遭到破坏后，韩永昌就失踪了，我怀疑他有问题。

罗志伟：找到他再说。

陈佳开车到了韩永昌家附近，当他停下车的时候，韩永昌却在一条偏僻的路上被人追杀，他紧张地边跑边呼救。

李俊杰开车对蒙面杀手进行追逐，最后追上蒙面杀手和他发生打斗。

蒙面杀手打不过罗志伟二人，跳入河中不见踪影。

韩永昌也趁机逃跑了。

102. 星巴克咖啡店　内　夜

夏若楠下班后去相亲，不料相亲对象却是博物馆的苏浩。

夏若楠很是惊讶：怎么是你？

苏浩贫嘴：这就是缘分啊，救命之恩，我得以身相许是不是？

夏若楠：你想得倒是美。

苏浩递给她一杯咖啡，夏若楠直接把盖子掀了，把吸管拔了，端起来大口大口地喝起来，一点也不淑女。

看得苏浩目瞪口呆。

夏若楠：干吗这样看着我？

苏浩结结巴巴：不，不，没什么，没什么。

夏若楠：正好，我想问你个问题。据你所知，在我们瑞恩市，都有什么人是制作文物仿品的高手？

苏浩：一个是我，还有一个就是瓷器鉴定大师冷常青。

夏若楠：那如何在短时间内能造出仿品？

苏浩卖弄道：这我可是行家，用一种特殊材料，用 3D 打印技术打印出青花瓷胚子，用 1600 摄氏度的超高温，就可以在几个小时内烧制好一个仿品。

夏若楠怔怔地看着苏浩，突然说了句：我看你嫌疑最大。

苏浩哭笑不得：你这什么逻辑？

夏若楠：我说得不对吗？

苏浩：简直莫名其妙，职业病！

103. 市公安局刑警支队办公室　内　日

李俊杰对追杀韩永昌的蒙面杀手进行心理画像：大数据分析显示，这名蒙面杀手叫徐雯，女的，安珂的手下，双龙村和博物馆打劫都是她带的队。

夏若楠：我知道，就是在希尔顿逃脱的那个女的。那她为什么要追杀韩永昌？

罗志伟：博物馆打劫，韩永昌很可能就是被徐雯买通的内应，现在有可能是为了杀人灭口。

夏若楠：那就把他们俩抓回来吧？

陈佳：韩永昌也抓？

夏若楠：有没有证据？你有证据就都抓。

罗志伟：明白。

夏若楠：小朱，集装箱车查出什么没有？

朱家乐：查到了，经过监控视频筛查，这集装箱车在考古现场附近前后停留了 21 小时。押运那天，又跟到解放路附近停留了 35 分钟，跟押运车堵车的时间相吻合。

夏若楠：现在集装箱车的位置？

朱家乐：云南边境。

夏若楠大吃一惊：啊，怎么不早报告？罗队，快去跟云南警方联系，请求立刻扣留检查。

罗志伟：好的。

夏若楠：综合管廊内的监控视频找到了吗？

朱家乐：找到了，你来看。我发现，在19：24：35，城管打开了押运车隔一个车道的雨水井盖，消防栓排出的自来水卷着地上的污泥和漂浮在水面的塑料袋倾泻而下。但我发现，精确到微秒的视频中，虽然有水流，但是却没有水流在刚刚开始时候应该有的一股黑水，和那个被卷下的塑料袋。我通过AI分析发现，只是在某个时间点，所有视频都有2—3秒的间断，后查明是电力公司进行线路切改所致，但我总感觉这2—3秒有问题。

夏若楠：对手不简单啊，他们可能采用了全息影像技术进行视频造假，骗过了我们的摄像头。

朱家乐一拍大腿：对啊，我怎么没有想到。

104. 郊区仓库　内　日

一人多高的工业用煤气罐被切割开，露出了内胆。

冷常青注视着操作工将包裹好的青花瓷，固定在支架上，然后焊接在罐体内部，再把切割开的罐体复原，打磨平整。外观和普通煤气罐并无两样。在煤气罐的把手上的不易察觉的角落里，冷常青放入了一个微型跟踪发射器，然后用材料封住，不容易被人察觉到。

105. 市公安局地下室密室　内　日

林国祥等有关局领导和刑警支队的所有成员又在开案情分析会。

夏若楠：现在所有细节都对上了，小朱，你介绍一下。

朱家乐一边用投影演示，一边介绍：他们提前在集装箱里烧制好仿品，现场用水刀切割押运车，把真文物送到地下，再把假文物放回押运车，这一切神不知鬼不觉。只是，做完这一切，至少需要 20 分钟时间。从逻辑上讲，这就需要把押运车堵在路上，让押运车动弹不得，才能给他们创造出作案时间。

罗志伟：水刀切割，如果在干燥的马路上，会有水的痕迹。我明白为什么会把消防栓撞坏了，就是为了掩盖水刀切割。

夏若楠：还得人为制造交通堵塞，让我们的车队动弹不得。

投影演示现场照片：

被破坏的交通信号灯……

被撞坏的消防栓，自来水水管破裂……

胖女人撞车吵架……

龙虾落地，众人哄抢……

本不该这个时候开来的扫地车和洒水车……

还有花店开业的鞭炮声……

街头女网红直播……

朱家乐介绍：出现在押运车周围的这十几辆车，通过大数据分析表明，都是在不同时间点、不同出发点的网约车。按照当天的行车速度和轨迹，恰恰可以达到 19:05 对押运车的围堵。背后的下单者，他们都是一个三流直播小网红的粉丝，小网红说当天要在人民广场集合，举行歌星见面会。所有这些事情的导演者，现已查明是一个叫阿标的人干的。

夏若楠：阿标被锁定，那他背后的总导演就是他的主子冷常青。

林国祥：你们是如何确认仿品是在集装箱里烧制的？

罗志伟：从云南兄弟单位传来了对集装箱的检查报告，在温感一项里，发现该集装箱内部曾经经历过多次不低于 1600 摄氏度的超高温。

夏若楠：苏浩证实，用特殊材料，在 1600 摄氏度的超高温下，就可以短时间内烧制好一个假青花瓷。

林国祥：好，你们已经把犯罪链条上的每一个环节确认了。我觉得现在基本可以锁定冷常青。

106. 市港口码头海关监管区　外　日

一辆给轮船运送燃气的箱式货车驶入码头，扫描后进入港口码头，直奔外国游轮 CRYSTAL 号。

司机对海关关员：送燃气的车，这是单据，一共是 5 罐。

海关检查后放行。

107. 冷常青豪华办公室　内　夜

夏若楠和朱家乐潜入冷常青办公室。

夏若楠轻轻地翻箱倒柜。朱家乐装窃听装置。

阿标不知从什么地方冒出来，上来就对着夏若楠太阳穴一拳，夏若楠敏捷地让过一拳，反手就是一扣，阿标也不示弱，两人大打出手。

夏若楠对朱家乐：快跑。

朱家乐犹犹豫豫地奔向门外。

108. 一神秘会所　内　夜

冷常青脸色很难看，阿标和徐雯毕恭毕敬地站在他面前。

冷常青阴冷地问：知道是什么人吗？

阿标：一男一女，身手利索，看样子像是警察。

冷常青：我费尽心机，把阿雯安插在鬼佬身边，就是想把视线引到博物馆和鬼佬身上。现在看来还是被他们盯上了，这一波警察够厉害。

阿标：那我们赶紧跑吧？

冷常青：跑？我的身家性命都押在这青花瓷上，怎么跑。

阿标：青花瓷不都上船了吗？船一开不就跑了？

冷常青：那才叫往枪口上撞。

徐雯戗阿标：游轮，尤其是外国游轮，在领海内，必须按照规定时间和规定的航线走，海警也不是吃素的。

冷常青这时突然冲徐雯发火：还有你，让你去演戏，干吗还要去追杀那姓韩的？现在戏演过了吧，自己还暴露了，惹火烧身。

徐雯辩解：鬼佬非要我去找姓韩的追回那200万。

冷常青叹了口气：这鬼佬也是成事不足败事有余。

阿标：那怎么办？总不至于坐以待毙？

冷常青冷笑笑：演戏，继续给他们演戏。

109. 市公安局刑警支队办公室　内　日

朱家乐向夏若楠报告：据刑侦通报，翰林公司的资金，已经全部通过地下钱庄转移到了开曼群岛。

罗志伟：这是要跑的节奏啊。

夏若楠指挥楚天佑：天佑，你给我派人盯死他，这次一定要人赃俱获。

楚天佑：放心吧领导，我已经布下了天罗地网。谅他也翻不出如来佛的手掌心。

这时，林国祥进来。

大家各自讲：局长好。

林国祥：有什么进展？

夏若楠：人是锁定了行踪，就是不知道国宝的下落。冷常青这次肯定跑不掉了。

林国祥：你们要把这个人分析透，找到他的软肋下手。把他的档案调出来给我看看。

朱家乐调出冷常青的档案：冷常青，男，55岁。南方大学历史系研究生毕业，瓷器研究和鉴定专家、收藏家、翰林文化董事长。曾经从国外拍卖市场买回来十多件珍贵文物，捐给了市博物馆。后来一项重大投资失败，就开始倒卖、盗窃、仿制、走私文物。这人表面儒雅，学识渊博，实则老谋深算，阴险毒辣。

林国祥：这就是一个人的多面性、复杂性。家庭情况呢？

朱家乐：老婆，还有一个女儿都在美国。局长，还有一个情况要向你报告，翰林公司的资金，已经全部通过地下钱庄转移到了开曼群岛。

林国祥：追！从现在开始，人一刻都不能离开你们的视线。

朱家乐看了下定位：从手机定位显示，冷常青目前人在公司。

林国祥：不要过分相信高科技。

陈佳匆匆忙忙跑进来：韩永昌来投案自首了。

大家一起笑了，罗志伟：他知道还是进来最安全。

110. 一个神秘处所　　内　　夜

一台 3D 打印机正在打印人脸硅胶面具。

阿标在试面具。

111. 翰林大厦大门口　　外　　日

一辆奔驰商务车停在门口。

冷常青从里面大摇大摆地出来。

司机开门，用手搭在上方，冷常青矜持地上了奔驰商务车，司机到前面开车。

楚天佑驾车紧跟在后面：目标出门。

耳麦里传来夏若楠的声音：保持距离，暂时不要打草惊蛇。

楚天佑：明白。

112. 市公安局刑警支队办公室　　内　　日

夏若楠：有没有办法确认国宝在不在车上？

朱家乐摇摇头：只能停车检查。

夏若楠拿起对讲机：如果发现目标出城，就在出城检查站拦停检查。二号跟进。

陈佳的声音：我们跟在天佑后面 200 米。

夏若楠拿着对讲机：大家做好准备，目标可能要跑。

113. 翰林大厦大门口　外　日

一辆出租车停在门口。司机是冷常青的马仔。

冷常青换了一身打扮，压了一顶大檐帽子，低着头从大楼里面出来，匆匆上了出租车，门都没关严，就命令车飞速开走。

114. 市街头　外　日

奔驰商务车漫无目的地在街上转圈。

楚天佑的车不紧不慢地跟在后面：头，目标是不是发现我们了？

耳麦传来夏若楠的声音：你撤下来，二号跟进。

陈佳的车跟上，她对着耳麦：收到。

115. 市港口码头　外　日

冷常青直奔 CRYSTAL 号外国游轮。

安珂、徐雯、阿标在船上迎接，冷常青和安珂两人，假惺惺地拥抱了一下。

安珂：有没有尾巴跟着？

冷常青得意地：有，在街上转呢。

两人哈哈大笑，安珂：好，开船。再有一个半小时就能到达公海。

游轮向公海快速驶去。

116. 市街头　外　日

奔驰商务车漫无目的地在街上转圈，突然向城外驶去。

陈佳对耳麦：目标向城外驶去，看样子要跑。

耳麦传来夏若楠的声音：各单位注意，在检查站设卡拦截。

117. 城外检查站　外　日

奔驰商务车发现城外的检查站已经设卡，就准备直接闯过去。

陈佳一踩油门，冲到前面拦截。

奔驰商务车被逼停。

楚天佑、李俊杰等人也赶到了。

冷常青乖乖地下车。

118. 市公安局刑警队办公室　内　日

朱家乐：报告楠姐，人脸识别系统显示，冷常青人在港口码头。

夏若楠：不好，上鬼子当了。（拿起对讲机）各单位注意，这目标是冒牌货，真目标在港口码头，所有人迅速赶往港口码头。（对朱家乐）所有人，快，带上装备跟我走。

朱家乐迅速收拾设备。

119. 城外检查站　外　日

大家如临大敌，把冷常青围在中间，用枪指着他。

冷常青傻傻地问：这场戏怎么有警察的啊？

陈佳上去撕下冷常青的面具：别装了，谁让你干的？

冷常青严肃地争辩：我是演员，有人给了我 3000 块钱，让我演一个老板。

国宝追踪

大家哭笑不得。

陈佳快速上车：快，去港口码头。

120. 游轮内部洗手间　内　日

安珂对徐雯：真品已到游轮上，被冷常青的人藏起来了。你先想办法找到它。然后给他下毒，毒死他。

徐雯：明白。

121. 游轮内部一密室　内　日

这是本剧中，徐雯唯一的着女装的时候。

冷常青对徐雯：你是我安排在鬼佬身边最得力的干将。今天你务必趁机干掉他。这样，青花瓷就是咱们的了。

徐雯很坚定地点点头。

122. 市港口码头　外　日

大批警车开到了港口码头，林国祥、夏若楠、罗志伟、楚天佑等人都赶到了港口码头，朱家乐在调设备。

林国祥对着步话机：联系靠近公海的海警船，封锁海面。命令直升机火速赶到公海附近。

朱家乐：报告，游轮还有 15 海里就到公海。

夏若楠等人急匆匆地登上海警的快艇：快，上快艇，追。

123. 游轮客舱　内　日

冷常青和安珂在客舱里喝着红酒，喜形于色。

冷常青：我们只要把船开到公海，任何人都拿我们没办法。

安珂：哈哈哈，中国警察这时候不知道在干什么呢。

然后，各自心怀鬼胎地喝酒碰杯。

徐雯上来，对他俩：两位老板，甲板上风和日丽，请两位移步到甲板，边欣赏美景，边喝酒庆祝，不是更好？

冷常青与安珂对视了一眼，随即响应。

安珂：服务生，你再加一瓶更好的酒。

冷常青、安珂各自朝自己感兴趣的位置慢慢扫了一眼。各自胸有成竹的样子。

124. 快艇上　内　日

夏若楠：快，快，开，开到最快。

快艇驾驶员：好嘞。

夏若楠一边焦急地看着扫描雷达，一边向前张望。

朱家乐请示公安部：我请示有关部门授权给我，我黑掉游轮的导航和定位信号，让对方暂时失去方向和位置。

对方回复：可以，已经授权给你。

朱家乐报告：我已经黑掉了游轮的导航信号和卫星电话信号，并且我北斗通信卫星给该船发出了一个假的位置信息。

125. 游轮甲板上　外　日

冷常青和安珂看着手里的 GPS 定位信号，在轮船驶出中国领海的一刹那，在甲板上欢呼雀跃。

我方海警直升机，海警船，突然出现在轮船行驶的正前方。拖网渔船也紧跟其后，以防他们狗急跳墙抛弃国宝毁灭罪证。

冷常青、安珂绝望地冲进驾驶室。

冷常青用枪逼着船长：开足马力冲出去，否则我毙了你。

船长将所有马力都给上。无奈螺旋桨早已经被我方渔船用渔网缠住，轮船动弹不得。

126. 游轮甲板上　外　日

直升机在上空盘旋。夏若楠带队伍登上游轮。

海警队长宣布：代表中华人民共和国，在中国领海，对你船进行检查。

安珂大喊：你们违反国际法，这里是公海，你们无权登船检查。

朱家乐左手拿着枪，右手拿着北斗导航仪，在冷常青、安珂面前晃荡晃荡，一脸的荣耀、一脸的自豪加嘚瑟，还有一脸的无赖。

夏若楠很无语地撇了撇嘴。

朱家乐：睁大眼睛看看，睁开你们的狗眼看看，这是什么经纬度？这是我中华人民共和国领海，不是公海。这里离公海还有，还有 1 海里。

朱家乐捡起了冷常青慌乱中丢下的 GPS 导航，很嫌弃地扔在了甲板上，又踩了一脚，说了一句：你们的 GPS，也就那么回事。

127. 游轮甲板上/生活区　外　日

林国祥局长带刑警队所有人也乘快艇赶来。

徐雯带领大家到了游轮后部安放煤气罐的位置。

夏若楠给大家介绍徐雯：我介绍一下，这位是省公安厅刑侦处化妆侦察员张薇玲同志，其实省厅早就盯上冷常青了，但苦于一直没有证据。

林国祥上前跟张薇玲握手：王厅长跟我打过招呼，原来就是你啊，辛苦了，张薇玲同志。

张薇玲：谢谢你，林局长，本来早应该去给您老人家报到的，怕人多嘴杂，不好意思。

林国祥：能保住国宝，是你最大的功劳。

128. 游轮甲板上　外　日

老奸巨猾的冷常青却一阵大笑：我已经在煤气罐中设置好了爆炸装置，只要我一按下手里的这个东西，大家都灰飞烟灭。我得不到的，你们谁也别想得到。

在冷常青的手正要准备按下的瞬间，夏若楠飞起一枪，打中了冷常青的手腕，起爆器掉落在甲板上。

冷常青和夏若楠一起冲向起爆器，起爆器被夏若楠一脚踢开。

罗志伟眼疾手快，控制了起爆器。

受了伤的冷常青垂死反抗，摸出了藏在身上的短刀，挥舞着冲向夏若楠。夏若楠抄起烟灰缸砸向冷常青，正中手腕，刀掉落。

大家包围了冷常青。

冷常青慌乱退后，突然从一个脚下的箱子里拿出捆绑好的炸药。

冷常青：我早就想到我有今天。我吃也吃了，喝也喝了，玩也玩了。今天就要和你们同归于尽，拉你们垫背，我赚了。

夏若楠：你作恶多端，本来就该死。只是，想让我们给你陪葬，痴心妄想。

只见夏若楠手一挥，一道寒光，飞向了冷常青的喉结。冷常青来不及躲闪，就被击中，随即吐出了血泡泡。

冷常青无力地把手松开，炸药从手中滑落。

夏若楠随即一个闪身，化作一个影子飞向炸药包，在炸药包即将触到甲板的瞬间，稳稳地接住，把炸药包扔到海里。

炸药在水里爆炸，炸起来很多的鱼。

渔民看到后，大喊：老板，我们发财了。

罗志伟、陈佳、楚天佑他们把安珂、阿标等罪犯都铐起来押到了甲板上。

安珂叫嚣：我是美国公民，你们无权抓我。

夏若楠：我不管你是哪国公民，只要在中国领土上犯罪，我们就有权抓你。

安珂见大势已去，像霜打了的茄子一样，瘫软在甲板上。

（剧终）

桃花运行动

1. 宣传影片

一段精美的珠宝宣传片中，一个充满磁性的男声（陶锋）充满感情地讲述珠宝与爱情的亲密关系：没有爱情，就没有珠宝，没有珠宝，就不算完美的爱情。

最后，一枚设计感十足的"鸽子蛋"钻戒出现在影片中。

2. 发布会现场　内　日

影片放完，如雷般的掌声响起。

镜头拉远，只见陶锋西装革履，帅气地出现在播放这条宣传片的大屏幕下方，手里还捧着一座水晶奖杯。

陶锋看着自己手中的奖杯，热泪盈眶：作为一个刚入行的新设计师，这次能获得"年度新人设计师大奖"是我的荣幸，首先我想感谢一直以来栽培、信任我的公司和老板。

陶锋看向台下的老板。

老板红光满面，举起手中的香槟杯，喜笑颜开地回敬全场，最终视线停留在身边陶锋的女友师师身上，师师也笑着回应。

此时陶锋炙热的视线也落在师师的方向，他满眼爱意：这一次获奖，我最应该感谢的人就是我的女友，师师。是她给了我灵感，更给了我动力和陪伴。可以说，如果不是她，就不会有这些作品的出现。而我设计钻戒的初衷就是希望可以通过它传递爱的能量，让它见证爱情，守护爱情。

说到这里，陶锋注视着师师，眼底的爱和温柔像要把师师揉碎。

陶锋发表完获奖感言，台下掌声雷动，公司老板和师师更是使劲地"啪啪啪"鼓掌，公司老板和师师兴奋地对视，师师手上的大红指甲油格外显眼。

3. 发布会场馆　　内　　日

陶锋走下台，很多人围了上来，主动找陶锋寒暄。

老板甲：陶设计师，恭喜啊，您可是这个奖项有史以来最年轻的获得者，不知道我们"恋语"有没有这个荣幸跟您合作新一季度的饰品？

老板甲的话还没说完，另一个打扮时尚、看着很 ABC 的老板乙就凑了上来：陶先生，不知道您对我们 Niche designer brands 有没有兴趣呢？我们每一件饰品都坚持 handmade，似乎更符合您想通过钻戒表达的 sense 哦。

此时见有人向陶锋抛出橄榄枝，其他人也不甘示弱，纷纷凑了上来。

然而陶锋却无心应酬，手里紧紧捏着一个红丝绒的钻戒盒子，四下张望，寻找师师。

陶锋：承蒙诸位厚爱，但我今天有一件更重要的事。

陶锋说着晃了晃手中的盒子，众人顿时心领神会。

老板乙：哇，陶先生的 GF 也太幸福了吧，真是令人羡慕呢。不过好像看到她跟你们老板出去了。

其余众人也四下张望，都没有发现师师的踪影。

陶锋：那就不打扰各位，我先去找师师。

众人点头，老板乙：祝你成功哦，Fighting！

老板乙看着陶锋焦急离去的背影，不由得有些感慨：多好的男人啊。

4. 地下车库　　内　　日

陶锋找到昏暗的地下车库，突然见到不远处老板的豪车正在剧烈震动。

陶锋：我去，不愧是老板，就是会玩。

陶锋继续寻找师师，靠近老板的车，发现车窗上出现一只女人纤细的手，而女人手上的大红指甲油格外显眼。

陶锋瞬间明白一切，怔住，拿着戒指盒的手颓然垂下，耳边回响着他刚才的讲话：没有爱情，就没有珠宝，没有珠宝，就不算完美的爱情。我设计钻戒的初衷就是希望可以通过它传递爱的能量，让它见证爱情，守护爱情。

刚刚自己的话仿佛一把把刀，讽刺地句句扎在他的心上。

陶锋本想用亲手设计的钻戒和女友求婚，没想到亲眼见证了珠宝商和师师之间的亲密关系，见到他们正在传递"爱"的能量。

此时一辆汽车迎面驶来，车灯照亮陶锋愤怒的眼神，像是要冲上去跟老板和女友拼命。

不远处，车内的老板和师师也被车灯刺眼的光线晃到，赶忙停下动作。师师下意识地打开车窗查看，却只发现一个掉在地上的戒指盒，陶锋已经不见了踪影。

师师静静地看着地上的钻戒，若有所思。

109

5. 夫子庙景区街道　　外　　日

字幕：三年后。

陶锋录制的促销广告从挂在三轮车上的劣质喇叭里传出：没有爱情，就没有珠宝；没有珠宝，就不算完美的爱情。十元十元，全部十元，十元你买不了吃亏，买不了上当。十元，成就美丽，邂逅爱情，你值得拥有。

与三年前不同的是，他的声音里已没有任何感情，活像机械的合成语音。

陶锋破旧的三轮车上挂满了难看的小饰品，因为长期没人买，已经蒙了一层灰。

陶锋推着三轮车穿行在干净的景区里，如今他邋遢颓废，头发已经遮住眼睛，胡子也几天没刮，早已没了三年前的意气风发。

一旁的路人不断对着他指指点点，把他当成怪人，用嫌弃的眼神看着他，还有人对着他的饰品发出嗤笑：这都什么年代的东西，也太土了吧，文艺复兴也不是复兴文艺垃圾啊。

然而陶锋却换上一副顽劣模样，一脸满不在乎，哼着只有自己能听懂的曲调走着。

6. 夫子庙景区街道　外　日

陶锋随便找了个阴凉的地方停下，从三轮车上搬出折叠躺椅，倒头就睡。

这时，附近一对情侣正在闹别扭。女方一把甩开男友的手：你根本就不爱我！

男友：宝贝，别闹了，我怎么可能不爱你？

女方：那你陪我出来玩都舍不得花钱，连个包都不肯给我买！

男友：宝贝，我是想让你多挑挑，万一碰见更喜欢的呢？我怎么可能不舍得给你花钱，只要是你想要的我肯定都买给你。

女方：好，那你证明给我看。

女方环顾四周，突然指着陶锋的三轮车：那你把那辆三轮车上的小饰品全买下来，不然就分手！

男友看着三轮车的饰品，眉头微皱。饰品虽然难看，却没法再当作不花钱的借口，男方只得硬着头皮上前问价：老板，这些多少钱？

哪知陶锋眼皮都不抬，径自按下喇叭上的一个键，随后翻了个身继续睡。喇叭放出陶锋提前录制好的另一条声音，竟狮子大开口地涨价：便宜无好货，好货不便宜。祖传工艺，匠心打造，纯手工制作，精美饰品，全场一百六十八一件，请随意挑选。

听完男方傻了眼：老板，你刚刚明明不是这个价，你这饰品根本不值这个价，我哄女朋友呢，老板您便宜点，行个方便我就包圆带走，您也早点回家歇着不是？

哪知陶锋根本不理，又按了一下喇叭，喇叭放出陶锋提前录制好的另一段声音：生命诚可贵，爱情价更高，又丑又穷，谈什么恋爱。

男方急了眼，和陶锋不停争论，甚至还动起手来，然而陶锋却始终一言不发，任他吵闹，因为他吃定男方为哄女方高兴一定会乖乖掏钱。

不料最后关头，女方竟心疼地维护起男方：你什么态度啊？东西又难看，质量又差，谁要你的破东西。

女孩挽起男友的胳膊：宝贝，我们不花这个冤枉钱，看谁买他的破东西。随后女孩冲着陶锋撂下一句：有病。就挽着男方的胳膊走了。

陶锋满不在乎地一笑，准备继续接着睡。

不料这时，手机微信提示音突然响起。陶锋掏出手机一看，是房东发来的，只见微信上威胁他：最后期限，再不交房租就给我滚蛋！！

陶锋无奈，只好爬起来营业，不料他刚瞄上两个女孩，正准备走上前推销，就被一个拿着残疾人证的小子，打着手语抢了生意。

陶锋气不打一处来，灵机一动，戴上墨镜伪装盲人，看到不远处有个男的正在追求一个美女，便像盲人一样，摸过去推销。

陶锋：美女，看看这款项链吗？虽然我看不到你的样子，但是听声音就知道你一定很精致，不但漂亮还很有气质……

陶锋正说着，哪知男方居心不良，竟趁女方听陶锋推销的时候，偷偷往女方的胸部摸去。陶锋见状，视线不由下移，被女方发现，男方急忙缩手。

陶锋虽然间接保护了女方。女方却以为陶锋是装瞎的变态色狼，一巴掌打在陶锋脸上，大喊：变态！女方打掉了陶锋的墨镜，哪知道陶锋瞬间翻起白眼，装得天衣无缝。

女孩有些不好意思，怏怏地走了。

这时，有人从身后拍了拍陶锋：三轮车上的小饰品是不是你的？

陶锋以为生意上门，继续翻着白眼装瞎，回头连连点头：是我的，是我的。

哪知身后站的竟是景区保安，保安：你好，你在景区里无证非法经营，麻烦跟我走一趟吧。

说着，保安就将陶锋架走了，甚至陶锋还未来得及把白眼翻回来。

7. 夫子庙派出所　内　日

派出所里，民警在电脑上操作一番，很快就调出陶锋的身份信息。

民警：陶锋，哟，以前还是个挺有名的珠宝设计师，怎么现在沦落成这样啊？还是个流窜作案的惯犯。已经被景区抓了好几次了。你赶紧写检查，写完让家里人来接，不然就行政拘留14天。

8. 乡镇村口　外　日

乡镇土气的讲台上，迟运的手机一直在震动，迟运却毫无察觉，此刻西装革履、戴着金丝眼镜框的他正激情澎湃地讲着所谓的"成功学"：你还在犹豫吗？你还在为了自己家的鸭苗存活率低而苦恼吗？今天我资深致富讲师就来告诉你，如何用大格局看待问题，用大数据和资源致富……

最后迟运还不忘加上一句：此处有掌声！说着带头鼓掌。

然而，台下的乡镇老头老太一脸漠然，没人鼓掌，气氛一阵尴尬。

就在迟运不知怎么收场的时候，他发现了讲台上震动的手机，急忙接起：喂，是马哥啊，什么？您这边有一个项目遇到问题了，想咨询我？是收购某讯的事吗？没问题没问题，您尽管问……

迟运装作好像是在和马云打电话，动不动几十个亿的小目标，想以此化解尴尬，重新树立大师的威信。

9. 夫子庙派出所　内　日

然而，迟运电话那头的人却是陶锋，听着迟运牛头不对马嘴的胡话，陶锋一脸蒙逼。

民警见状，接过电话一听，对面的迟运正在侃侃而谈：您放心，这种几十亿的盘子，我也经手过很多，经验丰富，您完全不必担心。虽说收购有风险，但我可以帮您化风险为机遇，在我手上就没有失败的项目……

听到这里，警察立刻戒备起来，以为对方是诈骗集团。

民警：王警官，马上定位这个号码，对方是电话诈骗犯，涉案金额至少千万。

王警官在电脑上操作一番后：已经定位到了。

民警：立即通知当地派出所出警抓人。

10. 乡镇村口　外　日

警车的声音从远处传来，很快，迟运演讲的地方就被警察包围了。正当迟运还在疑惑、准备吃瓜时，一队警察瞬间上前擒住了他，迟运狼狈不堪地被按住。

老头老太仿佛看戏的吃瓜群众，此时反倒热烈地鼓掌。

警察：警方现在怀疑你涉嫌电信诈骗。

警察看了眼现场的老头老太：加欺诈罪，跟我们走一趟。

被警察死死按在地上的迟运大喊：我是成功学大师！不是骗子！不是骗子！你们别鼓掌了！

11. 夫子庙派出所　内　日

画面一转，迟运也被关了进来，跟陶锋一间。

警察：你们还有别的家属吗？

陶锋和迟运面面相觑。

陶锋和迟运就这样在派出所里"胜利会师"。

陶锋看着满身是土的迟运，一时没忍住笑了出来。

迟运一见对面的人竟然是陶锋，顿时明白是怎么回事。迟运：你有病啊，在警察局你不告诉我？

陶锋边笑边说：你就这么跟你大舅哥说话？收购的事不谈了？

迟运白了眼一脸幸灾乐祸的陶锋，转头委屈地看向民警：警察同志，冤枉啊，我真的冤枉，我就是一成功学宣讲师，看我长得也不像会违法乱纪的人呀。

陶锋闻言笑出声，看着迟运方向"哼"了一声：警察同志，你们可得好好查查他……

民警甲看着两个人嬉皮笑脸，顿时也拉下脸，踢了一脚陶锋的椅子：把嘴闭上，知不知道这是哪？都给我老实点，你的事还没说完呢。

另一个民警看着迟运：说说吧，怎么回事？干什么的？

民警甲：你呢，姐夫都进来了，还有谁来接你？

【黑场】画面一转

陶芸在担保书上签了字。陶芸：警察同志，给你们添麻烦了，我回去一定好好管教他们。

随后，陶锋和迟运互相在对方的检查上签了字，灰溜溜地跟着女人走出了派出所。

前面的短发女人突然停了下来，转身回头定定地看着陶锋。

陶锋不好意思地看着她：姐。

原来来人是陶锋的姐姐。姐姐：陶锋，这已经不是第一次了，你到底要什么时候才能去找份正经工作，好好生活？

姐姐刚想好好劝劝陶锋，此时手机铃声却响了起来，姐姐接起电话：喂，你好，好的好的老师，我马上就、就来接他。

姐姐只好作罢，掏出千把块钱递给陶锋：先拿去把房租交了。

姐姐说完就匆匆打车走了。

陶锋望着钱，眼中充满愧疚。

迟运痴痴地望着陶锋的姐姐，可姐姐却连正眼都没瞧他一眼。迟运只能眼巴巴地望着她离去，失落地叹了口气。

12. 夫子庙夜市烧烤摊　外　夜

陶锋和迟运落魄地坐在景区里的烧烤摊前撸串，明明是一对难兄难弟，还偏要数落对方没出息。

陶锋：我以为你去哪发财了，合着忙着给乡村留守老人送温暖去了。怎么样，认到干爹干妈了没？

迟运：哼，我好歹出去干的也是宣讲、推销的活儿，说出去那也是一"成功学"大师，可不像你，整天推着破车子"非法经营"，怎么样，这次罚款罚了多少，是不是又白干了？

陶锋：我至少是凭本事，不像你骗都骗不来钱。

迟运：算了，"成功学"是没前途了，但是兄弟，我有一个新计划。你知道现在特别火的情感付费吗？

陶锋：情感还要付费？听着可不太干净。

迟运：说白了就是情感培训，恋爱培训班。现在年轻人生活压力大，圈子小，自己的生活都自顾不暇，但是越是空虚的生活，越需要精神慰藉。偏偏现在的年轻人不会谈恋爱，根本没有恋爱技巧。各大平台现在最火的就是情感咨询，最赚钱的就是情感博主，"恋爱培训"，妥妥的朝阳产业，大有市场。

陶锋：省省吧，就算再火，跟你也没半毛钱关系。从小你就暗恋我姐，让我一口一个姐夫地叫着，现在我姐婚都离了，也没见你跟我姐画上一撇，就你还教别人恋爱？

迟运：我知道我不行，所以才打算让我小舅子教。

陶锋：别拿我开玩笑，真爱？算了吧。

迟运：世界上为情所困的不止你一个，你现在开始做"恋爱培训"就是在做慈善，修福报，是拯救无数在感情的苦海里煎熬的男男女女啊！

陶锋：我自己已经被感情伤得够惨了，也没见有人能救我，别人再惨还能惨到哪去，自杀吗？

不料话音刚落，两人突然发现远处一个女孩（花小青）准备跳河自杀！

迟运：真有人自杀！

13. 文德桥旁　外　夜

文德桥旁，垂泪的花小青，已经爬上了桥栏。

不远处有零散的游客聚集起来，指指点点。

花小青伤心欲绝：你为什么要离开我，我把一切都给了你，你为什么不爱我了？

花小青坐在桥栏上，一边痛苦一边歇斯底里地嘶吼着。

此时陶锋看着花小青痛苦的样子，仿佛想起了曾经的自己。

【插入画面】陶锋找到昏暗的地下车库，突然见到不远处老板的豪车正在剧烈震动。陶锋靠近老板的车，发现车窗上出现一只女人纤细的手，而女人手上的大红指甲油格外显眼。陶锋握住红丝绒盒子的手，突然松开，盒子应声落地。

陶锋想起自己当初被绿的求婚现场，不由得捏紧了拳头，浑身发冷。

陶锋：走吧，别看了。

迟运：别啊，帮帮忙，你看妹子长得多好看。

此时陶锋的眼光才放到了姑娘的脸上，确实精致小巧，哭起来梨花带雨，迟运硬拖着陶锋上前。

迟运：这么好的姑娘，想不开，太可惜了。

迟运对着桥栏上正要跳下去的花小青大喊：姑娘，不要想不开，一切都是可以解决的。只要活着，什么都能解决。

此时其他人也一直劝花小青，让她不要冲动。

花小青歇斯底里：你们懂什么？你们什么都不明白，别管我！

边上的热心人都在跟花小青讲人生大道理，花小青始终充耳不闻。

此时迟运走上前去，想趁花小青不注意将她拽下来。没想到花小青却激动地大喊：别过来，都别过来！

迟运赶忙退后：好，我不过来，你不要激动。

陶锋：姑娘，有什么坎过不去，你可以跟我聊聊，不要想不开，就算不为了自己想，你也该为父母考虑一下吧，他们需要你啊。

花小青：聊？谁能帮得了我？你知道我有多痛苦吗？

花小青在栏杆上崩溃痛苦，没有人再敢上前。

陶锋走上前去，突然开口说：你不觉得秦淮河的水太臭了吗？

夏日，深夜的秦淮河畔，不远处的垃圾车正在处理游客们的垃圾，空气里弥漫着馊臭的气息。

花小青闻言竟然一愣，止住了哭声。

迟运看她愣住，就趁机上前将她拉下来，怎知花小青下意识地想阻止迟运碰到自己，试图推开迟运的一瞬间，就掉下了河。

花小青从桥栏上下坠，众人惊呼。

14. 水中　外　夜

水中，花小青开始时还在挣扎，最后慢慢没有了动作向河底沉去。

突然一个身影落入水中，紧紧抱住了花小青，向河面游去。

朦胧中，花小青看到了这个人的样子，竟然是陶锋。

15. 河边　外　夜

陶锋将昏迷的花小青抱上岸，不住地打着哆嗦。

迟运赶忙跑过来，看着浑身湿透的陶锋，破口大骂：你有病啊？认识人家吗，你就往下跳，不要命啦！

陶锋：快，她昏迷了，去医院。

陶锋完全没有在意自己，抱着花小青就向景区外跑。但迟运却完全没有动作，陶锋：你愣着干吗，叫车啊。

迟运拉住陶锋，看了看远处已经渐渐散去的人群。迟运：等等，万一她要是出了什么事，咱俩可说不清楚。

听了迟运的话，陶锋看了看怀里的花小青。陶锋：别管那么多了，救人要紧。

迟运再次拉住陶锋：再等等，我们得想个万全之策，万一到了医院她要是碰瓷，说是我们俩把她推下河的，怎么办？那可就摊上大事了啊。

陶锋：那你说怎么办，人还昏迷着呢。

迟运：我有办法。

16. 出租屋　内　夜

陶锋和迟运将花小青带回家中照料。

迟运一边打理着浑身湿透、狼狈不堪的花小青，一边抱怨着换衣服的陶锋：要不是你非要救她，我们也不用这么麻烦。

陶锋边擦头发边说：也不知道是谁非要看看，非要劝，我还以为你对人家有意思呢，不然我能跳吗？

迟运正要反驳陶锋，怎知花小青突然醒了过来。

花小青睁开眼睛，看着陌生的环境，再看看眼前迟运的脸，突然惊叫，开始发狂。

陶锋见状走了过来。

怎知花小青看到陶锋一怔，花小青：是你救了我？

陶锋淡然地点了点头，陶锋：不用谢，是我……

没想到陶锋的话还没说完，花小青竟然疯得更厉害，不住地袭向陶锋，又踢又打。

花小青疯狂：你为什么要救我？

花小青在拼命挣扎要死，挣扎着冲向窗口，还好被眼疾手快的陶锋一把抓了回来。

喝洗洁精、触电，陶锋一直抱着花小青，每次都是迟运中招，把迟运电到。

花小青红着眼睛，不住地捶着陶锋，把陶锋当成了自己的前男友。

花小青：你为什么不让我死，一次次拿感情来欺骗我，骗光了我的钱，现在还想要我死，活该我们这些人就该死。好，我死给你看。

把陶锋和迟运弄得很狼狈，花小青还是要去死。

陶锋：好，让你死。

花小青：你们懂PUA的了不起，你们把爱情当成游戏就无敌了，就欺负我们这些不懂游戏规则的人啊。

陶锋眼神坚定：我帮你。

花小青：我现在要钱没钱，要人没人，你怎么帮我？

陶锋：帮你找回自信。

17. 夫子庙步行街　外　夜（一组蒙太奇）

夫子庙步行街人来人往，人头攒动。

有的人在夜游秦淮河；有的情侣在吃小吃；有的父母带着自己的孩子在孔庙前看展览；年轻的高中生模样的孩子们在科举博物馆门口进进出出，看展览；广场上有民族文化的表演，还有一个互动体验剧的表演，前面围了很多观众。

陶锋带着花小青、迟运来景点踩点。

陶锋：人家都说爱情是游戏，我们要做爱情培训，其实就是创建自己的游戏规则。我们怎么定义爱情，在我的概念里面，爱情就是一种文化。我们把爱情用文化来做一种输出，让大家了解到什么是真正的爱情。而秦淮风光带，就是我们输出爱情文化的最佳场地。只要我们能做成，这个事情大有可为。

陶锋说得豪情万丈，一边走的时候，手里还拿着一个指挥棒，像在指点江山。

迟运：但是人家夫子庙文旅集团那么大的产业，能让我们用这个地吗？

陶锋一愣，回过神来的时候手中的指挥棒变成了一根炸串。

两个人都有点垂头丧气。

花小青：我有办法。

陶锋：你有什么办法？

花小青掏出一张导游证，自信地说：我就是这个景区的导游，里面所有的地方，我随便进。

两个人顿时两眼放光。

花小青：可是，怎么证明这个计划是有效的呢？

迟运此时鸡贼一笑：客户我早就在物色了。

18. 出租屋　内　夜

迟运此时兴奋地从包里掏出早已准备好的资料拿出来。迟运：来，看看。

陶锋迷惑地看着迟运，狐疑着接过了资料，陶锋瞟了一眼：谁啊，外面欠的情债？

迟运：放屁，你少毁我清誉。我多清纯多专一，你没数吗？

一听这话，陶锋立即凶狠地瞪着迟运：我警告你，把你对我姐的心思收起来，不然可别怪我不给你面子。

迟运也意识到自己说错了话，于是赶紧认怂：逗你玩的，这么认真干吗。这是我七舅姥爷的姑姑的小姨的女儿，白珊珊。

陶锋边看资料边说：26？在你们那算大龄剩女了吧。

迟运：可不吗，到现在一次恋爱没谈，家里人都着急了，不然也不能找我死马当活马医。

陶锋看着资料上白珊珊的照片，不解地撇了撇嘴：长得这么干净秀气，没谈过恋爱？不应该啊，山顶女？

迟运：话别说得太早，你先看全了资料咱再聊。

陶锋不屑地看了迟运一眼，用鼻子哼了一声：少装腔作势。

陶锋看着资料：常年沉迷网络，根本不跟人正常交流，嗨，不就是个网瘾少女吗。放心，这个简单。

迟运：有办法了？

陶锋：网瘾，杨永信能治，（拍了拍胸脯）咱也能治。

19. 咖啡馆　内　昏

第二天，迟运约了白珊珊和陶锋见面，迟运将地点约在咖啡馆，咖啡馆里人来人往，迟运和陶锋还有花小青在咖啡馆等了很久也不见白珊珊出现。

原本桌上冒着热气的咖啡，已经冷掉了。三人在咖啡厅里看资料，一直等到咖啡厅都打烊，灯都慢慢关掉了。

三人无奈只能离开。

他们不知道的是，他们刚一起身，咖啡厅角落里，一个戴着黑口罩、穿着黑色连帽卫衣、戴着黑色鸭舌帽、大晚上还戴着墨镜的人也跟着他们走了出去。

20. 街道　外　昏

一路上迟运给白珊珊打电话，但没有人接。迟运给白珊珊打微信语音，依然也没有人接。

陶锋不耐烦：早就知道你不靠谱，耽误我赚钱。

迟运：胡说，你推着车子出摊才能挣多少钱，咖啡钱还是我掏的呢。

花小青：这事也奇怪，是不是你跟你家亲戚有矛盾啊，故意整你。

陶锋：对啊，究竟是你七舅姥爷出了问题，还是你七舅姥爷的姑姑出了问题？还是你七舅姥爷的姑姑的小姨出了问题？

三人一路上吐槽，斗嘴。

一路上，花小青总觉得有人在跟踪他们，但是一回头却又发现什么都没有。

花小青低声地：你们觉不觉得，好像有人在跟踪我们？

迟运：别疑神疑鬼，有我们两个人保护你，你安全得很。

此时他们突然身后又一个黑影一闪而过。

迟运顿时整个人打了个寒战：好像真的有……

三人一路上胆战心惊，假装什么都没发生，快步向陶锋出租屋的方向走去。

21. 出租屋外　内　夜

三人回到家，很快就有人敲门。

迟运打开门，之间门外站着一个黑衣少女。手放在口袋里似乎还拿着什么东西。见状，迟运叫住屋里两个正往门口看的人。

迟运迅速转身：我们什么都没看见。

陶锋、花小青举手转身：我们也什么都没看见。

黑衣人掏出口袋里的东西，递到迟运面前。迟运吓得哆哆嗦嗦：不要杀我不要杀我，我什么都不知道。

此时一个男人的声音从迟运的耳边传来：你好，我是白珊珊。

原来，黑衣人就是白珊珊，而她手中的东西只是一只普通的手机。

22. 出租屋　内　夜

白珊珊坐在沙发上，三人在她对面坐着。

花小青：喝点什么？

白珊珊坐在对面，低着头一言不发，只在手机上打字。

对面三个人尴尬地面面相觑，看着白珊珊。

花小青为了缓解尴尬，看着天花板上的灯：你们家这个灯好像该换了，有点暗。

陶锋挠了挠头：额，嗯，我也觉得。你觉得我们家还有什么东西应该要换一下？

此时白珊珊那边终于有了反应。

白珊珊的手机传来声音：我什么都不喝，是我爸妈硬要我来的，直接开始吧。

终于听到了回答，三人回过神来。

原本没什么兴趣的陶锋，此时的倔脾气突然上来说，摇了摇头：不行，我一定要让她知道现实世界比网络虚拟世界有意思多了！

陶锋问白珊珊：你为什么从大学毕业已经三年了，一个男朋友都不交？

白珊珊并不搭理陶锋，而是专注地玩手机。

陶锋：真的是因为网瘾吗，网络世界有什么好？

白珊珊抬头白了一眼陶锋，随后飞速在手机打下一行字，举到了陶锋的眼前。

白珊珊手机里的男声发出声音：现实世界的人有什么好的？网上只是付出了时间，但在现实中会有很多风险。网上多美好啊，社交比现实中安全多了。

陶锋：不行，我一定要让你知道现实世界比网络虚拟世界有意思多了！

23. 科举博物馆　内　日

花小青和陶锋一起来到科举博物馆，迟运还没到。

陶锋：时间快到了，我们先进去吧。

花小青：就我们俩吗？

陶锋：对啊，迟运总迟到，别等了。

花小青一愣，有些害羞，但随即就整理好表情，跟着陶锋走了进去。

两人一起在博物馆中逛了起来，最近正在举办全息投影的展览，二人站在穹顶之下，看完整个《秦淮狐女》的故事。

最后一个场景，当狐女化身成狐妖之时，整个场馆的灯光突然变得阴森恐怖。穹顶中的骇人景象就像来到了每个人的眼前，花小青突然被吓得抱住了陶锋的胳膊，并将头埋进他的臂弯。

陶锋的身体瞬间僵住，随后条件反射一般地拍了拍花小青的肩膀。好在很快放映就结束了，环境又恢复了之前的灯火通明。

花小青红着脸，把头抬了起来，害羞地快步走出了博物馆。

二人看完展览走出来，才看到迟运姗姗来迟。然而陶锋和花小青根本不理他，明显还沉浸在刚刚的意外与震撼之中。

迟运坏笑地看着二人：你们刚刚发生什么了？感觉不对啊，是不是该感谢我给你们俩制造的独处时间啊。

花小青：才不是，我只是觉得展览太震撼了，惟妙惟肖，如果用恐怖主题的故事，再放在恐怖气氛的密室中，肯定可以让白珊珊感觉到现实世界的惊心动魄。

迟运有些不敢相信：没想到你们俩还真是来工作的。

此时花小青和陶锋心虚地互看了一眼，眼神对上的一瞬间又急忙分开了。

陶锋立即掉转话头，质问：我们工作来了，你去哪儿了？

迟运坏笑着，卖了个关子：是个惊喜！

陶锋：现在故事和形式我们选定了，但是密室要安排在哪？

花小青：如果是要恐怖气氛，再搭配上故事气质的话，那孔庙是再合适不过了，晚上的孔庙，更配哦。

迟运：诶，这不是就在对面吧，不远，正好我们今晚就可以行动。

24. 孔庙 外 夜

陶锋、花小青、迟运当晚悄悄来到孔庙门口，蹑手蹑脚地躲在大门后，看着来往的游客进进出出。

花小青：现在还有五分钟，我只能趁景区关门才可以偷偷放你们进去。进去之后我们先看看哪里地方适合布置，尽量不要有大的改动，免得被发现。

陶锋：我们这次的主题是狐女与一位进士的爱情故事。要凄美文艺一些，千万不要太过血腥了，毕竟姗姗是女孩子。

花小青看了看手表：时间到了，我们走吧。

三人走进孔庙之后，才发现这里巨大无比，黑漆漆的一片，根本没有电。

迟运看了一圈，问花小青：你是说有历史积淀，古老，但是没说这么老啊，连电都没有。

花小青：我也都是白天来的，晚上没来过，不知道啊。

陶锋：算了，来都来了，先把东西放进去，看看怎么布置吧。把手机手电筒打开，将就一下。

三人把随身带来的道具都搬到了院子中，离开再去拿下一批，但没想到回来之后，院子里竟然空无一物！

花小青不由得贴近陶锋：什，什么情况？

迟运也贴近陶锋：之，之前有听说过这儿闹鬼吗？

此时一阵阴风吹过，三个人都一哆嗦：没，没有啊。

迟运：不然，我们撤吧，或者我们留一个人在这看着？

花小青、陶锋异口同声：不了吧！

随后三个人大叫着，飞速逃离了，连东西都不要了。

25. 出租屋　内　夜

三人偷偷摸摸干了一个通宵，累得筋疲力尽，但到最后却什么都没干成，反而被吓得够呛。

一回到家中，三人顿时瘫倒在床上，宛如三摊烂泥。

此时门铃响起来。三个人没有一个人起身，反而拿起手机。

花小青：是谁？

迟运：不知道。

陶锋：是我叫的外卖，晚早饭。

此时门铃响得越来越急促。

花小青：谁去开一下门？

迟运：我不去，你们去。

花小青：我也不去。

此时陶锋率先在群里发了一个剪子包袱锤的表情包，紧接着另外两个人也发了表情包，最终还是迟运输了。

迟运在群里发了一个：唉！

无奈起身拖着双腿去拿外卖。

此时花小青在群里说：哇，不说话也太爽了吧。

三个人都沉浸在了网络世界中，难得逃避了现实，感觉到难得的清闲。

三人回想起刚刚孔庙的灵异事件，都是后怕。

三人这才想通，这一夜的工夫都是白费。

迟运：嗨，那这一晚上，是免费去了趟鬼屋吗？

迟运：完了完了，这笔钱是挣不到了。

花小青：你不是想借这个项目让我找回自信吗？但是我告诉你，我最后那点自信都没有了，就连尊严也没有了。

陶锋坚定：不行，我们决不能放弃。

花小青震惊地侧头看向陶锋，她惊讶地发现陶锋异乎寻常的坚持，这个坚持已经超出她的理解范围了。

26. 孔庙　内　夜（闪回）

孔庙中，此时巡逻的大爷看着屋里的道具，正哼着小曲在桌子上写失物招领牌。

27. 出租屋　外　夜

花小青：你为什么会对这件事这么坚持，是有什么理由吗？

陶锋：为什么会这么问？

花小青：因为……

陶锋：我有一个朋友，曾经有过一段很美好的爱情……

花小青以为他说的这个朋友是自己，不由得感动，因为这个朋友是自己。

28. 科举博物馆　内　夜

第二天晚上，三人约白珊珊来到博物馆，白珊珊依然一身黑，把自己包裹得严严实实，不跟任何人交流，甚至触碰，全程只关注着手机。三人无法跟她交流，只好默默走进博物馆。

四个人一同进入密室中，白珊珊依然没有过多关注密室，甚至连迟运、陶锋和花小青三人中途悄悄离开都没有察觉，只是一直盯着手机，密室中，只留下白珊珊一个人，各种机关和恐怖音效层出不穷，然而白珊珊并没有在密室中表现出过多的恐慌，反而比刚刚更加淡定。

随后白珊珊进入了下一间密室，白珊珊在这间房间中输入密码，竟然找到了一部手机，这正是陶锋给她准备的道具。

此时手机中传来 NPC 的声音，一直指引着白珊珊，引导她一步步解开谜团。

在监控室中，陶锋三人见白珊珊与 NPC 在手机上隔着屏幕聊得很好。迟运就拿起了对讲机：NPC，三秒后准备入场，直接冲进去，要造成惊吓的效果。

对讲机中传来 NPC 的声音：没问题。

三人屏气凝神，期待着两人一场浪漫的邂逅。

却没想到 NPC 一入场，白珊珊的表现并不是受到了惊吓，而是应激反应，开始恐慌和焦虑，不停地尖叫，整个人都不安了起来。

NPC 试图走近白珊珊安慰她，但 NPC 刚一开始试图靠近她，白珊珊就尖叫着四处躲藏，逃跑，甚至意外触动了机关，将博物馆的防火器打开，水从穹顶之上喷射而下。

场馆内，白珊珊落荒而逃，NPC 也当即追了出去。

监控室的三人看着屏幕，傻了眼。

29. 老门东夜市　外　夜

一身臭汗，精疲力尽，拖着水桶的三个人来到老门东夜市，坐在了烧烤摊前，谁也不想开口说话，然而就在此时花小青的手机微信提示音响起，花小青点看信息，竟然是前男友发来的消息：最近还好吗？想你，能见一面吗？

花小青一看信息立即整个人都紧张了起来。

陶锋一眼就发现了花小青的不对劲。陶锋：怎么，出什么事了吗？

花小青：没，没什么。你们还要吃什么？我再去点一点儿。

说着花小青就站了起来，走到点菜的地方，背对着陶锋和迟运的方向，回复着消息。

30. 茶馆　内　日

第二天，三人没有带着白珊珊再去热闹的地方，反而去了一家秦淮河畔的典雅茶馆，要了最偏僻的一个包厢。

花小青轻声告诉白珊珊：你放心，这是最后一次了，只是普通的相亲，不用紧张。

白珊珊此时在手机打了几个字，放给花小青听。机械的男声：谢谢，如果这次不行，我也不想尝试了。

他们保证这是最后一次努力，这一次只是一次普通的相亲，如果实在不行，他们也放弃了。然而白珊珊这一次等来的是一个心理医生。

迟运看着隔壁桌珊珊和男生聊得不错，不由得问陶锋：你怎么做到的，聊的好像还不错。

陶锋：是个心理医生。

迟运：什么情况？

【插入画面】原来，陶锋在看过上一次白珊珊的表现之后，觉得她可能是有一定的心理问题。于是去咨询了一位心理医生。心理医生：通过你描述的症状来看，她根本不是网瘾，而是有了很严重的社恐，甚至连跟人交流都有障碍，这是很严重的心理问题，需要马上治疗。

另一桌，白珊珊此时虽然没有开口说话，但却开始在手机上打字，用机械与心理医生交流着。

花小青看着白珊珊的状态：感觉有用。花小青拍了拍陶锋的肩膀：可以啊你，果然有点东西。

陶锋虽然得意，但还是矜持得没有表现出来，只是喝了一口茶，借机偷偷笑了起来。

另一桌，白珊珊手机中的电子音：我父母在我五岁那年就离异了，从那以后我就再也没见过父亲。

31. 街道/学校　外　日/内（一组蒙太奇）

五岁时，白珊珊拉着母亲的手跟父亲挥手告别，父亲身边还站着一个美艳的女人，正一脸胜利的笑意看着白珊珊的母亲。

父亲弯下腰，摸着她的头：珊珊，以后爸爸要去别的城市生活了，就不能来看你了，你要好好地，不要想爸爸，爸爸走啦。（白珊珊手机中的怪异男声竟然就是她父亲的声音）

说完，父亲就牵起身边美艳女人的手上了车，绝尘而去。

五岁的白珊珊哭着追车，但车里的男人始终没有回头。

……

学校中同学们都绕着她走，嘲笑她议论她，她只能一直低着头，独来独往。

她开始每天只看着手机，哪怕只是盯着屏幕，什么都不做，去哪里都会戴着耳机。

32. 茶馆　内　日

心理医生对白珊珊：我们来做个游戏怎么样？

白珊珊一脸蒙逼，居然开口说话了：怎么还做游戏？

33. 出租房　内　日

陶锋和迟运刚走进出租屋，就看到花小青唯唯诺诺地面对着一个男人。

陶锋：是他前男友找来了吗？

迟运：那个垃圾还敢在这出现？

陶锋愤怒地推开门走进出租屋，后面的迟运竟然从门口抄起一根棍子气势汹汹地走了进来。

一进门，陶锋上前就抓住了男人的领子：告诉你，以后不准再缠着花小青，不然我见你一次打你一次。

迟运正要抄棍子打向男人，花小青突然挡在了男人面前。

迟运不解地问花小青：小青你怎么还护着他，千万别再被他 PUA 了，我和陶锋是在帮你。

花小青翻了个白眼，大喊：不是，这是我们的第二位客户！

陶锋和迟运同时愣住，赶紧放开了眼前的男人。

……

迟运端了一杯水递给了西装笔挺的男人，男人没有接，而是先理了理自己的衣服。迟运端着水，毕恭毕敬地站在西装男面前。

很久之后西装男才接过迟运手里的水。

迟运：刚才多有冒犯，我们刚开业，确实没想到会这么快就遇到大客户，实在抱歉，您大人不记小人过。还想请问您怎么称呼？

王富贵霸气地：我姓王，剩下的就不用我多说了吧。

迟运：哦，王总，真是失敬失敬，这是我的名片，您请笑纳。

一旁的花小青一头雾水，悄声问迟运：这是谁啊？

迟运：别管是谁，有钱的就是爸爸。

王富贵：之前我在网上刷到过你们"桃花运行动"的信息，觉得有点意思。正好，我自己也有一个mcn机构，你们要是有真本事，把我的问题搞定，有什么条件你们尽管提。

迟运：没问题王总，我们都是专业的，一定可以帮您完美解决。方便说一下您的具体问题吗，我们好为您量身定制解决方案。

王富贵：你也知道我的家庭背景，年纪到了，家里催婚催得紧，我也没有太多时间出去社交，认识一些好女孩。虽然女朋友不少，但是就是没办法，没有信心走进婚姻关系。玩玩可以，甚至好好恋爱都可以，但是结婚免谈。

迟运听到这里，不由得眼睛一亮，马上就说：没问题王总，你这个问题简单，我们一定可以帮到你。

34. 出租屋 外 日

王总离开后，迟运立即去网上百度了客户的资料。迟运：你们猜，王总叫什么？

陶锋和花小青摇了摇头：叫什么？应该挺有文化吧。

迟运：王富贵，他本名竟然叫王富贵！这也太low了吧，起名像开玩笑一样。等等！这小子真是个超级富二代，不但自己经营着游戏公司、投资，还开了一家mcn公司玩票。我们要发财啦！

陶锋：这可是多少姑娘的天菜啊，这钱不好赚，有点棘手。

迟运：嗨，不就是重新唤起王富贵对爱情的美好想象吗，不用你情感大师出马，我就能解决。

陶锋：哟，快听听迟大师的想法。

迟运自信地：我最懂这帮富二代的心态，一定能给他一击即中，你们瞧好吧。

35. 秦淮河畔　外　夜（一组蒙太奇）

陶锋、迟运和花小青让王富贵换上了一身唐朝行商的打扮，王富贵有些新奇地看着自己的样子，调侃地：很符合我的气质，没想到我第一次穿汉服还挺适合，变装服务，你们果然专业。

迟运：王总，这次我们这个沉浸式剧本杀的内容呢，是李白的《长干行》，反映的是古代商人妻子的生活与情感，一段平凡又感人的爱情故事。

王富贵不住地点头，看上去对这场活动非常满意。

王富贵与剧本杀的女主角正骑着竹马，一起绕井栏，互掷青梅为戏，好不浪漫。没想到此时一个妇女上来就抢走了二人手中的竹竿，还大骂两人：现在的年轻人可真没素质，别人家的东西就随便拿，我们家衣服都没地方晾了，差劲。

王富贵被骂得一蒙，正要发作，此时迟运在耳机中提醒女主角，快趁机进下一场，我们时间快到啦。

陶锋：什么情况？什么时间快到了？

花小青掐着手里的秒表：我们每个景点只有 15 分钟的时间，所以得赶紧催场。

然而另外两个人不知道的是，迟运不但安排了这些，还租了一架无人机，准备在平台全程直播这场剧本杀。

……

女演员此时拉着王富贵的手，登上了秦淮河的游船画舫。女演员此时拉着王富贵的手，望着月亮，正准备喝交杯酒，但没想到此时耳机里却传来了花小青的声音：时间到了，快下船，再不下船就赶不上下一个景点的时间了。

女演员无奈，只能举起杯子一口就将酒闷了，拉着王富贵就准备下船，没想到一个没站稳差点掉进河里，幸好此时后面的王富贵一个箭步冲了上来，一把搂住了女演员的腰，将她抱紧怀中。瞬间袭来的安全感击中了女演员，女演员看着王富贵，此时王富贵身后的灯恰巧亮了起来，在女演员眼中，王富贵宛若天神，令她瞬间沦陷了。

两个人就像定格画面一般，停滞在了船上。此时耳机中又传来了催场的声音：快一点呀，你以为是拍电影吗，不需要 ending pose。

然而此时的女演员充耳不闻，只说了一句：我不演了。

随后，女演员摘下耳机，深情地看着王富贵：谢谢你，如果不是你，我现在一定全身都湿透了。

女演员看着王富贵的眼神充满爱意，甚是勾魂。看着她表现出的状态，王富贵瞬间就没了兴趣，在对讲机中喊停。

虽然戏停了，但王富贵依然绅士，牵着女演员的手下了船，把自己的衣服给她披上怕她着凉。

女演员娇羞地说着谢谢，手有意无意地划过了王富贵的手心。

此时三人组赶忙赶来看王富贵，王富贵看着女演员，一直摇头：说好是个清纯爱情故事，这怎么还"欲"上了？

花小青和陶锋转头看着迟运，迟运不好意思地挠了挠头。

王富贵：算了，你们准备这些也不容易，累了一晚上放松一下吧。

陶锋：是我们的问题，我们请你。

王富贵大呼：别了，还是我带你们去见识一下吧，也利于你们以后的工作。

36. 秦淮河畔高端夜店　内　夜

秦淮河边的一个小角落，有一间外观看起来极度朴素看着很不起眼的店，此时一辆迈巴赫轰着油门，停在门口。

酒吧的侍应生打开车门，只见王富贵戴着墨镜，穿着一身迪奥的休闲西装走了下来，帅气地把车钥匙甩给侍应生就向酒吧里面走去。

随后，陶锋、迟运和花小青也帅气地从车上走下，跟在王总身后拉风地向酒吧门口走去。

四人走进酒吧，酒吧里面简直是别有洞天。首先是一个富丽堂皇的院子，走入后营销走出来迎接，发给每人一把钞票枪，并问道：王总今天也是美元吗？

王富贵：嗯，他们也是美元，自己人。

侍应生给了每人一沓美元，而这些都只是放在钞票枪里打着玩的。

他们一走进酒吧的内场中，瞬间成为全场焦点。

他们拿着钞票枪入场后所有的人都朝着他们的方向聚拢，王富贵低头对着营销的耳朵说：今晚，全场都记我的。

营销乐得笑开了花：好嘞，没问题，谢谢王公子。

营销对着耳机中说了几句，随即 mc 大喊：今晚全场的消费由王公子买单！让我门感谢王公子！

整个场子瞬间热了起来，场子瞬间嗨翻天。

这时，三个人第一次被震撼，被碾压得一塌糊涂。

王富贵的身边美女如云，5 分钟被表白了几百次，身边各个都是喜欢王富贵的女人，为了王富贵争风吃醋。

迟运看着陶锋，酸酸地：果然金钱在套路面前，套路一文不值。

借高朗离开的空档，陶锋也想离开。

迟运对着陶锋大喊：你干吗去？

陶锋：走了。

迟运：怎么，酸了？

陶锋：我酸什么，他一花花公子而已，我看不惯。你们走吗？不走我先走了。

迟运拉着他坐下来：人家可是金主爸爸，要捧着，不要把个人情绪带到工作中来，以后还要靠他捧红你。

陶锋：那你捧着他吧。

说完陶锋起身上厕所去，路过正在摇头晃脑的花小青，把她扳正：别晃了，赶紧回家。

花小青兴奋地扯着嗓子喊：你说什么？

陶锋无语，扯着嗓子喊了回去：没什么。

37. 夜店角落　内　夜

陶锋来到厕所，却发现王富贵正颓废地蹲在厕所门口，陶锋观察到在王富贵喝醉后，就一直在不断地打电话、发微信，而微信上却是一片醒目的红色叹号。

王富贵根本没有收到过任何回复。

陶锋看到这一幕，终于明白了。

陶锋：原来也是个没有爱的能力的可怜鬼，哎。

38. 秦淮河畔高端夜店　内　夜

重新回到桌上，陶锋叫上还在快活的迟运和花小青。

陶锋：走了，回家干活。

39. 出租屋　内　夜

迟运和花小青跟着陶锋回到出租屋，两人一头雾水。

花小青发现陶锋一直在微信上跟一个女孩聊天，心中有些异样，说话有些阴阳怪气。花小青：不是说回来干活吗？聊微信是工作吗？

迟运看着花小青，表情八卦，随即贱兮兮地笑了起来。

陶锋并没有回答花小青，而是把手机放在桌上，指着自己刚刚聊天的微信，让他们来看：来看看，这是谁？

迟运和花小青没有答案，摇了摇头。

陶锋得意地：王富贵的前女友。

【插入画面】陶锋借王富贵酒醉，拿起了他的手机，将对面的微信号悄悄地记了下来。

迟运看着手机，对花小青：还真是工作。

花小青有些不好意思地清了清嗓子：前女友怎么了？

陶锋：她就是我们解开谜题的关键。

40. 咖啡馆　内　日

陶锋与唐妮见面，唐妮自逆光中走来，一头长长的黑发，一副知性文艺女的长相，气质果然是超凡脱俗，一看就是校园初恋女神，就连陶锋都不免被她吸引。

唐妮坐下来，点了一杯摩卡，笑眼淡然地看着陶锋。

陶锋：没想到你真的出来见我了，你跟王富贵……

逆光中的唐妮拿起手边的咖啡喝了一口，笑着摇了摇头，缓缓开口：因为这是我欠他的，总要还他。

陶锋：为什么这么说？

唐妮：我欠他一句再见。当年，我只给他留下一条短信，就离开了。

陶锋：所以这么多年他才一直放不下，没办法认真进入下一段感情中。无疾而终的感情，最伤人。但你今天来，是放下了吗？

唐妮看着窗外来往的行人：说实话，我不知道，但我们已经不可能了。就像你说的，今天我来只是希望给他一个结果而已。

陶锋：那你，愿意见他一面吗？当面给他一个结果。

唐妮笑了笑：这跟你之前说的可不一样，我不接受当面讨价还价哦。

陶锋也笑了：这是你欠他的，如果不给他一句他能接受的"再见"，你自己又能走出来吗？

唐妮又笑了，这一次笑得释然：你真的有天赋，能洞察人心的天赋，但你看起来并不幸福，为什么？

陶锋：可能是怎么都放不过自己吧。

说完陶锋苦笑一声，随后付了账。陶锋：走吧，他已经在等着了。

二人向门口走去，然而此时街边来了几辆黑色的轿车，在咖啡馆门前急刹车。十几个保镖模样的人从车上走下来，正要冲进咖啡馆。

唐妮：不行，我不能去，是她来了。

陶锋：谁？

唐妮摇头。

陶锋见她不说，也管不了那么多，拉起她就从后门往外跑，边跑边给迟运打电话：快来支援。

41. 街道　外　日

陶锋拉着唐妮从后门离开咖啡馆，跑到小巷的尽头。

突然一辆SUV停在二人面前，唐妮被吓了一跳，此时SUV的侧门打开，陶锋二话没说就将她塞进了车里。

42. SUV　内　日

上了车，唐妮这才看清前面的司机是迟运而副驾驶坐的正是花小青，原来是他们两人赶来支援。

花小青转头问陶锋，顺便瞟到了陶锋和唐妮正紧握的手：什么情况？

陶锋意识到，赶紧把手松开：不知道，她说这些人是来追她的。

此时刚刚的小轿车又从后面追了上来，迟运猛踩油门，开着车险险避开。

面对一车人质问的眼神，唐妮只好说：好吧，是富贵的母亲，当年是她逼我跟富贵分开的，还勒令我们永远不能见面。

花小青听完不由得张大嘴：这么狗血，豪门伦理剧？

此时后面的车不断追了上来，最后竟然有十几辆车在后面追着他们。

【这里来一段飙车的戏】

陶锋只好给王富贵打电话：王总，唐妮现在跟我在一起，但是出了点状况。

43. 王富贵办公室　内　日

王富贵：好，我知道了，你们老地方等我。

王富贵说完，重重地瘫在老板椅上，长叹一口气，过去他和唐妮之间的一切都在脑海中重演了一遍。

138

44. 校园篮球场　外　日（闪回）

篮球场上几个男孩子正挥汗如雨，一个球突然偏离了方向，向着球场外飞去。

而此时球场边正有一个长发女孩走过，手里抱着一摞书。

好巧不巧，篮球正打在女孩的头上，书掉落了一地。

此时罪魁祸首王富贵出去捡球，看到这一幕赶忙去道歉，帮女生捡书。怎知二人捡起东西抬头的一瞬间，头竟然撞到了一起。

球场里的哥们儿们看到都围在球场的栏杆旁起哄。

女孩子捂着头，眼角泛泪，但依然先关心王富贵：你没事吧，同学。

逆光中，王富贵第一次看清女孩的长相，清秀温柔又知性，身上还散发着淡淡的花香，王富贵甚至有些看呆了。

女孩子见王富贵没反应，继续低头捡书。怎知王富贵直接拉起女孩向前跑去，边跑边说：你的书让我兄弟收，我先带你去医务室。

女孩自己不由得一愣，却被王富贵带着跑了起来，女孩摸了摸额头，似乎是有点肿了起来，但是却不怎么疼。

女孩子跟在王富贵身后跑，最后竟然笑了起来。而此时的王富贵满脸涨红，不知是热还是羞涩。

45. 王富贵办公室　内　日

王富贵拿起手机，拨通了母亲的手机号。对面的女人接起电话，温柔地：儿子，怎么了？

王富贵：母亲，你在哪呢？

王富贵母亲：我在和你的几个阿姨一起做美甲呢，怎么了？

王富贵：你之前做美甲从不会接我的电话。

电话的另一边，陷入沉默。

王富贵：母亲，在你眼里我究竟是你的儿子还是你的工具？我今天才知道，原来我的一切都被家庭操控着、束缚着，我以为我优秀、自由，比其他人更有机会选择我想要的生活，但没想到，我连最普通的爱情都无法自由地选择。但是，这一次我不会再听你们的了！我的生活，我会自己选择！

46. 街道——废旧大楼　外　日

迟运在路上一路飙车，终于甩掉了王富贵家保镖的追击，来到了跟王富贵约定的废旧大楼。

重新再见到唐妮，王富贵原本充满伪装和戾气的眼神，瞬间柔软下来。王富贵走上前去，温柔唤了一声：妮妮。

唐妮见到王富贵，瞳孔也难免剧烈地震动着：富贵。

【插入画面】二人模样叠化成当年初相识，年轻的模样，与现在相差无几，只是多了几分稚嫩。

王富贵：没想到这么久了，你一点都没变。

唐妮：你也是。当年的事，你应该都已经知道了吧，对不起。

王富贵：不怪你，是我没有保护好你。

一旁的花小青看着两人，不由得感叹：看这节奏怕不是要一笑泯恩仇，旧情复燃了？

王富贵：妮妮，现在既然我知道了，家里的事我一定可以处理好的，你还愿意再给我一次机会吗？

花小青：哇！怎么有种我粉的 CP 要发糖的感觉。

迟运和陶锋此时也为王富贵捏了把汗。

唐妮：阿姨还是没跟你说吗？

王富贵：说什么？

唐妮：其实，我是你爸爸的私生女……你其实，是我哥哥。

所有人当场愣住。

陶锋、迟运、王富贵：什么?!

花小青蒙逼，做了个惊讶的表情：wmg。问迟运和陶锋：这是什么桥段？

陶锋、迟运耸耸肩，做了个一无所知的动作。

47. 各网络平台视频（一组蒙太奇）

网友们把消夜摊上三人的合照和网友们拍的视频，剪辑成了鬼畜视频。

各个平台转赞量都在热搜榜上。

网友的表情包中甚至还会出现陶锋和迟运的搞笑表情。

48. 街头/影棚（一组蒙太奇）

"桃花运行动"彻底火了起来，陶锋、迟运和花小青三人也随之有名了起来，大大小小的街头广告代言换上了他们的照片。

陶锋、迟运和花小青三人在影棚中摆着不同的造型，拍摄着一组组硬照。一份份报纸和杂志从印刷机中被打印出来，封面的照片都是三人组的时尚硬照。

三人的衣服换了一套又一套，他们不断参加各种新闻发布会、参加代言签约仪式。

情感类综艺节目上，摄像机全部对准了三人。

三人的节目的视频上了热搜，评论和点赞数不断上涨。

"桃花运行动"的官方微博开通，粉丝数一直不断上涨。

49. 人才市场/咖啡馆/商场（一组蒙太奇）

三个人现在变得异常忙碌。

迟运戴着墨镜走进人才市场，等待机会的人一拥而上，迟运用手点了几个人示意他们跟着自己走，几人一起走出人才市场。

……

花小青拿着很多件衣服收忙脚乱地在帮几位临时演员换着衣服，陶锋和迟运在门口，把换好衣服的临时演员带到不同的位置上。

……

三人在咖啡馆里拿着电脑，死死盯着屏幕你一言我一语地分析着客户的数据，陶峰根据需求选择演员，迟运和花小青设计台词来伪造浪漫邂逅，花小青飞快地在电脑上打字。

……

好几位女客户在看到临时演员的时候红着脸，临时演员们会绅士地帮她们拉凳子，拍照，披衣服，购物。

……

几位顾客找到三个人，三个人第一反应是准备逃跑，迟运刚起身就被一把按住，顾客拿出一沓钱表示要充值最高的 VIP。

……

三个人银行卡中的余额越来越多。

网上对于"桃花运行动"的评论也开始褒贬不一。

迟运打电话，对对面的人：现在刷好评多少钱？好，给我全部刷成好评。

……

三人在景点上进行培训宣传，带着学员在景区内学习、培训。有人认出了三人，争相上前求合照。

很多粉丝来签名合照应援。

很快，三人从陶锋的小出租屋中搬走。一箱箱的行李被搬进了一个高档办公楼中。

50. 高档办公楼　内　日

迟运从花园里的后门挤进来，说：外面粉丝太多了，根本进不来。一边打电话说刷好评。

此时陶锋买烧烤回来：买个烧烤都差点被挤死。

花小青：忙了一天都没来得及吃饭，还是先吃饭吧，饿死了。

三个人终于坐下来，刚想吃饭，怎料大门竟然被推开了。竟然是陶锋的前女友师师不请自来。场面一度尴尬。

迟运：师师？你怎么来了？

师师：我就是顺路，看里面有人，就来看看。

迟运只好尴尬地看向师师，挤出一丝笑容，怎知师师竟然走到了桌前，看着桌上的东西，羡慕地：哇，好香，你们在吃火锅啊，我也有点饿了呢。

说完，师师就径直走到了陶锋身边，看着旁边的花小青，眨着眼睛说：你可以帮我拿双筷子吗？

花小青闻言愣愣地点了点头。

师师就这样习惯性地坐在了陶锋的身边，花小青拿着筷子回来却看到自己已经没了位置。

陶锋有些心慌花小青的态度，于是主动起身去帮花小青搬椅子，怎知师师突然跑过去帮陶锋搬了过来。

师师将椅子搬到了自己的对面放下，还给花小青夹了菜：小青多吃点。

看着对面的师师和陶锋你侬我侬，花小青心里不是滋味，却又没资格表现出来，只能低头吃饭。

……

饭局结束，师师将陶锋叫出门。

师师不好意思地：其实我这次来，是为了报名的，但刚刚人多，我不敢说。

说着，师师的眼眶不由得红了：以前是我对不起你。我还是走吧。

陶锋心里也不是滋味。

51. 出租屋门口　外　夜

花小青突然叫住陶锋：陶锋，我有话想跟你说。

陶锋停下脚步：怎么了？

花小青有些紧张又羞涩地绞着衣服下摆：你跟师师，和好了吗？

陶锋摇了摇头：没有啊。

花小青的眼睛里的光似乎又亮了起来：陶锋，其实……我喜欢你。

陶锋听完突然一愣，没来得及反应。

花小青：从你第一次救我到现在，我一直都在被治愈，可能在这个过程中，我早就喜欢上你了吧。但是我知道你现在想先忙事业，想在哪里跌倒就从哪里爬起来，重拾自己的设计事业。没关系的，我只要默默喜欢你就好了。就像我自己是导游，依然可以把"桃花运行动"当成一种热爱，去帮助更多为情所困的人。你就是我的热爱、我的方向。我没有别的意思，只是想告诉你我的心意。

陶锋：谢谢你的喜欢，但我真的没有你想的那么高大上，可能就是个骗子。

陶锋说着说着笑了出来，花小青也不由得笑出了声。

花小青：那你对自己的定位还挺明确嘛，感情骗子。

陶锋突然正色：我还没有完全走出来，抱歉不能给你回应，但是我很高兴你可以摆脱过去，勇敢地面对一切。

花小青和陶锋并肩走着：所以我真的很感谢你和迟运，还有"桃花运行动"，让我的生活有了更多意义……

花小青和陶锋正聊着天，陶锋的手机突然来电，陶锋接了电话，一脸严肃。

花小青：怎么了？

陶锋：有个客户要见面聊一下，我要先走了。

花小青：这么晚？

陶锋：你路上注意安全。

陶锋说完，便头也不回地走了。

花小青看着陶锋离开的方向，大声说：你也是！

52. 医院　内　夜

迟运来到医院病房，却发现陶芸正准备收拾东西，小北在一旁玩着迟运送给他的玩具。

迟运：你这是干吗？

陶芸：小北的手术很成功，准备出院了。

迟运：那你怎么不告诉我一声，陶锋知道吗？今天我要是不来，你是不是就打算一个人带着小北走了？

陶芸一边收拾东西，头也不抬：我自己的事可以自己处理，你们忙自己的事就好。

迟运一把抓住陶芸的手，抢过她手里的东西帮她收拾。

怎知陶芸挣脱了迟运的手，抢回了东西自己继续收拾，不再看迟运。

迟运在一旁看着陶芸，陶芸逐渐有些不自在，此时迟运一把拉起陶芸的手将她拽出门去：我们聊聊。

陶芸想挣脱却挣脱不开。

迟运：你要一个人逞强到什么时候？我和陶锋又不是外人，没有人会瞧不起你。

陶芸说着就想向病房里走去：我是怕你们工作太忙，我自己应付得来，没逞强。

迟运：陶芸，我喜欢你，我可以照顾你和小北。

陶芸闻言愣住，看着迟运，迟运也深情地望着陶芸。

陶芸：迟运，其实我早就知道了。

迟运：所以……

陶芸：从小时候到我结婚生子，再到我离婚回国。这么多年，如果我对你是有感觉的，怎么会错过这么久呢？如果我可以回应你，可能我们早就在一起了，根本不会等到现在。迟运，我们都是成年人了，你能……明白吗？

迟运：陶芸，我知道，你是不是嫌我现在还不成功，还不能给你和小北想要的生活？我这段时间的努力你也看到了，我们已经成功了一半。第一笔投资已经拿到了，所以我完全有能力照顾你和小北，我可以让小北接受最好的教育，只要是你们想要的我都可以给你们。

陶芸：迟运，你认识我这么多年，怎么就不明白呢？我虽然离婚了，还带着小北，但我并不想将就。我一直渴望的就是能够找到让我心里觉得幸福的爱情，并非物质。

迟运：可是这么多年，我对你的感情难道还不能打动你吗？

陶芸：感动，并不是爱。爱情可能是冲动是占有，但唯独不是感动。迟运，你是陶锋最好的朋友，跟他一样，你也是我的好弟弟。

陶芸说完，看着愣住的迟运片刻，犹豫着，最终还是伸手拍了拍他的肩膀，随即转身走进病房。

迟运听完，魂不守舍地从病房离开，一路上脑子里都回响着陶芸的话：迟运，你是陶锋最好的朋友，也是我的好弟弟。

迟运失魂落魄地走到门口，拿出手机给陶锋打电话，没想到陶锋的手机却打不通，挂断电话后，迟运看着陶锋在自己手机里"小舅子"的备注，不由得嘲讽地大笑起来。

53. 陶家老宅　内　日

陶锋帮陶芸在老宅中收拾刚搬下来的行李，两人在屋里收拾着行李。

陶锋：他喜欢你这么多年，你真的不后悔？

陶芸：就是因为这么多年，我才想清楚。

陶锋：他也是可怜，总想给你最好的，以为有了物质基础，就能好好照顾你了。

陶芸闻言，突然严肃地看着陶锋：你不会也这么以为吧？

陶锋：难道……不是吗？

陶芸：你现在不是在做情感咨询吗，怎么还不懂爱情？谁告诉你女人要的爱情就只是物质？我们要的更多的是安全感，是爱。你说的那些都是你们片面的理解，偏爱和被爱的感觉才是我们最想得到的。我和迟运最大的不合适就在于，他不懂我，根本就不知道我最想要的是什么，他想给我的，都不是我最需要的，所以我们不合适。

陶芸说完这句话，门外突然一阵响动。陶锋和陶芸出门查看，却什么都没看到。

54. 陶家老宅转角　外　日

迟运回想着陶芸的话，脸色逐渐黯淡下来。

迟运：我努力了这么多年，总算小有成就，觉得配得上你了。可真金白银你不要，偏喜欢虚的假的。好，既然你喜欢假的，我就给你假的。

迟运愤愤不平，攥紧的拳头显示着迟运的怒气。

迟运拿起手机，发了一条微信：有活儿，面聊。

李柯回微信：好嘞。

55. 陶家老宅门口　外　日

陶芸买菜回家，迎面却撞上了一个长发男人，男人不小心将他手中的东西全部撞翻在地。

男人紧张地抓住陶芸：对不起，有撞疼你吗？

陶芸起初有些不悦，要甩开男人的手。可是怎知此时陶芸身后有一辆自行车驶过，陶芸向后退。眼看就要被撞到，男人拽住陶芸的手拉向自己，陶芸因为惯性猛地抬头，看到男人飘逸秀发下的眉眼，不由得被惊艳。

陶芸就这么猝不及防地撞进了男人的怀里，心跳骤然加速，周边的一切都消音了，只剩下了陶芸和男人两颗此时紧贴的心跳声。空气中，只剩下男人身上淡淡的清香的洗衣粉味道。

男人的声音在陶芸耳边响起：你没事吧？

陶芸脸红地推开男人：我没事，没撞到你吧。

男人摇了摇头，赶忙低下身去捡被自己撞翻在地的菜。额前的长发被他高挺的鼻梁挡住，露出他侧脸的线条，陶芸不由得看入了神。

男人收拾完地上的东西，有些可惜地看着陶芸：都摔烂了。

陶芸看着男人委屈的表情，有些心疼，赶忙安慰他：没事没事，今天不吃这些也没关系。

男人：对不起，都怪我，我会给你赔偿的。

陶芸：不用的，也没多少钱，算了算了。

男人想了想，突然拉起陶芸的手腕：我有办法了。

陶芸被男人牵着，愣愣地跟在他身后。

微风一吹，男人身上的味道，又吹进了陶芸的鼻腔。

56. 菜市场　外　日

男人一身休闲装，牵着陶芸走进了菜市场。

菜摊前男人生疏地挑着菜，很多菜已经不新鲜了，但男人依然往袋子里装。

陶芸无奈地接过袋子：我来吧，你选的这些都不新鲜了。

男人不好意思地撩了撩头发，

随后陶芸开始精心挑选着蔬菜，男人低头看着她的样子，也不由得心动了。

两人随后又逛了几家菜摊，终于把菜买齐。

57. 陶家老宅门口　外　昏

陶芸拎着刚刚买好的食材，笑看着眼前男人：谢谢你的礼物，我会好好享用的。

说完，陶芸转身就要进门，男人却在身后突然将她叫住：不客气，我叫李柯。

男人说着伸出手，陶芸见状也回握住男人的手：你好，陶芸。

李柯看着陶芸手里的菜，半开玩笑地：收了礼物，难道不该有个回礼吗？

陶芸疑惑地看着李柯：你不会忘了，是为什么要送礼物给我了吧？

李柯看着渐暗的天色，随后摸了摸肚子：可是我觉得这么新鲜的食材，吃不完会浪费。

陶芸：谁说我吃不完。

此时小北从门内走出来，看到了陶芸：妈妈，你怎么这么晚才回来，我都饿了。

李柯：你儿子吗？好可爱。

李柯说着就走上前去，跟小北打招呼。

小北：你是谁？

李柯：一个可以让你更快吃上晚饭的人。

小北：你是魔法师吗？

李柯想了想：算是吧，因为我会变一桌子好吃的给你，你确定不请我进去坐坐吗？

小北：好呀好呀！我快饿死了，我要吃魔法餐。

说着小北就跑上去拉起陶芸一起进门。

陶芸用眼神无声地质问着李柯，李柯则故作无赖地一笑：我帮你打下手，很快的，你儿子都饿了。

陶芸无奈地摇摇头，摸了摸小北的头，笑了。

58. 高档办公楼　内　日

门突然被敲响，迟运开门，发现门口站着一个格子衬衫，米色裤子，戴着黑框眼镜，程序员打扮的男人。

迟运：抱歉，我们不修电脑，也不装系统。

张智宇：我是看到你们的网课信息和热搜才来的，我是来找"桃花运"的。

迟运一听来生意了，眼睛立马亮了起来。迟运：不好意思，刚刚多有怠慢，进来说。

迟运将张智宇让进门来，关切地：没猜错的话，您应该是从事 IT 行业的吧。有什么需要我们帮忙的吗？

张智宇点了点头，随后推了推刚刚点头时有些滑落的眼镜：我是个程序员，我来是想让你们帮我谈一场真正的恋爱。

看着眼前心愿如此迫切且真诚的人，迟运看着眼前眼角耷拉，邋遢，毫无光泽和希望的人，不由得对他升起了同情和尊重。

迟运：放心，交给我们吧！

59. 老门东某夜店/游戏厅　内　夜（一组蒙太奇）

为了尽快拿钱，迟运第二天就带着穿着焕然一新的张智宇去老门东附近蹦了迪，体验了一番年轻人的生活，还安排几个女孩陪着他，却没想到他丝毫没有享受，反而坐在卡座上昏昏欲睡。

张智宇失落地从夜店中出来：我感觉不行。

迟运也丧着脸：可能还是不够刺激，明天来个更猛的，你只要不丧，一定能成功。

……

迟运连续几天带着张智宇去游戏厅、去水烟吧，凡是老门东能撩到妹的地方，他们全都去过了，但依然没有任何起色。

……

迟运拿张智宇没办法，就想按着高朗的那个人设给他包装成富二代，带他出去吃饭、喝酒，到处撒钱，可是最后张智宇骨子里的丧依然改不掉。

张智宇跟小姑娘聊天的第一句就是：如果我死了，你会怎么样？

张智宇刚说完这句话，女孩子就像看病人一样看着张智宇：你有病吧？

女孩子看着迟运：你给我介绍的是什么人？以后别再联系我了。神经病。

女孩子说完便头也不回地离开了。

张智宇委屈地看着迟运，迟运只能强颜欢笑，无奈地摇了摇头。

60. 电影院/咖啡馆/商场　外　日（一组蒙太奇）

李柯和陶芸从电影院出来，李柯牵起了陶芸的手，陶芸不好意思想挣脱，可李柯仍然紧紧抓住了她的手。

陶芸不由得脸红，脸上洋溢着少女般幸福的笑。

……

李柯和陶芸在咖啡馆中约会，李柯喜欢什么，陶芸都会给他买。李柯宠溺地摸着陶芸的头。

……

商场中，陶芸挽着李柯在各个品牌店中进出，李柯在店中挑选着自己喜欢的东西，陶芸开心地为他买单。

……

李柯怒气冲冲地从银行中走出来，陶芸哭着跟在后面，死死拽着李柯的衣袖，泪流满面，求李柯不要离开她。

然而李柯并不理会陶芸，拂袖而去。陶芸哭着追上去，却再一次被甩开。

61. 高档办公楼　内　日

张智宇：迟总，我还有三节课没有上完，但是已经很久没有人带我上课了。

迟运有点为难道：张先生，后面的课就别上了好吗？我们把钱退给你。

张智宇：为什么？

迟运无奈地摇摇头：我们真的无能为力。

陶锋在旁边插话：何必浪费钱呢。

张智宇听完，点了点头，低着头失落地离开了。然而刚走了没几步就晕倒了，还流了很多鼻血。

迟运和陶锋赶忙将张智宇送到医院。

62. 医院　内　夜

张智宇从昏迷中醒来，看着站在他床边的迟运和陶锋，他猛然坐起身，迟运看到赶忙过来小心地扶起他。

张智宇：你们怎么还在，麻烦你们了。

迟运有些内疚：年纪轻轻，怎么就生病了呢？之前你也没说，不然我也不会那么草率地接单了。

张智宇：人各有命，很正常。医生怎么说？

陶锋：比想象中严重一些，但是可以控制。

张智宇：我自己的身体，我有数，医生说还有多久？

陶锋有些犹豫，顿了顿：一个月。

迟运：你，哎。你这时候这么实诚干吗？

张智宇：谢谢你，我现在需要听到真话，就算你不说，我也会自己问医生的。

迟运：你究竟得的是什么病？

张智宇：白血病。

迟运：那不是可以治吗，你家里的亲人没有可以配对的骨髓吗？

张智宇：很巧，我已经没有亲人了。

迟运闻言，顿时哽住。

张智宇：我可能注定是个寡王体质，是我妄想了。

陶锋：别这么说，寡王也是性格问题，都是可以改变的。

张智宇摇了摇头：那我可能是就是天煞孤星了吧。小时候，我们家本就生活困苦，我母亲因为生下我，难产去世，不久之后我父亲也意外去世了。收养我的姑姑姑父也是一个出了车祸，一个丢了工作。只要在我身边跟我亲近的人，多多少少都遭遇了不幸。我是个不祥之人。

迟运：这都是迷信，信这些干吗？

张智宇：一开始我也不信，可这么多年意外一次次地发生，我不得不信。你问我为什么总是一遇见对我亲近的陌生人，我就会说一些很丧的话，因为我害怕，怕害了人家。

迟运：有些话，不一定非要说出来。

张智宇：可是在我们程序员的世界里，除了 0 和 1 再也没有其他，非黑即白，我学不会隐瞒，也学不会包装，因为绕过的问题，早晚会产生 bug。

陶锋：我明白，那你以前的女朋友呢，有出过意外吗？

张智宇：我，没谈过恋爱。但是我曾经被人追过，也追过别人，但从来没有成功过，只要我说了我的故事，就没有人愿意冒这个险了，久而久之，我也习惯了。

陶锋：那你这次为什么一定要谈一场恋爱？

张智宇：马上这一辈子就过去了，我还是想体验一次爱人和被爱的感觉，别人或许还有很长的时间去等待、去体验爱情，但对我来说就只有这一个月了，我也想尝尝爱情的苦。

张智宇说着就自嘲地笑了起来。

陶锋：如果我告诉你根本就没有真爱呢，爱都是假的。

张智宇：那我就只怪老天爷给我的时间太少，还没等到就要带我走了呗。

陶锋和迟运不由得被张智宇的乐观逗笑，但随后又惆怅起来。

63. 医院门口 外 夜

陶锋走着走着，突然停下：这一单，我们重新做吧。

迟运：怎么？

陶锋：我想把他的心愿完成，就当一次"特别行动"，这一次，彻底好好玩一次。

迟运点头：好，我这就给小青打电话。

64. 花小青家 内 夜

花小青在电脑前声泪俱下地码字。

张智宇（vo）：我叫张智宇，33岁了，还是个处男，本来今年烧了很多香，以为可以结束母胎solo，但没想到，老天爷竟然发错了剧本，我的人生被通知，只剩30天，似乎没有时间去认识一个女孩、搞定她，再跟她完成人生的大和谐了。所以，有哪位好心的仙女，能接受我的邀请，跟我谈一场倒计时的恋爱，完成我自私却"伟大"的愿望吗？

文章的最后，花小青附上了一张张智宇笑得很开心的照片，点了发送键。

花小青关上电脑出门。

65. 出租屋　外　夜

陶锋和迟运从医院回来，就看到师师正在门口等着他。

师师开心地上前：你回来啦。

陶锋：你怎么来了？

师师有些羞涩：想你了，就来了。

迟运的电话铃声突然响起。迟运看了眼手机，立即拿着手机神神秘秘地向外走去。

154

陶锋拿钥匙开门，师师突然从后面抱住了陶锋，陶锋愣住。

师师：对不起，你原谅我好不好？你看迟运和陶芸姐姐都修成正果了，我们是不是也该和好了？我知道这三年来，你一直都没有放下我，其实我也忘不了你。那天晚上，我感觉我们又回到了过去，陶锋，我想回来。

师师说着说着便流下了眼泪，靠在陶锋的肩头哭了起来。

陶锋终是心疼师师，转过身抱住师师，捧着她的脸，为她擦去泪水。

陶锋：我确实一直都忘不了你。

师师：那你还愿意接受我吗？

师师抬起含泪的双眼，深情地看着陶锋，陶锋也深情地看着师师。

师师破涕为笑：我就知道。

陶锋回望着师师：那……你还爱我吗？

师师用泪眼望着陶锋，捧着陶锋的脸，深情地吻上他的唇，二人拥吻在一起。

远处，花小青痛苦地看着这一切。

66. 出租屋楼下　外　夜

迟运接起电话：事情怎么样？

李柯（vo）：基本上快完成了，你准备做到哪一步？

迟运：差不多可以收网了。

李柯（vo）：之前谈好的报酬，我要加钱。

迟运脸色一变：你什么意思？之前不是说好了吗？

李柯（vo）：我们见面谈。

67. 陶芸老宅外　外　夜

迟运和李柯见面。

李柯：当时谈的时候你也没告诉我，这是你的菜，我可都从她儿子那听说了，不是我说，你可太不地道了，这都下得去手？

迟运：不关你的事！钱多一分你别想拿，你最好乖乖听话，不然你之前PUA的事，我全部给你曝光。

李柯：PUA又不违法，随便你曝光，但你别忘了，我现在可就差最后一步"自杀鼓励"了，你自己看着办。

迟运：你威胁我？

李柯：我只是想知道，在你心里爱情是什么价位。

迟运：别整好听的，想加钱，门儿都没有。

李柯立马翻脸：你看着办。说着李柯转身回到陶芸家，很快里面就传来了激烈的争吵声，还有陶芸的哭声。

迟运脸色有变，但是依然没有进去。

过了一会儿，里面传出来摔打东西的声音，陶芸的哭声更加凄厉起来，甚至小北的哭声也传了出来。

迟运：不好，小北！

迟运说完，立即冲了进去。

68. 陶芸老宅　外　夜

迟运冲进屋里的时候，陶芸正倒在地上痛苦，小北也依偎在她身边，害怕地哭出了声。

小北看到迟运出现，立即哭号着抱住了迟运的腿。

迟运蹲下身，抱住小北，轻声问：这是怎么回事？

小北：妈妈和叔叔吵架了，叔叔摔了东西，妈妈就哭了。

迟运听完，立即上去给了李柯一拳：你谁啊？

李柯揪住迟运：我是她男朋友，你谁啊？我们家的事关你什么事？

暴怒的迟运反手按住李柯，狠命地打他：她的事就是我的事！敢欺负陶芸，我就干死你！

说完，迟运把李柯按倒在地，一拳拳打在他身上。

见状陶芸赶忙过来拉架：你别打了，不是他的错，都是我不好。

迟运听完，突然停下动作，看向陶芸：你说什么？

陶芸此时拉住迟运：你别打了，真的不怪他，是我不配。

迟运依然没有住手，陶芸见状只能挡在李柯面前。

陶芸：不要再打了，真的是我自己的问题。

迟运指着地上的一片狼藉，瞪着陶芸：你被他 PUA 了，你知道吗？他的每一步都是在套路你，你明白吗？你喜欢的人，想要的爱情的感觉，就是这样吗？一片狼藉，痛哭流涕？

陶芸愣愣地看着迟运：这是我的事情，不要你管。

迟运迟疑了两秒之后，竟然开始哈哈大笑：好，我不管，我不管你，你今天会死在这你知道吗？陶芸，我喜欢了你二十几年，怎么从来都没看出你是如此肤浅的女人。李柯，你眼前这个男人，就是我养的一条狗，你知道吗？你以为他真的爱你吗？你知道他就在刚才还在打电话问我加价吗？就因为，他知道我爱你！陶芸，我为了你，什么都可以不要，你嫌我穷，我努力变得成功。你不喜欢我，我也认了，可是没想到，你喜欢的只是这么肤浅的套路，这些一条一条写在纸上的撩妹技巧。你喜欢的感觉，就是欺骗吗？我帮你揍这个混蛋，你竟然还在帮他，说他没错？对，他没错，是你活该！

迟运说完，走到李柯身边：你不必威胁我了，我自己来。

迟运转身要走，怎知李柯突然对他出手，上去就是一拳。

李柯：我是不要脸，欺骗女人感情，但是你更无耻，你不但无耻，还懦弱，你就是个垃圾。

69. 微博/微信朋友圈/抖音界面

各个社交网站上到处都流传着一段视频，视频中正是迟运与陶芸吵架当天的内容。而这条视频的发布者正是李柯。

此后的个大媒体都开始转发，标题为："桃花运行动"创始人之一迟运欺骗客户，每段成功的感情背后竟然都有一个群众演员？

视频中，李柯口述了迟运收买他PUA陶芸的全过程。

李柯：抱歉以这样的方式跟大家见面，我是一个罪人，我不奢求大家可以原谅我，但是希望这条视频可以让大家看清PUA，更看清"桃花运行动"，其实只是一个骗局。陶芸，对不起，是我骗了你，但是跟你在一起的这段时间，我很开心。那天你挡在我面前的瞬间，我才知道究竟什么是爱情，我才意识到我自己做了多少不能被原谅的错事，我爱上你了，但正因为如此，我也更希望你能拥有更好、更纯粹的爱情，对不起。

视频一出，迅速挂上了各个社交平台的热搜，一时间，"桃花运行动"和陶锋三人的人设彻底崩塌，成为全网讨伐的对象。

每一条视频下面的评论都是对他们的谩骂和诋毁。

随后，词条"红极一时的'桃花运'行动人设崩塌，宣告死亡！"竟然还被挂上了热搜榜一。

70. 秦淮河畔　外　夜

此时陶锋刷着手机，看着视频里的内容，顿时气冲颅顶。怒气冲冲地找到迟运，上去就给了迟运一拳。

陶锋：你还是人吗？

迟运还未反应过来，陶锋上去又是一拳，迟运再次倒地。

陶锋：我当你兄弟这么多年，你竟然害我姐？

迟运：这么多年，我难道没帮过你吗？

陶锋：那我姐做错了什么？你这种人渣，配得上她吗？

迟运：我为了她努力这么多年，整颗真心都掏给她，可她根本不为所动，反而对一个突然出现的渣男动心，她也不过如此！是她自己活该！

迟运说着愤怒地给了陶锋一拳，陶锋嘴角立即渗出鲜血。

陶锋揪住迟运：这就是你爱她的方式？得不到就毁掉她？你为什么就不肯承认，是你自己不行呢？我真庆幸，我姐没跟你在一起。迟运，你就是一个 loser，你这辈子，就是一个失败者，你根本不知道什么是爱情，更不配得到爱情。

陶锋推开迟运，狠狠给了他一脚：以后，我再也不想看见你。

迟运从地上挣扎着爬起来，冲着陶锋的背影大喊：陶锋，我至少敢报复，我得不到至少还会为了自己争取，你就是只缩头乌龟，你才是个loser，你以为你做个情感培训就真是情感大师吗？你懂爱情吗，你不过是个舔狗！

陶锋踉跄着向前走去，听到这里，突然停住了脚步。

突然，陶锋掏出手机给师师打了一通电话，而电话却一直都未接通。

陶锋就这样呆呆地站在原地。

71. 师师家　内　夜

师师看到留言板上到处都写着：假项目、哗众取宠、吃人血馒头、一切都是炒作，消费网民，甚至还有人说他们的项目就是一种 PUA 教学。

谩骂的留言铺天盖地袭来。

陶锋的来电一直响着，师师看看就是不接。

师师生气地关掉网页，抱着头背对着电脑说：桃花运，真的完了。

72. 高档办公楼　内　日

办公室里一片狼藉，办公家具都搬得差不多了，陶锋落漠地在收拾最后的办公用品。

陶锋突然发现桌上有一封信，疑惑地拿起信封，信封上是花小青娟秀的笔迹，他打开信。

花小青（vo）：陶锋，谢谢你。不记得这是第几次跟你说谢谢了，但是真的谢谢你。从遇见你的第一天开始，感觉我的生活中就照进了光，是你把我从灰暗中解救出来。你就是我的光，是你告诉我要爱自己，我值得所有最好的。曾经我也想成为你的光，治愈你的伤痛，可是我知道能治愈你的人，不会是我，因为我看到师师出现之后，你才是真正的陶锋。因为喜欢，所以更希望你幸福，因为喜欢，所以我决定退出。但是不论何时、何地，只要你转身，我一定都会在你背后，支持你，想要照亮你。你一定要幸福呀，不要辜负我。

陶锋看完花小青的信，不由得愣住，心里有一块地方似乎突然被击中了。

陶锋掏出手机，在即将按下花小青号码的一瞬间，还是停住了。

73. 医院　内　日

此时，张智宇进入了抢救室，三人小组分别赶往医院，各怀心事，互不理睬，心里无比地惆怅。

陶锋和迟运在急救室门口来回踱步，花小青红着眼眶呆坐在抢救室门口的椅子上。

迟运：没想到，前几天还活蹦乱跳的人，今天就躺在急救室了，他才三十岁出头，风华正茂的年纪啊。我们到底在做什么，我们到底为他做了什么？我们只顾着自己的所谓的事业和爱情，根本没去真正关心过他。

三人低落地等在手术室门口，然而手术室的灯一直都没有熄灭。

74. 病房　内　日

虚弱的张智宇醒来，满脸的歉意：抱歉，因为我让你们遭受这么惨痛的打击，我现在就录个视频向网友们澄清事实真相，不能让你们背锅。

陶锋拍了拍张智宇：不用了，本来我们也准备解散的，现在正好，我们只要回到生活中做普通人就好。你别想太多，我们会一直在这陪着你。

张智宇：谢谢。谢谢你们相信我，陪着我。

花小青：不要在意网上的留言，我们身正不怕影子歪。我们从始至终都相信你说的，"一段感情里不应该惨杂任何的谎言"，不论是爱情还是友情。

说着花小青紧紧握住了张智宇的手。

张智宇听了后第一次露出了笑容，说道：其实这个世界上肯定有和我理念一致的人，可是我的时间不多了，找到愿意和我恋爱的人的希望是很渺茫的。最起码我这辈子不是在一个错误中度过的，这就够了。

说罢，张智宇竟然含泪离世，三个人静静地看着他，心中思绪万千，花小青靠在陶锋的肩头，失声痛哭。

迟运边哭边说：太难受了，为什么这么好的人不能拥有爱情和好运，为什么我们这些不懂爱的人却有大把时间可以追求。

陶锋：是啊，为什么死的不是你？

花小青看着二人，不知道该如何是好。

迟运抬起头看着陶锋：我也想，如果死的是我这个人渣多好。陶锋，对不住了。

陶锋：别给我看你眼泪，你对不住的是我姐，我们俩的事就当是我瞎了眼。

迟运点了点头：是，是张智宇提醒了我，我曾经的爱根本不是爱，只是不甘心和占有欲，我根本就不懂什么是爱。为了那点自尊心，伤害了我喜欢了半辈子的人，还坑了兄弟，我算什么男人。兄弟，这次不管说什么，我这一定要追回陶芸，让她原谅我。哪怕是为了你们，我要让她看看真正的爱情是什么！

75. 内　日（一组蒙太奇）

"桃花运行动"三人组成为众矢之的。

清早的地铁上大家手机刷到的都是有关"桃花运行动"的新闻。

网络上谩骂的帖子铺天盖地袭来，点进微博，甚至都有了专门黑他们的"超话"。

一时间，全网都在议论着这件事。

76. 王富贵办公室　内　日

师师在求王富贵：王哥，现在只有你能救"桃花运行动"，否则他们就完了。

王富贵：现在"桃花运行动"这个项目是负资产，没有任何投资价值。

师师：只要你肯拉他们一把，就能起死回生。

王富贵做了个不以为然的表情：好，看在陶哥的分儿上，我试试。

师师：谢谢王哥。

77. 出租屋　内　日

第二天，三人回到出租屋，准备散伙。

一推门便看到一份文件快递，陶锋拿起来打开，发现里面竟然是一份法律文件，张智宇竟然将遗产留给了"桃花运"。

三个人盯着文件，瞬间沉默了。

陶锋看着眼前的文件，眼眶竟然有些湿润：他是我们唯一一个没有帮上的客户，但现在却帮我们于水火之中。

花小青哽咽着：这里还有一封信。

迟运和陶锋凑上前去。

张智宇（vo）：你们看到这封信的时候，我应该已经不在了。很感谢你们这段时间来的努力和陪伴。其实有很多话想说，但我嘴笨说不出，就只好写下来了。

"桃花运"多美的名字，可惜与我无缘。但是这三个字却给我带来了比爱情更美好、更难得的东西，就是你们。可以叫你们一声朋友吗？朋友。

我一直独来独往，没有什么朋友，你们或许是我唯一的朋友。感谢你们带我看过世界，也算不留遗憾。虽然有点晚，但我还是在你们身上学到了很多，如果还有下辈子，我想我一定用得到。

不要觉得没有帮我谈到恋爱就是遗憾，对我来说，遇见你们足以弥补这些遗憾。因为我终于知道现在这个世界上又多了三个跟我一样，相信真爱的人，祝你们幸福。

三个人看着张智宇留下的东西，心情久久都不能平复。

陶锋第一次落下眼泪：我们要为哥们儿做点什么，不能辜负了他的信任。

迟运：没错，哥们儿值！

花小青哽咽着：不如，就把他的故事拍成微电影，让他的故事一直陪着我们，也让所有人看到真相。

迟运和陶锋一致同意。

迟运：那"桃花运行动"呢，还继续吗？

此时，门口突然响起敲门声，原来是王富贵带着他们公司的高层一起到访。

王富贵：怎么了，气氛这么凝重。我看到张智宇去世的消息了，现在网友们也是痛心疾首，又一波网暴和反网暴的争论开始了。你们的"桃花运行动"算是自动洗白了。

虽然王富贵这样说着，但三个人却开心不起来。

78. 出租屋　内　昏

回到出租屋，陶锋竟然看到几日未见的师师，但谁知师师一脸愤怒，但是这一次再见师师，陶锋心里已经没有了悸动，他质问师师：你这几天去哪了？为什么我一直联系不上你？

然而师师根本没有理会陶锋的话，而是更生气地质问陶锋：你为什么拒绝了王富贵的投资？

陶锋：你怎么知道？

师师：我不知道？你以为你多出色，能够拿到高层的投资？今天这场合要不是靠我给你牵线搭桥，就凭你怎么做得到？你竟然还拒绝了？真是不知好歹。你现在就打电话回去，给公司的高层道歉，说不定还有回旋的余地。

听完这一席话，陶锋突然明白师师对他的感情并不是纯粹的爱情，师师也不再伪装，跟陶峰摊牌。

陶锋：师师，你爱我吗？

师师：不爱你，我会在你现在没有钱的时候帮你找钱吗？陶锋，我已经做出了最大的让步，你还想让我怎么样？你还要让我再一次次失望吗？我已经不年轻了，没有时间了。我现在还能陪你吃苦，跟你一起承担，你还要我多爱你？陶锋，不要这么自私好吗？

陶锋：不，师师，你爱的不是我，你爱的是成功。在你眼里，不论是谁，只要成功你就可以爱。你做的一切，都不是爱。

师师：我这么做都是为了能跟你在一起，难道这也有错吗？

陶锋：你只是想跟成功在一起罢了，如果我现在还是那个一事无成、每天拿着喇叭到处叫的小贩，你会跟我在一起吗？

师师：我知道那不是真正的你，你是有潜力的，可你为什么不愿意为了我努力一次呢？

听到这，陶锋不由得冷笑了一声：曾经的我愿意为了你努力，甚至愿意把我的一切都给你，可你人呢？你在我准备跟你求婚的当天，跟别人鬼混在了一起。师师，承认吧，你根本不爱我，你甚至不爱任何人，只爱你自己。

师师：不爱自己，我怎么爱你？我拿什么爱你？命吗？可是陶锋，爱情不只有浪漫和激情，还有生活和现实啊，没有成功的人生做基础，你拿什么爱我，我又拿什么保证我可以一直爱你？

陶锋：你终于承认你爱的是成功的那个我了，可我只想要一次不掺杂质的爱情，而不是你眼中和利益相辅相成的交易。以后，我们不要再联系，无论我是成功也好，失败也罢，都与你无关。

师师：陶锋，你这么大人了，怎么还这么幼稚。你想要的爱情根本是天方夜谭，没有人会给你无条件的爱，你以为的爱情根本不存在，更不可能长远，因为不考量利益和条件的爱情，根本就不是爱情，那是剧情！

陶锋突然有一瞬间愣住，喃喃自语：没错。你说的对，真正的爱情是没有条件的，只希望她可以幸福……小青。

【插入画面 72 场】：花小青给陶锋留下的那封信，告诉陶锋因为喜欢，希望他可以幸福。

想到这里，陶锋突然奔出家门。一边跑一边打着电话。

陶锋：小青……

79. 花小青家　内　日

另一边花小青挂断陶锋的电话。

花小青妈妈：小青，时间不早了，该走了。

花小青不舍地看着自己的房间：知道了，妈。

80. 出租屋　内　日

迟运看着魂不守舍的陶锋，想开口嘲笑，但还是没有开口。迟运转身走到一边，拨了一通电话。而这边，陶锋也在不停打着电话。

打完电话，迟运走到陶锋身边，不经意地说了一句：花小青和她父母要出国了，今天下午的飞机，这会儿应该在去机场的路上了。

陶锋听完终于有了精神，猛拍了一下迟运的肩膀：谢了，兄弟。

陶锋说完就要跑，迟运赶紧叫住他：你去哪啊，现在赶去肯定来不及了，先坐我的车。

陶锋：你哪有车？

此时只见迟运不知道从哪推来了一辆死飞，跨坐了上去，自信地对着陶锋说：城市飞驰限定，绝不堵车，来吧。

81. 南京街道各处　外　日（一组蒙太奇）

迟运载着陶锋在街边飞驰，一路上路过了各个景点，在陶锋眼中，这些场景中都有着他和花小青一起"踩过点"的身影，花小青笑靥如花地看着他，不管陶锋说什么，花小青总是被他逗得哈哈笑。

时间一分一秒地过去，陶锋不由得着急起来。陶锋：兄弟，再快点，时间来不及了。

……

高架上，一辆摩托车继续飞驰着，陶锋手中拿着手机，直播着自己现在的画面。

陶锋：请直播间的朋友们帮帮忙，请大家帮我找到花小青，如果见到她，无论如何请帮我留住她……

……

街道上，陶锋坐在一辆出租车中，出租车正在保证安全的情况下不断超车，飞速行驶着。

……

街道上，路人们刷着陶锋的直播，不断拿给自己身边的人看。

甚至有的商场大屏上都在播放着陶锋的直播，直播中，陶锋不断呼唤着花小青的名字。

路人甲：这不知道又是哪个网红在炒作。

他身边的路人乙凑上来：哟，这不是"桃花运行动"的发起人吗，这是怎么了？

路人甲：好像是在追女孩，求网友帮他找到那个女孩呢。

路人乙：前面好像堵车了，哇，他竟然跳车了。

视频中，陶锋跳下车，为了追回真爱拼尽全力地冲刺，冒着生命危险在车流汹涌的街头狂奔。

路人甲：不要命了吗，这是。

路人乙：你看他跑的，估计不像是假的。

路人甲不由得被感动：管他是不是假的，要是有个男孩为了追回我能做到这程度，我立马嫁了。

路人乙此时也不由得在直播的评论中打下了一行字：加油，你一定可以的！

82. 机场　内　日

然而这时，花小青和父母已经完成 check in，即将进入安检，父母已经在她前面进入了安检。

就在花小青即将进入安检口的这一秒，陶锋告白的声音突然传来。

陶锋（vo）：花小青，我爱你！

花小青惊讶地回过头，却没有看见陶锋，而此时一个小姑娘拿着手机递到了她的面前。

小女孩拉住花小青的手：姐姐你看，有个大哥哥在跟你表白。

花小青矮下身，接过手机。

直播中的陶锋一边狂奔一边气喘吁吁。

紧接着，机场里越来越多的网友拿着手机向她走来，为她直播陶锋的告白。

视频中的陶锋一边喘着粗气狂奔，一边满脸通红，深情地告白着。

陶锋：花小青，其实从我看你的第一眼，你就无时无刻不在牵动着我的情绪，那天你哭着站在文德桥上，像极了曾经被伤害之后的我，但你知道吗，就算你痛哭流涕，脸上的妆也没有花，那是我第一次觉得，原来一个女孩子哭也可以这么好看。还记得你第一次约我出去吗？你穿了一件蓝色碎花连衣裙，那天的阳光很好，你身上有橘子的味道，不知道为什么，到现在我也一直都忘不了。还记得你第一次在我怀里吗？像只受惊的猫，轻轻软软地，我也忍不住抱住你，可是你却逃了。其实，我可能早就喜欢上你了，可是我不敢承认，不敢承认我因为你的出现放下了自我拉扯三年的伤痛，因为那会儿让我没有安全感。曾经的三年，这些伤痛反而成了我的盔甲，不停地提醒我，只要伤还在，只要始终不相信爱，我就不会再被爱情伤害，所以我从不接受所有的爱意，以为这样我就是安全的。直到你的出现，让我不停地质疑自己，质疑你，但我无法拒绝你，直到你变成了我的安全感，甚至变成了我承认爱情存在的底气和勇气。花小青，我爱你，但我更希望你幸福，所以不要为我改变，就做一切你想做的吧，无论何时何地，我都会在原地等你，只要你一回头，就能看见我。

陶锋：花小青，回头。

花小青突然听到身后传来陶锋的声音，回头，果然陶锋就在那里。花小青再也控制不住澎湃的情绪，冲上去紧紧与陶锋相拥。

83. 发布会现场　内　日

布置简单素雅的发布会现场，摆满了以蓝色和粉色为基调的鲜花与香薰。

LED 大屏上打出了这场发布会的名字：桃花运珠宝，首季新品发布会。

陶锋穿着一身笔挺的西装在大屏前发表演讲。

台下，迟运自信地与各种商务人士交际，如鱼得水。

花小青则满眼爱意地看着台上的陶锋。

演讲结束，全场的灯光突然熄灭，众人顿时一片骚乱。片刻后，一束追光灯亮了起来，正打在穿着宝蓝色露肩礼服裙的花小青身上，花小青一时间有些不知所措。

下一秒另一束追光灯亮起，打在了不知何时出现在花小青身边的陶锋身上。只见此时陶锋手中拿着一个蓝色的丝绒盒子。

陶锋在花小青面前缓缓单膝跪地，打开蓝色丝绒盒子，只见里面是一枚 3.4 克拉的淡粉色钻戒。

此时迟运坏笑着走上前，给陶锋递上话筒，悄悄拍了拍他的肩膀：兄弟，加油。

陶锋有些紧张，颤抖着手接过话筒，缓缓开口：花小青，今天是我离不开的你的第 521 天，过去的 520 天，我一直都在为今天做着准备，但在遇见你的第一天，我就知道，我们之间的故事将会延续一生。这枚钻戒是我专门为你设计的，它的名字叫"花之恋"，小青，谢谢你，让我明白爱的意义，也让我学会如何去爱。你愿意嫁给我吗？

花小青满脸惊讶和诧异，不知该作何反应，但眼中的泪水却不住地涌出来。

陶锋见花小青被眼前的突然发生的求婚吓到，于是故作委屈地小声说：乖乖，如果你现在不答应，我可能又要再准备 1314 天了。我可以等，但是叔叔阿姨可能会不太高兴。

花小青被陶锋逗笑，但是转眼一看，发现背后站着的正是不知道什么时候来的父母。

花小青终于忍不住哭出声，不住地点头：我愿意。

陶锋站起身，给花小青戴上钻戒，深情地抱住了泣不成声的未婚妻。

陶锋：谢谢你，愿意嫁给我。

花小青回抱住陶锋：也谢谢你爱我。

此时全场掌声雷动。白珊珊和模特也在人群中替他们开心；王富贵等人也开心地笑着，大家都玩得很开心。

……

陶芸看着弟弟和花小青幸福的样子，而陶芸身后正是迟运，陶芸转身看到迟运，迟运不好意思地看着陶芸笑了。

（vo）：迟运依然还在艰苦的追妻之路上，虽然吃了很多苦头，但依然没有放弃。人流如潮，越来越多单身人士、情伤人士在这里被治愈和恋爱。

武松降虎

1. 景阳冈上 外 日

张荣贵、狗剩、周奎与另外两名猎户紧张狂奔，身为猎户的他们此时竟成了猎物，猎杀他们的竟是一只可怕的吊睛白额猛虎！

张荣贵等猎户虽然箭法超群，能在跑动中回身射箭命中猛虎（只有狗剩用的是弹弓），却无法伤及猛虎性命，反而激怒猛虎，朝他们咆哮扑来。

千钧一发之际，一道人影（武松）神兵天降，持一支烂银哨棒轰击在虎头之上！

猛虎顿时倒地，头破血流，挣扎着起不了身。

武松潇洒地将哨棒搭在肩上，帅气登场！

不料这时，四周突然袭来飞索、飞梭、飞爪、飞砣等先进的武器，两名猎物先后受伤倒下。

张荣贵怒搭三箭，三箭齐发，同时命中发出那些武器的人，居然是三名土匪，没想到就在这时，黑虎帮二当家金豹的索命飞爪也已直扑他脖颈而来。

危急关头，武松一棍击出，飞爪应声而碎，而棒势却未止歇，顺着碎裂的飞爪一路前进，轰击在金豹脸颊，打飞他两颗门牙。

土匪一拥而上，而武松却横棒挡在猎户们身前保护他们，土匪瞬间被震慑，不敢上前。

武松：这五条命你们拿不走，听懂了吗？

金豹捂着脸颊，缺了门牙，说话漏风：小，小子，你才听清楚了，这，这里可是黑虎帮的地盘！

武松：你说话漏风，我听不清啊。

狗剩不禁哈哈大笑。

金豹顿时又羞又恼：黑虎帮的名头你都不怕？！

武松：我不管你是什么帮，有多恶，动手之前，先掂量清楚，自己能挨我武松几棒？

金豹：你不，不怕，活该死！

土匪立刻一拥而上，可武松手持烂银哨棒，就像体操运动员手持撑杆一样，利用哨棒做出各种类似体操的高难度武打动作，牢牢占据上风。

不料武松激战正酣之时，山林里突然群鸟惊飞。

张荣贵见状大惊，高声提醒武松：当心！

话音刚落，吊睛白额猛虎已恢复体力，大吼扑向武松。武松急忙举棒相迎，与猛虎激撞在一起，各自被震退十数步。

武松退至猎户身前，护住他们。猛虎在退至金豹身前，来回踱步，保护土匪。

武松：为虎作伥。原来这老虎和你们是一伙的。

金豹：这，这只猛虎，可是我们黑，黑虎帮大当家的宝贝！它，想吃谁，谁，就得死！你，敢打它？现在知道怕了？

武松突然察觉手背上莫名红了一块（过敏），不由分神。

张荣贵关切地问武松：你没事吧？

岂料猛虎觑准武松分身瞬间，猛冲向他，却见武松双眼一凛，紧攥哨棒，无所畏惧地也朝猛虎冲去！

武松：我打的就是老虎，怕的是你孙子！

武松说时迟那时快，一棒下去就打在老虎腿上，老虎低吼一声。

171

老虎掉转头攻击武松，武松也不含糊，跟老虎打得难解难分。

张荣贵他们端着箭对准老虎，但又怕伤着武松，不敢射箭。

金豹对手下喊：那小子被猛虎缠住了，都给我上！

土匪们挥舞飞索、飞爪等武器杀向张荣贵等人。

武松见状，急忙掷出哨棒，扫倒一片冲向张荣贵的土匪们。

不料老虎竟趁此时把武松掀翻在地，老虎张开血盆大口就要咬死武松。

在这紧急关头，张荣贵当机立断，向老虎射箭。

老虎中箭，突然一声哨响传来，如号令般，猛虎闻声而退。

金豹等人也趁机撤退。

狗剩、周奎扶起两个受伤的猎户同伴。

张荣贵见黑虎帮已退，向武松躬身行礼：在下张荣贵，本地猎户，多谢兄弟救命之恩。

武松肩搭哨棒，轻描淡写地：路见不平而已。在下清河县——武松。

2. 景阳冈下三碗不过冈酒馆　内　阴雨日

闷雷响动，天空变得阴沉，大雨骤降。

酒馆门前，"三碗不过冈"的幌子在风雨中瑟瑟抖动。突然，大门"砰"地关闭！

四个黑虎帮土匪关上大门，回身露出淫笑。

土匪甲：老板娘，哥儿几个可都饿了，就等你了。

赫见土匪对面，一个面容俏丽、举止泼辣的女子（慧娘）脚踩长凳斜身坐于桌上，仰头将白瓷瓶中的酒倒入口中，喝完看向土匪。

慧娘：酒也喝了，菜也吃了，还说饿？

土匪甲：肚子饱了，身子饿！

众土匪扑向慧娘。哪知慧娘眼一凛，一脚将长凳踢向众土匪，土匪招架之际，慧娘已箭步冲到案板前拔起菜刀，持刀睥睨土匪。

土匪甲：还敢反抗？我们可是黑虎帮！

慧娘：黑虎帮就了不起了？老娘还怕了你们不成？

慧娘狠狠刺向四名土匪，土匪见慧娘来真的，也不含糊，拔出刀来与慧娘打得难解难分。

慧娘毕竟是女流之辈，又是以一敌四，渐渐落了下风。

土匪甲身形一闪，一刀抵向慧娘的颈子，慧娘来不及避让，不敢动弹，一个土匪上来就扒慧娘的衣服，慧娘边挣扎边奋力反抗。

就在这千钧一发之际，大门撞开，武松的哨棒轻轻一撩，土匪甲的刀就飞到了梁上。

武松三下五除二，一棒下去就倒下一个，把四个土匪打得落花流水。

四个土匪纷纷跪在地上向武松求饶：爷爷饶命。

慧娘提着刀上去就狠狠地踢向四个土匪，却突然失去平衡，向后栽倒。这时，武松眼疾手快，托住慧娘后腰，将她揽入怀中。肌肤之亲，四目相对，让这对年轻男女不由得怔住。

四个土匪目瞪口呆、痴痴地、流着口水看着武松和慧娘他们两个亲昵的动作。

武松发现了，对四个土匪：还不快滚。

四个土匪爬起来飞奔而去。

慧娘见状，丢出菜刀，菜刀却没扎到土匪。

武松大惊，手一松，慧娘摔倒在地，一声痛叫。

慧娘也变回原本泼辣的嘴脸，揉着屁股：摔死老娘了，有你这么英雄救美的吗？

狗剩急忙上前殷勤而心疼地扶起慧娘：慧娘你不要紧吧？

慧娘没好气地对狗剩：他谁啊？怎么跟你们在一起？

狗剩：可别这么说，这位武二哥可是帮我们打跑黑虎帮的大英雄。

慧娘却不屑地冷哼一声：他算什么英雄，顶多是个莽夫。（头也不回地对张荣贵等人）雨天路难行，桌上有酒菜，自便。

张荣贵请武松入内。

3. 景阳冈下三碗不过冈酒馆　内　阴雨日

慧娘径直走向张荣贵那桌前，坐在了武松对面，面带挑衅地看着他。

武松的双眼也戒备地紧盯慧娘。

张荣贵为缓解尴尬，给武松斟了杯酒，举起相敬：兄弟，我敬你。

武松却按住张荣贵的手：等等。

慧娘：怎么，你是不会喝，还是不敢喝？

狗剩站起来抢过酒杯想解围：我替他喝。

慧娘一拍桌子：闭嘴，坐下。

狗剩顿时怂了，缩着脖子坐回去。

武松直视慧娘的眼睛，缓缓地：我武松这辈子，没有害怕的事。只是这杯子太小了。

慧娘眯眼假笑：我满足你。

画面一转，桌上已放了三个大碗，慧娘戳破全新的一坛酒，斟满三碗，看向武松。

慧娘：这酒叫"透瓶香"，又唤"出门倒"，看见门口的幌子了吗？三碗不过冈，没人能例外，你要是能喝三碗不倒，我就敬你是个英雄。

不料慧娘话还没说完，武松已连干三碗，面不改色。

慧娘吃惊之际，武松突然问：好酒，这酒是你酿的？

慧娘痴痴地点点头。

武松迟疑地：那你怎么还会武功？

慧娘自豪地：俺爹教的。

武松关切地：怎么就你一个女孩子家在这开店？你爹和家人呢？

慧娘脸色一变：你问得太多了，莽夫！（她留意到武松手背上莫名的红斑，皱了下眉头）

一道炸雷响起，映照武松惊愕的面庞。

4. 黑虎帮山寨黑虎堂　内　阴雨日

电闪雷鸣之中，森严黑虎堂之上，孙虎霸气转身。他天生异相，双眼竟长得像老虎的眼睛一样，睥睨着跪在堂下的金豹。

金豹匍匐在地，连头都不敢抬。

孙虎狞笑：知道什么是黑虎帮吗？

金豹颤声：景阳冈下八十一村寨，都是我们的地盘。

孙虎：知道黑虎帮三个字意味着什么吗？

金豹脸上冷汗直冒：顺我者昌，逆我者亡。

孙虎：知道你犯了什么错吗？

金豹已吓得脸色惨白：我没守住地盘，让猎户造了反。

孙虎：区区几个猎户，就能反抗黑虎帮，从今往后，还会有人听我们的话吗？二当家，这个位子你坐不了，有的是人想坐。

金豹战战兢兢地回头一看，堂下黑虎帮的三大骨干当家——豕突、蛇形、雕手全都虎视眈眈地盯着他，随时准备取而代之。

金豹慌忙回头解释：不是我无能，是有人捣乱，是超级高手！

孙虎露出不屑的狞笑，一把捏住金豹的脸，抬起他的头：高手？高得过天吗？景阳冈这片天，是我黑虎帮罩着的，我要让所有人知道，反抗黑虎帮，下场只有死。

这时情报头子雕手上前对孙虎耳语：哨探回报，出手捣乱，打伤猛虎的人，名叫武松。

孙虎恶狠狠地：清河县的武松？我寻了你整整三年，没想到自己送上门来，还敢打伤我的大虫，这一次，我绝不会饶了你。

金豹心有余悸地讨好：大当家的，你的仇人就是兄弟们的仇人，此仇必报！

孙虎狞笑：那这个机会就给你了。

金豹愕然。

5. 景阳冈下三碗不过冈酒馆　外　日

雨停了，但天色还是阴沉沉的。

慧娘送武松、张荣贵等人出门，对武松眯眼妩媚地调笑：莽夫，日后三碗不过冈的酒随便你来喝。

武松作揖：谢了，一定还会来叨扰。（转身对张荣贵）大哥就此别过。

张荣贵：兄弟，天色已晚，冈上又有大虫出没，如不嫌弃，到小舍一宿。

武松：我已经外出三年，着急去阳谷县寻我家哥哥。

张荣贵：三年都过来了，也不在乎这一日。

周奎：我们还想跟兄弟学几招呢，哪怕就住一日。

武松：好吧，恭敬不如从命。

不料这时，两只毛茸茸的野兔突然被杵到慧娘眼前，吓了她一跳。

狗剩拎着野兔，塞到慧娘怀里，讨好地：这是我打的，回头再给你送。

慧娘眯眼假笑：滚。

狗剩傻笑着跑走了。

慧娘转过身，无奈地摇头叹气。不料这时，身后又传来一个声音。

武松：慧娘。

慧娘以为又是狗剩，没好气地转身骂：有完没完！

没想到出现在慧娘身后的人竟是武松，慧娘这一转身，刚好撞进武松的胸膛。慧娘见面前是武松，一时有些怔然。武松则是急忙退开。

慧娘干咳一声，整理情绪，让自己恢复泼辣的状态，却还是难掩尴尬：你又回来干什么？

武松：当心黑虎帮来报复。

慧娘调皮一笑：有你我怕什么。

慧娘说完，径自转身走到笼屉前，背对武松，好像在拿什么东西。

武松不解之际，慧娘走回武松面前，竟是递给他两个炊饼。

慧娘：刚才光顾喝酒，也没吃饭，拿着，路上饿了吃。

就在这一刻，天空放晴，温暖的阳光洒将进来，照在武松和慧娘身上。

武松接过熟悉的炊饼，对慧娘露出感激的笑容。

武松的笑容竟让慧娘有些不好意思，干咳一声：瞧你这点出息，两个炊饼，乐成这样。

武松不由得讪笑，转身离开：走了。

慧娘冲武松的背影喊：有空记得来喝酒！

武松：一定！

慧娘不禁窃喜，抚摸着被武松抓过的手腕，舒了口气，意味深长地喃喃：这小身板，劲儿还挺大。

6. 阳谷县青石街武家　内/外　日

武大郎挑炊饼担回到院子里，看到几个小地痞流氓趴在篱笆墙外挑逗潘金莲：娘子，唱一个。

武大郎放下担子也不敢吭声。

潘金莲在晾衣服，骂：唱你娘的头啊，滚。（转身骂武大郎）你个废物！都欺负到门上了，你也不放个屁？

武大郎嘟嘟哝哝：等我兄弟回来，看他们谁还敢来胡闹。

潘金莲耻笑：张口闭口你家兄弟兄弟的，瞧你这点能耐。还不死快去赶他们走？

武大拿着扁担唯唯诺诺地驱赶地痞小流氓们。

地痞小流氓们哄笑着离开，带着意犹未尽色眯眯的味道。

武大郎小心翼翼地拴上院子门。

7. 黑虎帮山寨黑虎堂　内　日

雕手跪在堂前，向孙虎报告：武松已和猎户一同回村。

孙虎狞笑：武松啊武松，今天就是你的死期。（转身对金豹吩咐）杀了武松和那帮猎户。记住，这次再失败的话，不止二当家没得做，连人都别做了。

金豹战战兢兢地：遵命。

8. 猎户村村口残墙　外　夜

夜风习习，月朗星稀。

武松坐在村口低矮的残墙上，出神地眺望远方。

9. 猎户村张荣贵家　内　夜

张荣贵坐在床边，疼爱地抱着六岁的儿子小宝，哄他睡着后，交给躺在床上的妻子张嫂：带孩子睡吧。

张荣贵说完，起身要出门。

张嫂：这么晚了，又去哪啊？

张荣贵望向窗外，远远看着村口残墙上的武松，眼神中充满关切。

10. 景阳冈野外　外　夜

金豹带领一队黑虎帮土匪骑马夜行，朝猎户村奔驰而去。

11. 猎户村村口残墙　外　夜

武松仍在残墙上出神。

张荣贵来到墙边，察觉武松有心事，也翻上墙，坐到武松身旁：是不是又想兄长了？

武松叹了口气，点点头：我们已经三年不曾见过了。

张荣贵莞尔一笑，从怀里掏出一包花生米，打开放在武松膝上，又解下腰间酒囊，吃一口花生，喝一口酒：兄弟怎么会三年都没有回家？

武松叹息：说来话长，真是一言难尽。

张荣贵：但说无妨。

武松：三年前，我在老家清河县武家坡打死了一个村霸，外出避祸到沧州习武。

12. 清河县县城　外　日（回忆）

恶霸孙虎在大街上纠结着两个同伙对一卖果摊贩拳打脚踢，苹果散落一地，众街坊远远地躲闪着观望，敢怒不敢言。

武松路过，飞身上前一脚一个，踢飞两个孙虎的同伙。

孙虎：武二，你胆子也太大了，敢管我的闲事？

武松：你们凭什么打人？

小贩挣扎着从地上爬起：武二爷，他们硬要我的一筐苹果却不给钱，还动手打人。

武松扶起小贩：你走吧，这里没你的事了。

小贩：谢谢武二爷！（一瘸一拐地走了）

孙虎等三人将武松围住：武二，我看你是活腻了。

他们一拥而上，与武松打斗了起来。

武松以一敌三，却丝毫不落下风，三拳两脚便将孙虎的两个随从打倒。又与孙虎缠斗数回合，也将他打倒在地。

武松喝斥：还不快滚？（转身欲离开）

孙虎从怀里掏出一把尖刀，从背后偷袭武松。

武松警觉，反身踢脚，将孙虎踢晕摔了出来。

两地痞叫嚷：武二杀人啦！武二杀人啦！

武松看看地上不知死活的孙虎，赶紧快步跑了。

13. 清河县县衙外　　外　日（回忆）

衙役的手"砰"的一声将一张缉拿文书重重贴在衙门外的告示栏上。衙役的手挪开，文书上赫然露出武松的画像！

衙役转身对围观百姓高声地：恶徒武松，殴打良民孙虎致死，县太爷有令，缉拿武松归案，秋后问斩！敢有知情不报者、包庇恶徒者，同罪论处！

百姓甲义愤嘟囔：明明孙虎才是恶霸，武松打死他是一时失手，却是为民除害。真是颠倒黑白。

百姓乙：小点声，你不要命啦！

围观的百姓们怕受牵连，敢怒不敢言，只能为武松叹息。

14. 猎户村村口残墙　　外　夜

武松又灌了一口酒，苦笑道：三年了，我被迫与哥哥分开，戴罪逃亡，直到一年前，才得知那恶霸没死，衙门撤了官司，可当我回到清河县，却发现哥哥为了躲避那恶霸寻仇，被逼搬走了。我找遍周边各县，一路打听，都没有哥哥的下落。

张荣贵：所以你来这里，是找哥哥？

武松点头：有人说在附近的阳谷县见过哥哥，可是道听途说，加上人海茫茫，也不知道这一次能不能找到他。

张荣贵安慰：你放心，这次你一定能找到他。

武松犹豫片刻，接过酒囊，猛灌一口，神情凝重地：张大哥，你相信好人有好报吗？

张荣贵从武松手里拿过酒囊，灌下一口"苦酒"，叹息：唉，摊上这种世道，好人不一定会有好报。像咱们这种人，只能认命了。

这时，武松紧紧抓住张荣贵的手，眼神坚定地看着他：不！好报不是老天给的，是自己争取的！如果这个世道不给好人公道，那我就替天行道！

张荣贵被武松的豪言壮语感染，紧紧地握住武松的手：兄弟果然是人中豪杰。如蒙不弃，我们结为异姓兄弟如何？

武松起身作揖：承蒙哥哥看得起，小弟求之不得。

张荣贵、武松两人于是歃血为盟。

不料就在这时，一条飞索袭来，竟勒住张荣贵的脖子，将他扯走！

武松急忙飞身将飞索扯断，救了张荣贵，没想到掷飞索的人竟是金豹！

金豹恶狠狠地对武松：替天行道？还是去找阎王爷报到吧！除了孩子，一个不留！

金豹一声令下，大批黑虎帮土匪从金豹身后的黑暗里杀出，直扑猎户村！

武松、张荣贵见状，急忙赶在土匪冲进村前朝村子里狂奔。

15. 猎户村　外　夜

猎户村犬吠声大起，一队黑虎帮土匪立于马上，均手持火把。

金豹手一挥，众土匪将火把扔到了村里的草房上，顿时着了起来。

两村民从侧面慌张跑过来：土匪来啦！

话还未落音，已被马上土匪用箭射倒。

众土匪纵马朝村中间冲去，被惊醒的村民刚出家门，突遇土匪打马而来，均纷纷仓皇逃避。

16. 猎户村村前广场　外　夜

武松与张荣贵冲进村前广场。

武松狂奔中对张荣贵大喊：快通知大家戒备！我来挡住他们！

张荣贵点头，与武松分开，往另一个方向狂奔而去。

武松转身，见到近大批土匪狰狞吼叫，张牙舞爪，如潮水般向他狂涌过来!

武松紧攥哨棒,一声暴喝,径直冲进土匪狂潮之中,抢棍横扫,一扫一片,生生把那密集可怕的"人潮"撕开一道口子。(大全景用特效加人)

然而武松一人消灭不了如此之多的土匪,仍有大量土匪绕过武松,继续朝村里扑杀过去。

武松焦急大喊:张大哥,快!

17. 猎户村村前广场哨楼　外　夜

八名土匪盯上了奔跑的张荣贵,朝他杀过去。

张荣贵看向前方用木头搭建的简易哨楼,朝哨楼直冲过去,因为楼上悬挂着相当于警报器的大铜锣。

这时,张荣贵察觉到后方有土匪杀来,跑动中射箭,接连干掉两名土匪,不料又有两名土匪已在他身后高高跃起,举刀朝他兜头劈下!

张荣贵急忙下腰跪地滑铲,土匪的刀锋贴着他的脸险险擦过的同时,张荣贵双箭齐发,将那两名土匪击杀。

没想到这片刻的拖延,竟给了最后四名土匪可趁之机,他们居然径直绕过张荣贵,抢在他前面冲向哨楼,举起刀斧要将它破坏,阻止张荣贵发出警报!

张荣贵只有最后一个机会,他搭起四支箭,同时射向四名土匪。前三支箭皆精准地击杀目标,然而第四支箭却被那手持大斧的高大土匪抢斧击碎了。

持大斧的土匪高举大斧,对准哨楼,狠狠劈下!

那木头搭建的简易哨楼瞬间倾倒。铜锣也跟着落下,即将被倒塌的哨楼掩埋。

张荣贵大惊失色,然而这时,那持大斧的土匪已再次朝他杀来!

最后关头,张荣贵见到一支掉落的火把横亘在他和那持大斧的土匪之间。他当机立断,迎面冲向持大斧的土匪,而土匪也朝他举起了大斧!

千钧一发之际，张荣贵拾起火把，后跳弯弓，将那火把当成箭，奋力射向半空中的铜锣！

土匪的大斧还是擦伤了张荣贵的小腹。张荣贵表情虽然痛苦，但仍挤出一个欣慰的笑容，因为火把箭矢击中了铜锣！"铛"的一声巨响！

18. 猎户村周奎家　内　夜

周奎被锣声惊醒，翻身下床，抄起弓箭，冲出门去。

19. 猎户村狗剩家　内　夜

狗剩被锣声惊醒，骂了句：娘的，土匪来了！

狗剩急忙抄起桌上的弹弓，冲出门去，然而又立刻慌张地跑了回来：不行，得换个大的。

狗剩冲到墙边，抄起一支用粗树枝做的巨大弹弓，像举着根大树杈一样大叫冲了出去：我跟你们拼了！

20. 猎户村张荣贵家　内　夜

小宝害怕地蜷缩在张嫂怀里。

张嫂轻抚着小宝的头：小宝别怕，你爹一定会保护我们的。

小宝抬起头，看着张嫂：那爹呢？他会不会有事？

张嫂低下头，嘴唇紧闭，紧紧地握着小宝的手，为张荣贵担心。

21. 猎户村村前广场哨楼　外　夜

此时此刻，张荣贵跪在地上，吃痛地捂着渗血的小腹，站不起来。

持大斧的匪徒站在张荣贵面前，狞笑着举起大斧，像行刑的刽子手一样要将张荣贵斩首！

22. 猎户村村前广场　外　夜

武松回头一看，顿时大惊：张大哥！

然而武松身陷土匪狂潮之中，无法抽身，只能咬牙继续和土匪拼杀。

23. 猎户村村前广场哨楼　外　夜

眼看土匪抢斧朝张荣贵劈下，千钧一发之际，一颗铅球般的铁弹朝土匪激射过来！

土匪大惊，急忙用大斧护住胸膛，然而铁弹势大力沉，竟生生将大斧砸烂，重击在土匪胸膛！土匪登时奔出一口老血，倒地身亡。

张荣贵抬头一看，赫见射出这颗铁弹的正是把大弹弓杵在地上的狗剩！

狗剩大喊：跟他们拼啦！

霎时间，众多猎户从狗剩身后杀出，手持弓箭，冲进广场。

24. 猎户村村前广场　外　夜

猎户们跑动中弯弓射箭，清扫沿途土匪。

张荣贵也在狗剩与周奎的搀扶掩护下与武松会合。

武松边抢棒扫倒几名土匪，边关切地：张大哥，你没事吧？

话音刚落，张荣贵立刻射出一箭，击毙一名土匪，勉力笑：还撑得住，多亏有你。

不料这时，村口的金豹却狞笑高声地：多亏你了！让我可以把你们一、网、打、尽！

话甫落，土匪们竟瞬间拉起了一张张挂满锋利刀刃的渔网，结成渔网阵，围困武松等人！

猎户们顿时射箭突围，可渔网网眼细密，能够卸力，箭根本射不穿。

猎户们大惊之际，土匪们舞动渔网攻上，渔网上的锋利刀刃瞬间便将猎户割伤、击杀，猎户顿时死伤惨重！

武松与张荣贵见状大惊，忽闻金豹一声令下：还是那句话，除了孩子，一个不留！

没想到话音刚落，那只吊睛白额猛虎陡然窜出，大批土匪跟随着它径直冲进村里。

武松：不好！

25. 猎户村居住区　外　夜

猛虎与大批土匪闯入居住区，冲进一户户人家。

26. 猎户村民居甲　内　夜

几个土匪残杀了屋中的老人，搜刮出屋里值钱的东西。

27. 猎户村民居乙　内　夜

几个土匪冲进屋中，疯狂扑向一个妇女，妇女尖叫。

28. 猎户村民居丙　内　夜

猛虎进入一间屋中，盯着墙角蜷缩着的一个孩子，嘴角流出口水，咆哮着朝那孩子扑了过去！

29. 猎户村张荣贵家　内　夜

土匪胡山一脚踹开张荣贵家的门，几个土匪鱼贯而入，狞笑地盯着床上的小宝母子。

胡山：把孩子交出来，我保证弄你的时候轻一点。

张嫂紧紧抱住小宝：不要动我的孩子！

胡山：那就先动你！

胡山一巴掌掀翻张嫂，拽走小宝。

小宝尖叫：娘！

张嫂红着眼睛，咬牙切齿，厉声咆哮：不准动我的孩子！

张嫂抱着必死之心扑向胡山，然而另一个土匪直接递出一刀，捅进张嫂怀中。

张嫂顿时咯血，双眼直直盯着小宝：小……宝。

话音刚落，张嫂脑袋一沉，颓然死去。

小宝放声哭号：娘！

30. 猎户村村前广场　外　夜

张荣贵、狗剩、周奎和众猎户拼命挥舞着手里的弓，拼死突围，却是山穷水尽的无用挣扎，眼看一个个猎户在渔网阵的围杀中倒下。

金豹得意洋洋地：都是无用的挣扎。

武松红着眼睛怒吼着，拼命挥棒，可哨棒毕竟没有刀刃，仍是破不开那可怕的渔网。

金豹挑衅嘲笑地对武松：你不是说那五条命我拿不走吗？我现在就告诉你，这里所有的命，你一条都保不了，包括你自己的！

武松怒极咆哮：你做梦！

武松径直冲向渔网，一头撞在渔网锋利的刀刃上，顿时浑身浴血，鲜血直流！

张荣贵大惊：兄弟！

然而武松却没有停下，而是咆哮着继续往前冲。拉渔网的土匪死命拉住渔网，却也渐渐承受不住武松冲刺的巨力，终于，渔网脱手！

武松浴血冲出了渔网，朝着金豹高高跃起，将他扑倒在地，骑在了他的身上，咬牙切齿地瞪着他。

金豹顿时怂了，惊慌地：兄弟，有话好说。刀刃上涂了黑虎帮秘制的剧毒，杀了我你也活不了。我给你解药，你放了我，好不好？

武松：我说过，不管你是什么帮，动手之前，先掂量清楚自己能挨几棒。我现在就告诉你，一棒——

说着高举哨棒，笔直砸在金豹胸口。金豹胸口顿时传来骨断筋折之声。

武松：收你的命！

金豹咯血，不敢置信地瞪着武松：小子，你到底什么来头？比我还……狠。

金豹说完，颓然死去。

武松仰天长啸：黑虎帮听着，我武松誓要消灭你们和那只老虎，替天行道！

31. 猎户村村外山崖上　外　夜

武松的长啸传至附近的山岗。

山崖边，孙虎睁着那双虎眼，望着山崖下的猎户村。豕突、蛇形两大当家站在他身后。

这时，忽闻一声鹰啸传来，接着，雕手突然出现在孙虎身旁跪倒。

孙虎：大虫吃饱了吗？

雕手：一共吃了十九名幼童，剩下的孩子和村里的钱财都已让土匪带走。

孙虎：干得好，这下猎户村，该叫绝户村了。

雕手：只可惜，金豹被武松杀了。

孙虎：一颗弃子，死不足惜。

蛇形：要不让我去收拾武松？

孙虎虎眼一眯，瞳孔顿时收缩成一条线，能够让他看得很远，他的视角中，出现了武松的身影。

孙虎露出狞笑：不急，这笔旧账，我会慢慢跟他算。

32. 猎户村村前广场　外　夜

一声哨响传来，如号令般，土匪们闻声而退。

武松痛苦地撑着哨棒站起身，艰难地走在广场上，目睹着猎户们死伤惨重、痛苦哀号的场面，悲愤不已。

这时，武松远远看见狗剩匆忙跑到张荣贵身边哭喊：娘的，他们不但放虎吃人，还把剩下的孩子都劫走了！

张荣贵大惊，撒腿朝家奔去。

武松见状，急忙加快蹒跚的脚步追了上去。

33. 猎户村张荣贵家　内　夜

张荣贵奔至家门口，赫见妻子张嫂倒在血泊中。

张荣贵抱住妻子，失声痛哭：为什么，为什么，我冒险上山打猎，就是为了赚钱给你花，让你们以后能过上好日子，没有你们，我活着有什么用，你们就是我活下去的意义啊！

武松艰难地来到门口，看着眼前撕心的一幕，不禁攥紧拳头，也悲痛万分。

张荣贵继续哭：可我没想到……没想到黑虎帮……是我害了你们！

武松闻言，自责不已，红着眼睛咬着牙：张大哥，是我没能保护好你们，我——

话没说完，武松心口剧痛，毒发倒地！

张荣贵大惊，忙冲上去抱住武松：兄弟，兄弟！

武松双眼涣散，视力和听力都逐渐模糊，正是中毒的征兆。

狗剩（声音模糊地）：伤口有毒！

张荣贵（声音模糊地）：兄弟！

武松的记忆随着"兄弟"两个字被牵引回从前。

34. 清河县城外残壁旁　外　夜（回忆）

武大郎小声呼唤：兄弟，兄弟。

武大郎的身影从模糊变清晰，悄悄摸到了残墙边，呼唤武松。

这时，武松从残墙后闪身出来。

武大郎将一包袄炊饼和那根烂银哨棒塞给武松：家里的银子我全打在这根哨棒里了，平时拿它防身，急时熔了换钱，快走吧。

武松接过：哥，我走了，你怎么办？

武大郎紧紧握住武松的手，坚定地：哥这辈子是没啥指望了，可你不一样，你有本事，将来一定有出息，咱家的希望都在你身上，你不能死在这！

武松不舍：哥！

武大郎推他：快走！

武松恋恋不舍，迟疑着转身而去。

武大郎催促：快走！跑呀！

武松跑远了。

武大郎不舍，含泪呼喊一声：二弟！

远处，武松转身朝武大郎跪了下来。

武大郎含泪挥手：快走！

武松一狠心，起身，大步流星地走了。

35. 三碗不过冈酒馆　内　日

武松猛睁开眼，此刻他正仰面躺在两张桌子拼成的"病床"上，忽闻一个熟悉的声音传来。

慧娘：你醒啦。

武松抬头一看，赫见慧娘托腮坐在桌前，一脸不怀好意又充满宠溺的"姨母笑"。武松这才发现自己上身赤裸，缠满绷带，双腿叉开，而慧娘就坐在他的双腿之间，场面一度尴尬。

武松急忙盘腿坐起，强作镇定地：我怎么在这里？

慧娘：你难道不应该先问你怎么还没死吗？中了黑虎帮秘制的毒，没人能活到现在。

武松不敢置信，狐疑地盯着慧娘：是你解的毒？

慧娘没好气地：是我救了你！什么眼神，防贼似的，好心没好报。

武松顿时有些愧疚，片刻方才开口：对——

武松话没说完，慧娘顿时双手托腮，重展笑颜：不必道歉，我知道你是无心的。

武松有些尴尬地：我是说，对了，是张大哥把我送来的吗？他人呢？

慧娘生气地一拍桌子，哼了一声，径直起身去对面擦桌子，背对武松，气鼓鼓地嘟囔：老娘费劲巴力把你救活，你却想着别的男人，白眼狼。

武松：你说什么？

慧娘没好气地：他把你放下就走了，叫你好好养伤，其他的事，他自己解决。

武松闻言震惊。

36. 景阳冈树林　　外　　日

张荣贵带着狗剩与周奎，手搭弓箭潜行在景阳冈茂密的树林中。

狗剩紧张地对张荣贵：大哥，就咱们三个，能活下来吗？

张荣贵：正是知道有生命危险，才不能再让村里的弟兄一起冒险。

周奎：那武二哥呢？他的毒应该已经解了，为什么不找他帮忙？

狗剩：是啊，把他一个人扔在慧娘那儿，我不放心。

张荣贵叹了口气：他跟着慧娘，比跟着我们安全。

狗剩：我不是担心他，我是担心慧娘的安全！总觉得他俩勾勾搭搭的。

张荣贵劝道：你别癞蛤蟆吃天鹅肉，慧娘不是你的菜。她跟武兄弟才是郎才女貌，天着地合。

狗剩不服气地嘟囔：我怎么就是癞蛤蟆了。那也应该叫他来帮忙啊，他那身手，比全村弟兄加起来都强。

张荣贵语重心长地：有一句话他说得对——好报不是老天给的，是自己争取的。自己的孩子，必须自己去救！

37. 三碗不过冈酒馆　内　日

武松急切地：我得去找他们！

武松翻身下桌，就要出门，没想到慧娘一个箭步蹿到武松前面，抢先一步把大门关闭，用身体抵住门。

慧娘：你不能去。

武松：黑虎帮人多势众，张大哥太危险了。

慧娘：他们再危险，也没有你危险。

武松：你什么意思？

慧娘：黑虎帮有老虎。

武松：我打的就是老虎！（一掌重重拍在门上，正好将慧娘壁咚）让开！

武松激动地喘息着，神情坚定地与慧娘四目相对，脸贴着脸。

慧娘的呼吸也不由得加快，却是对眼前的男人心动的象征。

片刻后，慧娘方才开口：好！你答应我一个条件，我就让你走。

武松心急难耐，利索出手地扣住慧娘的肩膀，将她从门前拉开，可就在他的手搭在门把上，要开门出去时，慧娘竟用同样的手法，扣住武松肩膀一转，将他身子扭转过来，背靠门板，反手将他壁咚。

慧娘挑衅地：不敢？

武松盯着慧娘的眼睛，坚定地：我武松这辈子，没有害怕的事。

慧娘狡黠一笑。

38. 三碗不过冈酒馆后厨　内　日

武松跟随慧娘进入后厨，不耐烦地四下打量：你到底想搞什么鬼？

突然，一只毛茸茸的野兔被慧娘杵到他面前。

武松急忙退开：干什么！

慧娘：店里没肉了，帮我削了它。

武松：你家伙计呢？

慧娘：伙计回家了。

武松：那你呢？

慧娘：我是女人啊！你不会连这个都怕吧？

武松：谁说我怕！

没想到武松话虽如此，脸上却闪过一丝局促，双手攥拳，却不敢伸出去抓兔子。

武松：兔子这么可爱，你怎么忍心吃它！

慧娘厉声道：少废话！敢不敢杀?!

武松拳头攥紧，终于把心一横，伸手抓过兔子。不料这时，慧娘一把攥住武松手腕，赫见武松手背上再次莫名红了起来！

慧娘紧紧盯着武松，斩钉截铁地：你根本就是害怕，因为你有病！别说是老虎，就连一只兔子都能让你皮肤起疹，浑身难受！

武松被慧娘戳破软肋，不禁愕然。

慧娘说完，拿过武松手里的兔子，松开他的手：其实我早就察觉到你有这种病。

【插入画面：第3场】慧娘被武松攥住手腕时，留意到武松手背上莫名的红斑。

慧娘：医书上记载过，这种病的发病原因很复杂，其中一种，就是接触到动物的皮毛。

【插入画面：第1场】吊睛白额猛虎大吼扑向武松。武松急忙举棒相迎，与猛虎激撞在一起，各自被震退十数步，察觉手背上莫名红了一块（过敏），不由分神。

【插入画面：第7场】慧娘拎着兔子一转身，刚好撞进武松的胸膛。武松急忙退开。

慧娘：你瞒得了别人，骗得了自己，但蒙不了我。你这种病，遇到老虎，就是送命。

武松低着头：你说完了吗？说完我走了。

武松说完，转身就走。

慧娘大惊，急忙拦住：你不要命了吗？！

武松抬起头，眼神凛凛地：我是有病，也害怕毛，但我不怕死！如果我怕了一只老虎，让它继续危害无辜，我就不是武松！

武松绕过慧娘，坚定地离去。

慧娘：等等！

武松停步，回头，却见慧娘正用欣赏的目光看着他。

慧娘坚定地：我和你一起去。

武松愕然。

慧娘狡黠一笑：说好的，答应我一个条件就让你走。你一个大男人不是要反悔吧。

武松：你到底想干什么？

慧娘兀自蹲下，把兔子关回笼子里，一边给兔子喂菜叶，一边讳莫如深地：我要做的事，自然有我的理由。

武松怔怔地望着慧娘，眼神里充满疑惑。

这时，慧娘起身，大刺刺地挽住武松的胳膊：出发！

二人离去。画面停在那只被困笼中的野兔身上，仿佛一种不祥的预兆。

39. 景阳冈树林空旷处的篝火堆　外　傍晚

画面叠化：笼中野兔叠化成一只篝火上的烤兔。

树林空旷处，土匪胡山正带着另外两个土匪围坐在篝火前烤着兔子，看守地盘。

一个土匪用小刀片下一大块兔肉，刚送进嘴里，不料突来一支冷箭，贯穿他的咽喉！那土匪再也没有机会将兔肉咽下去，含着兔肉，瞪着双眼，直挺挺地倒地身亡。

胡山和另一名土匪大惊起身之际，又一支冷箭射进另一名土匪眉间，结果了他的性命。

胡山急忙惊恐地掏出哨子想叫人，却被一颗石子打掉了手中的哨子，赫见张荣贵、周奎和狗剩从树林里凛凛走出，搭着弓箭和弹弓对准胡山！

胡山立刻举手投降，颤抖地：肉给你们，命我留下，成吗？

狗剩骂：谁要你的命！我要你的肉！

周奎不禁愕然地看向狗剩。

狗剩察觉不对，急忙更正：说反了，谁要你的肉！我要你的命！

狗剩说完拉满弹弓，周奎也拉满弓弦，作势要杀了胡山。

胡山顿时吓得跪地求饶：好汉饶命！你要什么我都给你！

张荣贵凛凛地：说！孩子关哪儿了？

40. 黑虎帮孙虎寝居　内　傍晚

偌大昏暗的寝居之内放在一排用毡布盖着的大铁笼。

小宝和其他被抓来的孩子全都被关在笼子里，蜷缩着瑟瑟发抖。

突然，毡布被拉开，小宝等孩子惊恐看去，赫见孙虎正站在他们面前，眯着那双虎眼打量着他们。

孙虎身后，那只凶狠的吊睛白额猛虎正虎视眈眈地扫视着孩子们，露出獠牙，嘴角滴着口水，仿佛在挑选它的食物。

这时，猛虎盯上了小宝，缓缓朝他逼近。

小宝惊恐地看着猛虎，浑身颤抖，紧咬嘴唇，眼看要哭出来，不料千钧一发之际，身旁的一个孩子却抢先一步被吓得哇哇大哭。

猛虎的视线瞬间移向那个哭出来的孩子。

孙虎伸手将那孩子一把揪到笼边，贴着孩子的脸眯眼狞笑：就是你了。

41. 黑虎帮地底洞窟通道　内　傍晚

画面一转，孙虎却没有伤害那个孩子，而是牵着他的手，走在一条烛火幽幽、狭长阴森的石头通道中。

孩子战战兢兢地回头，看到那只吊睛白额猛虎仍虎视眈眈地跟着后面，不由得害怕地喘着粗气。

这时，孙虎紧了紧牵着孩子的手，微笑着对他：我牵着你，它不敢动。别怕。

孩子战战兢兢地问孙虎：叔叔，我们这是要去哪？

孙虎讳莫如深地一笑：一个决定你命运的地方。

42. 黑虎帮地底囚禁石窟　内　傍晚

孙虎带孩子来到一座空旷的巨大石窟，赫见石窟正中耸立着一根顶部被磨平了的巨大石笋，一道天光打在石笋上，照见石笋上一个被重重铁链牢牢锁住的白发老者（仇千山）。

仇千山看见孙虎，不屑地：小畜生，别天天往这跑，还嫌我骂你骂得不够吗？

孙虎狞笑道：老东西，你现在能做的，也只有骂我了。算起来，你被我关在这里也有一年了，真想老死在这儿？

仇千山：别白费力气了。这一年来，你变着法儿地折磨我，又得到了什么？

孙虎：所以今天，我想换个玩法。（拉过孩子）看到这个孩子了吗？他来自猎户村。

仇千山闻言大惊：你对他们做了什么?!

孙虎：他们敢反抗我，所以我只能杀鸡儆猴，让其他村寨明白反抗黑虎帮的下场。毕竟黑虎帮是你一手创下的基业，要是毁在我手里，我良心不安哪。

仇千山放声大笑：你有良心？我这辈子犯的最大的错，就是相信你有良心。当年我收留你，提拔你，结果换来的，就是被锁链缠身，在这里等死！

孙虎故作唏嘘地叹气：我也想好好孝敬你，是你一直不肯说出宝藏的下落，是你逼我的。

仇千山咬牙切齿地：宝藏的秘密，我到死都不会告诉你！有种就杀了我！

孙虎狞笑：我说了，换个玩法。（举起孩子的手）杀你没有用，那杀这个孩子呢？如果你不说，就得看着这个幼小无辜的孩子死。

仇千山：放开他！有什么冲我来！

孙虎：啧啧啧，果然是义薄云天的老帮主，就知道你没这么容易松口。如你所愿。

孙虎说完，轻轻放开孩子的手。

就在这时，那吊睛白额猛虎猛扑过来，一口叼走那孩子，残忍地把孩子吃了！

仇千山红着眼睛咆哮：小畜生！

孙虎带着猛虎头也不回地走了，云淡风轻地朗声道：我抓的可不止这一个孩子，这个游戏，我们还有得玩！

43. 黑虎帮地底洞窟通道　内　傍晚

孙虎走进通道，忽闻一声鹰啸，下一刻，雕手已出现在他身后跪倒：暗哨回报，武松已从小道上山。

孙虎摸着猛虎的头狞笑：他居然知道这条路，有意思。今天的游戏真是丰富，武松，我等着你。

44. 黑虎帮山寨外　外　夜

慧娘带着武松悄然来到黑虎帮山寨外，潜伏下来。

武松戒备地对慧娘：黑虎帮盘踞在此，树大根深，可为何沿途不见半个岗哨？

不料慧娘却得意地：因为我带你走的是秘道啊。

武松一怔：秘道？你是怎么知道的?!

慧娘搪塞地干咳一声：你一个大男人，别老打听女儿家的秘密。

武松更加怀疑地看着慧娘。

突然，数支冷箭悄悄地射中守门的众土匪，令他们悄无声息地倒地身亡。

武松一惊，赫见张荣贵、狗剩、周奎三人押着胡山从另一处蹿出，正欲潜入山寨。

不料这时，埋伏在暗处的暗哨发现了他们，掏出了报警的哨子！

武松见状大惊，却来不及阻止，眼看暗哨就要吹响哨子，千钧一发之际，慧娘突然掏出一把匕首朝那暗哨丢去。匕首正中暗哨眉心，暗哨顷刻倒地毙命。

张荣贵听到暗哨倒毙之声，惊诧看去，这时，武松急忙和慧娘赶到张荣贵面前。

狗剩见到慧娘，立刻笑着黏了上去：慧娘，你怎么来了，（害羞地）是想我了吗？

慧娘眯眼假笑：滚。

张荣贵不由得担心地对武松：武兄弟——

武松打断张荣贵：多余的话不用说，当我是兄弟，就一起进去。

张荣贵犹豫片刻，感激地对武松点头。

45. 黑虎帮山寨 外 夜

武松一行押着胡山，在山寨里蹑足前行。

慧娘与武松身子紧贴着并肩而行，跟在后面的狗剩看到他们靠得这么近，神情不由吃醋。

这时，慧娘见偌大山寨漆黑一片，人影皆无，不禁戒备地对武松小声地：奇怪，山寨里怎么一个人影都见不到？

狗剩见状，急忙冲上来挤开武松，朝慧娘抢答：天黑当然是睡觉了。

慧娘再次朝狗剩眯眼假笑。

狗剩立刻心领神会，可怜巴巴地：我滚。

狗剩说完，委屈地退了回去。

这时，武松拎过胡山，小声逼问：孩子被关在哪儿？

胡山怯怯地伸出手指，指着远方最大的一座建筑，道：就在黑虎堂里。

46. 黑虎帮黑虎堂 外 夜

众人来到黑虎堂外，武松停下脚步，回头对众人：里面凶险难料，你们押着这家伙，在外面接应我。

不料这时，慧娘竟完全把武松的话当耳旁风，径直潜入进去。

武松急忙小声呼喊：慧娘！

没有回应。

武松一咬牙，只好跟着潜入进去。

狗剩见武松和慧娘又要独处，急忙跳出来，追进去：我也去！

张荣贵和周奎对看一眼，无奈地叹了口气。

47. 黑虎帮黑虎堂 内 夜

武松潜入漆黑的黑虎堂，一把拉住慧娘，小声警告她：我承诺让你一起来，没答应让你单独走，你再擅自行动，现在就给我走！

慧娘漫不经心地：好，我听你的，现在往哪走？

武松一愣，这才发现整个黑虎堂一眼就望到头，四下打量也没有发现别的通路，正愕然间，慧娘突然按下猛虎下山屏风上的老虎眼睛，屏风顿时翻转，竟是一道暗门！

武松顿时惊愕，慧娘却朝武松投来一个戏谑的眼神，径自走进暗门。

狗剩急忙追上去讨好慧娘：慧娘你真厉害，这么隐蔽的机关都找得到！

武松盯着那道暗门，眼神中对慧娘的怀疑更甚。

48. 黑虎帮孙虎寝居　内　夜

武松、慧娘、狗剩进入偌大漆黑的寝居。

这时，武松发现大铁笼，急忙冲了过去，不料掀开毡布一看，里面竟空无一人！

武松三人惊愕之际，寝居内灯火乍亮，猛虎下山屏风的暗门轰然关闭，屏风上的猛虎凶狠地盯着他们，仿佛把他们视作猎物。

就在这时，黑虎帮四大骨干当家之中的蛇形与豕突杀出，围杀三人。

蛇形是一个性感妖艳的美女，擅长各种高难度的擒拿锁技。

狗剩瞬间被她缠上，整个身体都被她牢牢锁住，动弹不得，喘不上气。

慧娘大惊：狗剩！

就在这时，肥硕如猪的豕突以自身为武器，像一个横冲直撞、力大无穷的大肉球，猛地撞向慧娘！

慧娘来不及防备，眼看就要被豕突狠狠撞上，千钧一发之际，武松飞身扑开慧娘，横棒挡住豕突，奋力与豕突角力。

慧娘不由得感动，关切地：你没事吧？

武松咬牙对慧娘：我们中计了！

蛇形狞笑：现在知道，太晚了！

蛇形顿时放开狗剩，朝武松扑来！

慧娘大喊：当心！

武松奋力推开豕突，迎击蛇形，不料蛇形竟精通软骨功，武松根本拿她不住。这时，豕突又朝武松冲来！

49. 黑虎帮黑虎堂　　内　　夜

与此同时，被猎户押着的胡山暗露狞笑，趁机挣脱，一声令下：现身吧！

山寨内顿时燃起冲天篝火，大批土匪从四方蹿出，朝众人围杀过来！

张荣贵与周奎顿时大惊。

胡山狞笑道：让你们打我押我羞辱我，今天全都要死！

50. 黑虎帮孙虎寝居　　内　　夜

画面一转，武松三人也被蛇形、豕突猛攻，武松一个人要护住慧娘与狗剩，只能是左支右绌，应接不暇。

这时，武松被蛇形缠住身体，死死锁住，无法挥棒。

与此同时，豕突猛地撞向慧娘、狗剩！

眼看再这样下去三个人都活不了，武松当机立断，舍身冲向豕突，蛇形见状，急忙抽身，武松顿时被豕突撞伤咯血！

慧娘担心惊叫：武松！

武松虽被撞伤，却借此摆脱了蛇形，他不顾一切地冲向猛虎屏风，全力挥棒，将屏风暗门打碎！

武松对慧娘、狗剩大喊：快带张大哥走，这里由我断后！

蛇形：你能断的，只有自己的命！

蛇形、豕突冲向武松，武松也朝他们冲去，抵挡住他们！

门边，狗剩惊慌地拉慧娘：快走！

慧娘却担心地看向武松，眼神一凛，坚定地：不。我答应过他，不会再单独走！

慧娘甩开狗剩的手，冲向武松。

狗剩念及张荣贵与周奎的安危，焦急地犹豫片刻，还是决定离开，咬牙对武松和慧娘大喊：活着回来！猎户村会合！

狗剩说完，独自跑走。

51. 黑虎帮黑虎堂外　外　夜

此时，张荣贵正与周奎背靠背，一边后退，一边拼尽全力不断射箭延缓匪徒逼近。然而，当他们退至黑虎堂门前的时候，张荣贵一摸箭囊，里面已经没有箭了。周奎的箭囊也空了。

土匪见状，再无顾忌，大吼着朝他们疯狂冲来！

张荣贵、周奎咬牙切齿，眼神决绝，已做好赴死的准备，眼看一名土匪持刀跃起，朝两人劈下，绝命时刻，一颗石子弹丸正中土匪眉心，将他击倒。

张荣贵、周奎回头一看，正是手持弹弓的狗剩从黑虎堂里冲出来。

狗剩对张荣贵、周奎喊：帮我再撑一会儿！

张荣贵、周奎立刻心领神会，互相一点头，以弓为武器击打土匪，用弓弦勒住土匪的脖子，让土匪成为他们的挡箭牌，阻挡其他土匪的刀砍斧劈，尽全力为狗剩争取时间。

52. 黑虎帮孙虎寝居　内　夜

与此同时，武松刚刚猛力挥棒将豕突打飞，蛇形又趁机偷袭，从背后锁住武松，这一次连武松的腿脚都锁死，令他完全动弹不得。

蛇形销魂地把脸贴在武松的耳边：真是条硬汉子，不好好亵玩一番，太浪费了。

慧娘：你别碰他！

蛇形：可惜，我的身子是大当家的，他点名要你死，我也救不活。

武松一惊：他认识我？他到底是谁！

蛇形：你没机会知道了。

话音刚落，豕突已朝武松猛地撞来！

武松无法动弹，眼看就要丧命，不料这时，一道极快的人影掠过武松，冲向豕突。武松定睛一看，那道人影正是慧娘！

武松惊诧间，慧娘眼神一凛，瞬间抽出匕首，匕首在掌中旋转，从左手切换到到右手，就在即将与豕突相撞的刹那，慧娘足尖一旋，身体一转，匕首在豕突身前划出一道吞吐着寒芒的漂亮弧线！

豕突的动作停止了，他惊愕地瞪着双眼，双手捂着不断渗血的脖子，双膝重重磕在地上，肥硕的身躯轰然倒下，命丧当场。

武松和蛇形都惊呆了，没想到慧娘竟有如此惊人的实力！

就在这时，武松率先回过神，挣开了蛇形的束缚，与慧娘一道逼近蛇形。

武松质问道：黑虎帮的大当家，到底是谁！

蛇形退至墙边，再无退路，却露出狞笑：我说过，你没机会知道。

蛇形说完，竟转动墙上机关，整个地面居然裂开，露出下面一个无底的深渊！

眼看慧娘即将掉进深渊，武松飞身扑去，将慧娘拉出险地，自己却坠入地底。

慧娘惊呼：武松！

慧娘望着漆黑的深渊，把心一横，抄起武松掉在地上的哨棒，跟着跳了下去！

53. 黑虎帮黑虎堂外　外　夜

这时，狗剩解开轮胎粗的腰带，原来那腰带竟使一条粗大的牛皮筋。狗剩把腰带绑在黑虎堂外的房柱上，临时做成一支巨大的弹弓！

狗剩全力向后拉开弹弓，大喊道：上来！

张荣贵和周奎立刻背靠在弹弓上。

狗剩猛松开手，弹弓将张荣贵、周奎弹上半空，脱离土匪的包围。

这时，狗剩对半空中的张荣贵与周奎大喊：猎户村会合！

狗剩说完，竟拔腿跑回黑虎堂内。

张荣贵大惊：狗剩你干吗去？

54. 黑虎帮地底绝壁　内　夜

武松在笔直的地底绝壁中下坠，这时，赫见慧娘持棒追来，终于在千钧一发间抓住武松的手，在将哨棒横撑起来，卡住两边的崖壁，终于使他们停止下坠。

武松使劲伸手抓住哨棒，撑起身子，和慧娘并肩扒着哨棒，四目相对。

片刻后，两人异口同声地问对方：为什么不要命？

两人一阵尴尬，却又异口同声地回答对方：因为你。

四目相对，秋波流转，早已不必牵着的手却仍无意识地紧紧握着。

55. 黑虎帮孙虎寝居　内　夜

蛇形望着那无底深渊，嘲笑：夫妻本是同命鸟，大难临头还各自飞呢。你们这种人，死定了。

没想到这时，狗剩竟冲了回来，大喊道：慧娘我来救你了！

蛇形惊诧，回头一看，却被狗剩一头撞进大坑，自己也掉了进去。

56. 黑虎帮地底绝壁　内　夜

好不容易暂脱险境的武松、慧娘忽闻头顶传来尖叫，抬头一看，竟是狗剩抱着蛇形摔了下来，大惊之际，已被二人狠狠砸中，再次坠入无底深渊。

57. 黑虎帮地底岩窟　内　夜

慧娘、狗剩重重摔在地底。

慧娘吃痛地：摔死老娘了。

狗剩急忙扶起慧娘关切地：慧娘你没事吧？我可不是丢下你，我一救出张大哥，就回来救你了！

慧娘恳切地望着狗剩：你还是丢下我吧。别救我，永远别回来。

这时，蛇形悄然爬起，正想逃离，却被武松抢先一步用哨棒架住脖子。

武松逼问蛇形：说，出口在哪里！

蛇形受制于人，只得看向一处岩壁。

下一秒，被武松用哨棒架着的蛇形打开藏在岩壁里的机关，一道暗门赫然打开。

58. 黑虎帮地底岩窟通道　内　夜

武松三人押着蛇形走进通道，见通道内灯火长明。

武松戒备地：这里灯火通明，难道经常有人来此？

突然，慧娘拔出匕首，抵在蛇形咽喉，逼问：说！老帮主是不是被关在这里？！

蛇形猝不及防，心虚地：你说什么，我不知道！

蛇形嘴上虽然这么说，但心虚表情已经出卖了她。

慧娘得意一笑：谢谢你，我知道了。

慧娘放下匕首，一扭头，却见武松的棒尖已经抵在她面门前。

武松手持哨棒，怀疑提防地盯着慧娘：你到底是谁？跟我来这里究竟有什么目的？

慧娘丝毫无惧地直视着武松的眼睛：如果你认为我会害你，现在就可以杀了我。

狗剩急忙跳出来拦在慧娘身前，抓住武松的哨棒：不能杀她！要杀杀我！

慧娘厉声道：滚。

狗剩只好怂怂地退开。

慧娘仍旧盯着武松的眼睛。

武松望着慧娘，最终选择相信，放下哨棒。

慧娘讳莫如深：你要的答案，很快就会知道，先押她离开再说。

武松知道轻重，没有追问，押着蛇形，继续前进。

59. 黑虎帮地底囚禁石窟　内　夜

武松三人押着蛇形来到囚禁石窟，慧娘见到被铁链锁住的仇千山，顿时红了眼眶，大声呼喊：爹！

仇千山见到慧娘，顿时大惊：慧儿！你怎么来了！这里危险，你快走！

慧娘坚定地：不！一年多来我隐姓埋名潜伏在景阳冈下，就是为了找机会救你！我们一起走！

武松惊愕地望着慧娘，他终于明白了慧娘的全部真相。

突然，孙虎戏谑的声音响起：说走就走，经过主人的同意了吗？

孙虎说着，独自从阴森的洞口走出。

武松见到孙虎，顿时大惊：是你？孙虎！

孙虎狞笑：没想到吧，三年前那个被你打死，失去一切的恶霸，如今居然成了控制景阳冈八十一村寨——黑虎帮的大当家。

武松义愤填膺：原来残害百姓、屠杀猎户村的元凶就是你！

孙虎：你错了。真正害死他们的凶手，是你。不是因为当年的你，就没有今天的我。

60. 乱葬岗 外 雷雨夜（回忆）

浑身血污的孙虎被衙役当成尸体丢入乱葬岗的深坑里。

孙虎虚弱地醒来，艰难地从尸堆里往外爬，他一边爬一边说：钱没了，手下没了，女人也没了，什么都没了，但我还有这条命！

孙虎如此激励着自己，终于爬出深坑，却没想到出现在他面前的竟是一头吃人的老虎！

老虎朝孙虎发出低吼，流下口水，正是攻击的前兆。

孙虎喘着粗气与老虎对峙。终于，老虎一声大吼，扑向孙虎。

没想到这时，孙虎那双虎眼怒睁，一声暴喝：我不能死！我要报仇！

孙虎的眼神竟然震慑住老虎，让它停止攻击，缓缓对孙虎俯首！

此时的孙虎宛若受到神明眷顾的天选之子，他威风凛凛地骑上了虎背，在电闪雷鸣中仰天长啸：武松，我饶不了你！

61. 黑虎帮地底囚禁石窟 内 夜

画面叠化：回忆中孙虎的脸叠化成现实中孙虎的脸。

孙虎狞笑：你欠我的，只有拿命来还。

武松：你欠百姓的，也只有用命来抵！

武松一声怒吼，挥棒攻向孙虎。

不料这时，那只吊睛白额猛虎从孙虎身后扑出，袭向武松！

武松急忙举棒相迎，与之激斗。

没想到激斗当中，猛虎的毛发被武松吸入鼻中，武松手背再次起了过敏的红斑，武松顿时捂住胸口，呼吸困难，被虎爪拍飞出去，倒在地上。

慧娘惊呼：武松！

慧娘急忙冲到武松面前，抱住武松，捋着他的胸口，帮他顺气。

孙虎狞笑走向武松：士别三日，你的退步，倒真让我刮目相看。或者说，我是受老天眷顾，要风得风，要雨得雨，要你死，你就别想活。

武松强撑一口气，骂道：老天不公，那我就替天行道！

孙虎：你做得到吗？

武松想起身再战，却呼吸苦难，起不了身。

这时，孙虎来到武松面前，居高临下地睥睨武松，慢慢从袖中抽出一把软剑，瞄准了武松的心脏，就要刺下去！

危急关头，仇千山突然对慧娘大喊：脚边第三块凸起的石头，按下去！

慧娘顿时心领神会，立刻找到那块石头，使劲按下去！

石窟中的隐藏机关顿时启动，整个石窟开始坍塌。孙虎大惊。

慧娘大惊：爹?!

仇千山：慧娘你快走！（转头对孙虎）小畜生！这里原本是我的地盘！今天，我就要和你同归于尽！

孙虎郁愤怒吼：老东西，你想得美！

孙虎立刻蹿上虎背，急朝洞口奔去。

蛇形亦趁机跳上虎背，从后面抱住孙虎。

武松拼尽全力站起来，追上去：你休想逃！

孙虎回头，眼看武松追了上来，纵身跃起，挥棒轰下。这时，孙虎看向身后的蛇形，竟无情地将她推了出去，挡住武松！

武松一棒挥下，重击在蛇形的天灵盖上，却没能阻止孙虎骑着猛虎虎冲出洞口。

蛇形倒在地上，眼睁睁看着孙虎头也不回地离开，垂死道：夫妻本是同命鸟，大难临头各自飞。

说完，蛇形颓然断气，死不瞑目。

62. 黑虎帮地底囚禁石窟　内　夜

这时，洞口被落石封死。

眼看石窟即将彻底塌陷，将众人活埋，仇千山对慧娘大喊：右边石壁上有暗门，你快走！

慧娘望向右手边的石壁，看到石壁上凸起的暗门机关，却冲回去跳上仇千山身处的石笋，奋力地去拉锁住仇千山的铁链。

仇千山：你干什么?！

慧娘：我要救你出去！

慧娘奋力拉着铁链，却无法将铁链拉断。

仇千山：没用的！再不走就来不及了！

慧娘：那就一起死！

狗剩在石笋下焦急地大叫：慧娘你快下来！

慧娘厉声：这里没你的事，走！

慧娘继续固执地拉扯锁链，不料这时，一只手突然抓住她的手，阻止她继续蛮干。慧娘抬头一看，拉住她的正是武松。

慧娘挣扎：你放开我！

武松却死死抓着慧娘的手不放。

慧娘望着武松，眼中充满不舍与纠结，不禁湿了眼眶，她知道，这一眼将是诀别。

慧娘：谢谢你让我一起来，但我不能和你一起走，你走吧。

武松看着慧娘，凛凛地：之前我选择相信你，现在也请你相信我，今天不是一起死，是一起走！

慧娘闻言，既愕然，又感动。

这时，武松用哨棒串起所有锁链，以杠杆原理猛力去撬锁链。

洞里，巨大的石头开始砸落。狗剩在石笋下大喊：洞快塌啦！

武松使出吃奶的力气，放声大叫，终于将锁链撬断！

武松、慧娘、狗剩搀扶着仇千山，沿途躲避着砸落的巨石，在洞窟彻底坍塌的最后关头，慧娘转动石壁上凸起的石头，与武松等人冲进暗门，逃出生天！

63. 猎户村村口　外　黎明

张荣贵与周奎焦急地在村口等待武松和狗剩回来。

终于，在黎明的晨光中，武松几人的身影出现在地平线上！

张荣贵激动地拥抱武松，兄弟之情尽在不言中，然而这时，张荣贵却见到武松身边的仇千山，惊问：仇帮主？怎么是你？

仇千山朗声地：哈哈，你是不是以为老夫已经死了？

张荣贵尴尬地：不是这个意思。

慧娘帮他解释：我爹是被孙虎囚禁在黑虎堂。

张荣贵惊讶转而明白什么似的：原来你孤身一人在此开店，就是为了救你爹？

慧娘点点头，幸福地靠在仇千山身旁：自从一年前俺爹突然断了音信，我就从老家一路寻到这里。从黑虎帮里打探到爹被孙虎囚禁起来了，便在这景阳冈开了这酒馆，等待时机。（转身对武松感激地）终于等来了武二哥。

武松恍然大悟，对慧娘歉意地：原来如此，我差点误会你了。

慧娘调笑：我是利用你的啦，莽夫。

64. 黑虎帮地底囚禁石窟（废墟）　内　日

孙虎负手立于石窟废墟前，一群土匪正在搬开废墟里的石头，搜寻武松等人的尸体。

这时，雕手在孙虎身旁跪倒：除了蛇形，没发现其他尸体。

孙虎不怒，反露狞笑：武松，你还真是我命中的克星，你一出现，就害我辛苦追寻的宝藏不翼而飞。（问雕手）你觉得，他们接下来会怎么做？

雕手：逃亡，或者——决战。

65. 猎户村村口残墙　外　日

微风徐徐，残墙上沾满了猎户村村民的斑驳血迹。

武松悲愤地抚摸着残墙上的血迹。

这时，身后传来仇千山苍凉的声音：这个世道，好人真是没好报。

武松回过头，赫见慧娘搀扶着仇千山走来。

仇千山盯着残墙，凛凛从慧娘臂弯中抽出自己的手臂，径直跪倒，一个头磕在地上。

武松吃惊：仇帮主？

仇千山抬起头，眼神中透着悲愤与歉疚地：这个头，是给那些无辜死去的村民磕的。想当年，我本是朝廷的仁勇校尉，不幸被奸人陷害，流落至此，是这些村寨的百姓收留了我。我成立黑虎帮，是为了保护他们，如今却害得他们惨死，我对不起他们！

武松动容，上前俯身扶住仇千山的手：仇帮主，起来再说。

不料就在武松想扶起仇千山的时候，仇千山眼神一凛，突然紧抓住武松的手腕，将武松的手臂拿开，紧接着又是一个头磕在地上。

武松震惊之际，仇千山抬起头，郑重地盯着武松：这个头，是给你磕的。我老了，能战胜孙虎的人，只有你。我替景阳冈八十一村寨的百姓求你，替他们打败孙虎，消灭我一手建立的黑虎帮！

武松望着仇千山恳切的神情，目光凛凛，他一把将仇千山扶起，紧紧握着他的手：武松一介匹夫，不是什么英雄，但该做的事，我一定会去做！如果这个世道不给好人公道，那我就替天行道！

仇千山激动地握住武松的手。不料这时，另一只手也握在了仇千山和武松的手上。武松抬头一看，那个握住他们手的人正是慧娘。

慧娘欣赏地看着武松，泼辣地：就喜欢你这小暴脾气，替天行道，算我一个。

武松感动地看着慧娘，浓浓的情意在四目相对中流转。

张荣贵：还有我！

武松循声一看，赫见张荣贵身背弓箭，从村里凛凛走来。

狗剩、周奎、众猎户：还有我们！

与此同时，狗剩、周奎与全村二十多名猎户也出现在张荣贵身后，从村子的四面八方聚拢过来，如百川汇海，如星火燎原。

张荣贵、狗剩、周奎、猎户，一只只手掌先后紧握在武松的手上。

武松感动振奋地扫视众人，坚定起誓：替天行道！生死无悔！

慧娘、仇千山、张荣贵、狗剩、周奎、众猎户齐声起誓：替天行道！生死无悔！

众人起誓完毕，把手朝天一扬。

天空中，艳阳昭昭。

66. 黑虎帮地底囚禁石窟（废墟） 内 日

画面叠化：天空中的艳阳叠化成笔直投射进石窟里的那束阴森的日光。

孙虎抬头望着那阴森的日光，喃喃地：天道之所以不可撼动，因为它高高在上。武松、仇千山、猎户村，你们都只是我脚下的烂泥，凭你们，也想取代天？

孙虎信手一挥，对面那根巨大的石笋上顿时出现一个形似虎爪的深深爪痕，紧接着爪痕在石笋上迅速蔓延扩散，最终将石笋四分五裂！

孙虎：我的底牌，你们看不见。

孙虎转过身，小宝等众多孩子惊恐地站在他对面。

那只吊睛白额猛虎凶狠地围着孩子们绕圈，低吼威胁着他们，令孩子们一动都不敢动。

孙虎眯起一双虎眼，露出诡异的狞笑。

67. 猎户村村前广场　外　日

武松、慧娘与张荣贵、狗剩、周奎等猎户围在一起，听仇千山讲解进攻黑虎帮的计划。

仇千山：此次行动，目标有两个——救出孩子、消灭黑虎帮。所以，我们需要分头行动。

68. 景阳冈下岔路口　外　日

艳阳天下，武松、慧娘、仇千山与张荣贵、狗剩、周奎等猎户（猎户们推着一架用布罩住的神秘板车），昂首来到景阳冈下的岔路口。

69. 景阳冈下岔路口　外　日

众人在岔路口前停下。

武松看向张荣贵：张大哥，此去生死难料，多加小心。

张荣贵：还是那句话，活着回来，我当你大哥，猎户村里，永远有酒有菜等你！

张荣贵说完取出酒囊，痛饮一口，递给武松。武松接过酒囊，也痛饮一口。

两人同声地：兄弟，珍重！

武松、慧娘、仇千山与张荣贵等猎户分道扬镳。

这时，狗剩回头，不舍地看向与武松并肩同行、渐行渐远的慧娘，喃喃地：慧娘，保重。

70. 景阳冈树林　外　日

张荣贵与狗剩、周奎等猎户推着那辆被布盖着的神秘板车，戒备地行进在树林中。

突然，刺耳的哨声响起，霎时间，大批土匪从四面八方杀出，将猎户们团团围住，为首的土匪正是胡山。

胡山冲张荣贵狞笑：还以为你们最后会学聪明点，选择逃命，没想到，到死都是一群蠢货，因为反抗黑虎帮的代价，就是死！

土匪一点点朝张荣贵等猎户逼近，被团团包围的张荣贵等人紧攥弓箭，神情也像绷紧的弓弦一样紧张。

71. 猎户村村前广场　外　日（闪回）

仇千山看向张荣贵，郑重地：张兄弟，你的任务，是带着猎户村的弟兄们从正面突破，吸引和牵制土匪的火力。

武松闻言大惊，急忙站起：黑虎帮人多势众，张大哥他们只有区区二十多人，这和送死有什么区别？

仇千山无奈地叹了口气：敌众我寡，强弱悬殊，我们能和他们拼的，只有自己的命。

武松：可是——

不料武松话没说完，张荣贵抢先起身表态：我们干！

狗剩、周奎等猎户也坚定地喊：对，跟他们干！

武松忧虑地对张荣贵：张大哥！

张荣贵：你说过，好报不是老天给的，是自己争取的。孩子是我们的未来，没有他们，猎户村就没有将来！为了他们，我们必须拼命！

72. 景阳冈树林　外　日

胡山凶狠下令：杀光他们！

匪徒从四面八方杀向张荣贵等人，更有土匪手持飞索、飞梭、飞爪、飞砣从四周树上朝他们凌空荡杀而来！

千钧一发之际，张荣贵大喝一声：动手！

狗剩与周奎立刻掀起盖在板车上的布，露出车上垒得高高的无数箭矢，和一排扇形的诸葛连弩！

张荣贵跳上板车，发射连弩，瞬间将数名凌空荡来的土匪射杀，箭的力量竟让土匪倒飞出去老远！

就在这时，其他凌空荡来的土匪也纷纷被箭射杀，周奎等猎户也跳上板车，用连弩射击！

张荣贵等猎户们不断从板车上取箭装填进连弩的剑匣，排成扇形的连弩就像一排机关枪，攻势没有一秒间断，三百六度全无死角，冲上来的土匪全部毙命！

胡山大惊之际，张荣贵大喝下令：替天行道！

狗剩奋力拉起板车把手，大喝一声：消灭黑虎帮！

狗剩推动板车，宛如一台无坚不摧、牢不可破的无敌战车，不断射杀沿路之敌。

胡山尖叫，落荒而逃。

猎户神勇，直朝黑虎帮大寨进军！

73. 一线天峡谷谷口　　外　日

与此同时，仇千山领着武松、慧娘来到一处人迹罕至的僻静之地。

仇千山：我们到了。

74. 猎户村村前广场　　外　日（闪回）

仇千山看向武松、慧娘：张兄弟他们负责正面牵制，真正的奇兵，是我们三个。

武松：我们该怎么做？

仇千山用树枝在地上画出简易的景阳冈山势地形：孙虎个性狠辣绝情，即便像上次那样在山寨里设伏，也绝不会继续把孩子关在山寨里，让我们有丝毫成功救人的机会。

慧娘：他会把孩子关在哪里？

仇千山看向慧娘：整个景阳冈最易守难攻的地方。

慧娘恍然大悟：一线天？！

仇千山点指桌上简易地形图上的一处峡谷：就是这里。

75. 一线天峡谷谷口　外　日

武松抬眼望去，一道高耸狭长，透着阴森恐怖气息的峡谷出现在三人面前！

76. 一线天峡谷　外　日

武松、慧娘、仇千山走进狭窄幽暗的一线天峡谷，戒备四顾，却发现这里静谧非常，全无人迹，没有丝毫埋伏的迹象。

慧娘奇怪地：这里好安静，完全不像有人埋伏的样子，难道我们猜错了？

仇千山却戒备地：不可掉以轻心。以我对孙虎的了解，他绝不会放过这个绝佳的天险。

话音刚落，峡谷中突然响起缓缓的鼓掌声，阴森地回荡着。

孙虎：不愧是一手提拔我的老帮主，还是你了解我。

武松三人循声一看，赫见孙虎竟单人匹马出现在他们对面，狞笑望着他们。

孙虎：我还可以告诉你们，孩子就关在峡谷尽头的山洞里，可是，你们有命救走他们吗？

武松愤然将哨棒杵在地上：孙虎，你真以为凭你一个人就能守住这里？你太高估自己了！

孙虎：没办法，老帮主计策高明，把我所有的人马都牵制住了，只能我自己上了。不过我相信，公道不在人心，是非也不凭实力。

武松：那凭什么？！

孙虎：先天的优劣、资源的多少、地位的高低。有的人生下来就受上天眷顾，注定高高在上，死里可以求活，绝处可以逢生，比如我，而有的人生下来就被老天抛弃，无论多有实力，不管怎么努力，都注定是地底的泥！就是你！

武松义愤填膺：废话连篇！天不收你，我收你！

武松举棒攻上，孙虎甩出袖中软剑，与武松战至一处，可武松一腔血勇，又被孙虎无耻的狂言激怒，不停挥棒，高喊猛进，孙虎只能暂取守势，节节后退。

这时，武松对身后慧娘、仇千山：你们快去救人，这家伙我来收拾！

慧娘、仇千山点头冲上。

慧娘在武松身边停下，低声地：当心那只老虎。

武松点头，再攻孙虎，掩护慧娘二人。

慧娘、仇千山再次动身，冲过武松与孙虎，朝峡谷尽头跑去，逐渐消失在狭长的峡谷中。

这时，武松一棒击碎了孙虎的软剑，对孙虎挥出必杀一击！

武松：孙虎！我们之间的账，该清了！

没想到孙虎眼看致命一棒袭来，竟露出狞笑：说得没错。

话音刚落，孙虎的一双虎眼顿时眯成了一条线。霎时间，孙虎的视角里，武松的动作竟变得极慢，与此同时，孙虎的一只手掌竟被机关铁片慢慢包裹，形成一副虎爪般锋利的铁手套，竟将那势大力沉的烂银哨棒生生攥住！

武松大惊之际，孙虎手掌一握，就要捏烂哨棒，武松反应极快，立刻抽棒，但烂银哨棒上还是留下了一个深深的可怕抓痕！就在这时，孙虎的另一只手竟已瞬间装上了铁手套，猛力在拍在武松胸口，将他震退十步！

武松震惊地瞪视戴着铁手套的孙虎：这才是你真正的实力？！

孙虎狞笑：是你说要算账的，不让你看清楚我的底牌，怎么能把账算得清？武松，你害我失去的，我要你加倍奉还。我要你身边的人，一个一个，全都下地狱。

武松惊愕。

77. 黑虎帮山寨口　外　日

张荣贵等猎户结成的"无敌战车"一路追击胡山等土匪，已来到黑虎帮山寨口。

张荣贵高呼下令：攻进去！

狗剩推着板车：消灭黑虎帮！

没想到就在这时，胡山等土匪突然停下了逃跑的脚步，回身狞笑：你们中计了。

话音刚落，高大的寨门上竟有土匪架起了一辆投石车，将一个点着火的油埕置于其上，对准张荣贵等人轰然投出！

张荣贵等人大惊，急忙闪避，但火油埕却正中了满载箭矢的板车，板车轰然爆碎，无数箭矢毁于一旦！

78. 一线天峡谷　外　日

轰然的爆炸声传至一线天峡谷。

武松闻声大惊。

孙虎狞笑：看来你的猎户同伴已经凶多吉少了。

武松咬牙切齿：孙虎！

武松挥棒猛攻而上，却被孙虎那双锋利的铁手套轻松招架。

孙虎再次眯起虎眼，视线中，武松的动作再次变得极慢，举手挥棒时，腰间空门大露！孙虎觑准武松破绽，挥"爪"猛抓武松腰部，顿时在武松腰上留下一个可怕的爪痕，鲜血直流！

武松捂住伤口，拄棒强撑住身子不让自己倒下，愤怒地瞪着孙虎。

孙虎：你以为这样就结束了？我说要你身边人的死，是所有人。

79. 一线天峡谷尽头山洞口　外　日

慧娘、仇千山奔至峡谷尽头，见到眼前的山洞。

慧娘：就是这！

仇千山：走！

慧娘与仇千山跑进山洞。

80. 一线天峡谷尽头山洞　内　日

慧娘、仇千山冲进漆黑的山洞，果然发现被困大铁笼中的小宝等孩子。

小宝等孩子急忙呼救：慧姐姐，救我！救我们！

慧娘、仇千山急忙打开笼子，放孩子们出来。

慧娘心疼地抱住小宝：小宝乖，没事了，姐姐这就带你们出去。

不料这时，小宝突然瞪大眼睛惊呼：姐姐小心！

话音刚落，黑暗中，一只锋利的虎爪朝慧娘袭来。慧娘反应不及，后背顿时被虎爪抓出血痕。

仇千山大惊：慧儿！

慧娘忍痛转过身，把小宝护在身后，赫见眼前凶狠站着的正是那只白额吊睛猛虎。

仇千山不由得咬牙切齿：是你这只恶虎！

81. 一线天峡谷　外　日

受伤的武松怒吼着，忍痛继续猛攻孙虎。

孙虎依旧气定神闲地用一双铁爪招架。

然而这时武松发现，越是前进，峡谷越窄，他的哨棒也就越发难以施展，直至最终不慎将哨棒卡在了山壁之间，动弹不得。

孙虎狞笑：现在明白了吗？从你们选择反抗我的那一刻起，就已经踏上一条不归路。

82. 黑虎帮山寨口　外　日

油火埕不断砸向张荣贵等人，追着他们轰炸。

张荣贵等人狼狈躲避，却仍是有不少人被油火埕砸中，痛苦惨叫，死伤惨重。

胡山却放肆大笑：给我轰死他们！

83. 一线天峡谷尽头山洞　内　日

另一边，慧娘与仇千山与老虎搏斗，可他们的匕首术根本不能对老虎产生致命的威胁，他们划伤了老虎，反倒更激发出老虎的凶性，不断地抓伤他们。

慧娘和仇千山流血越多，伤势越重，动作也越迟缓，慢慢陷入了被动挨打的绝境。

这时，老虎终于朝他们发动了绝命的攻击，张着血盆大口朝他们扑来！

84. 一线天峡谷　外　日

孙虎：现在，这笔账才真的算清了。

孙虎举起铁爪，抓向武松的心脏！

千钧一发之际，武松孤注一掷，齐棒下滑，钻过孙虎裆下，绕道孙虎背后，抓住他的头发，令他仰起脖子，推着他朝那横在山壁之间的哨棒猛冲过去，要用哨棒勒死孙虎！

孙虎察觉武松意图，铁爪急翻，狠狠插进武松两肋，可武松凭着一腔血勇，一往无前，没有丝毫停下。

武松怒吼：我们发誓，替天行道，生死无悔。

85. 黑虎帮山寨口　　外　日

猎户们的绝命关头，狗剩一声大喊：送我上去！

张荣贵和周奎等人不顾生死地一路惊险地躲避油火埕，冒险聚集到狗剩身边，接过并奋力拉开狗剩的腰带橡皮筋，将狗剩弹射向寨门上的投石车！

操作投石车的土匪见状，急忙装载油火埕，要朝狗剩发射。

半空中，狗剩凛凛抽出挂在背后的大弹弓和大铁弹，瞄准投石车！

与此同时，投石车也向狗剩射出了油火埕！

最后关头，狗剩射出大铁弹，将投石车砸得稀巴烂。然而油火埕也结结实实地轰中了狗剩的血肉之躯！

狗剩重重地摔倒在地，浑身焦黑，不住咯血。

张荣贵、周奎：狗剩！

张荣贵、周奎一路射箭击毙胡山等土匪，一路冲到狗剩跟前，将他抱起，却眼看狗剩已救不活了。

狗剩咯血不止，用最后的力气对张荣贵：答应我……一件事……替我打几只野兔……送给……慧娘。

张荣贵、周奎流着眼泪，重重点头。

狗剩的双眼逐渐涣散，生命的最后时刻，一个画面在他脑中浮现。

86. 景阳冈下岔路口　　外　日（插入闪回第69场）

狗剩回头，不舍地看向与武松并肩同行、渐行渐远的慧娘，喃喃地：慧娘，保重。

这时，慧娘突然主动回过头，对狗剩：活着回来，我还等着你的野兔呢。

慧娘说完，朝狗剩露出调皮的微笑。

87. 黑虎帮山寨口　　外　　日

狗剩脸上露出了幸福的微笑，似是在回应慧娘的那个微笑，接着闭上眼睛，无悔而逝。

88. 一线天峡谷尽头山洞　　内　　日

与此同时，眼看猛虎扑来，仇千山竟舍身扑开慧娘，被老虎狠狠咬住了脖子！

可仇千山却借这个机会死死抓住老虎，对慧娘大喊：带孩子们走！

慧娘红着眼睛，不舍地叫：爹！

仇千山的脖子上，鲜血汩汩流出，他的双手虽然死死抓着老虎，但眼神却已是垂死之态。

仇千山望着慧娘：爹这一辈子，空有一腔抱负，却没做成什么，没有照顾好你，也没能保护好百姓。这是爹唯一能为你，为百姓做的最后一件事，爹不后悔。带着孩子们，平安离去，爹这辈子，就值了。

慧娘泪流满面，却也明白不能让父亲的牺牲白费，终于把心一横，咬牙带孩子们逃离山洞。

仇千山望着慧娘离开，如释重负地一笑，抓着老虎的手颓然垂下，撒手人寰。

这时，老虎凶狠地回过头，猛地扑出洞外！

89. 一线天峡谷　　外　　日

慧娘带着小宝等孩子仓皇跑进峡谷，然而猛虎却紧追在后。

与此同时，武松怒吼着将孙虎的脖子死死按在哨棒上。

孙虎被哨棒勒得喘不过气，痛苦挣扎，恨恨地从喉间挤出嘶哑的吼叫：武……松！

武松怒吼：孙虎！你害了这么多人，今天就是你的死期！

孙虎嘶哑吼叫：我是受上天眷顾的人，是不会死的！

垂死关头，孙虎虎眼圆睁，看到对面追赶慧娘和孩子们的猛虎，发出猛虎般的咆哮：大虫！！！

吊睛白额猛虎听到孙虎的喊声，猛地凌空跃起，越过慧娘等人，张开血盆大口，对准武松的脑袋直扑下来！

武松抬头见状，早有防备，抽身急退。

猛虎重重落在地上，虎伏于孙虎身前，护住孙虎同时，随时准备攻击武松！

孙虎捂着脖子咳嗽两声，虽然体力尚未恢复，却逐渐恢复了狞笑，喘着粗气对武松：我都说了，死里可以求活，绝处可以逢生，这样的我，你拿什么和我斗？

武松此时腰间两肋三处重创，血流不止，艰难站立，却无所畏惧地瞪着孙虎，凛凛地：三年前，我没能杀死你，今天，就算拼上这条命，我也不会再放虎归山！

慧娘和孩子们赶到武松身边，见武松身受重伤，不由得担心，失声叫：武松！

孙虎看着武松：正好，多些人给你陪葬。（对猛虎）杀了他们。

猛虎回头看了一眼孙虎，两双虎眼对视，猛虎顿时心领神会，扭头朝武松等人扑杀过去！

眼看猛虎扑来，武松挺身而出，赤手空拳攻向猛虎，然而数回合下来，武松过敏症又犯，手背发红，呼吸困难，最终还是败下阵来，跌倒在慧娘和孩子们身前。

慧娘：武松！

慧娘急忙抱住武松，为他顺气。

猛虎在武松对面挑衅地咆哮，步步逼近过来。

孩子们惊恐地步步后退。慧娘紧紧地抱住武松，护住他。

然而这时，武松却拉开慧娘的手，勉强站起身，不屈地瞪着猛虎，回应猛虎的挑衅。

慧娘：你干什么？不要乱来！

武松：我说过，我是有病，也害怕毛，但我不怕死。如果今天我怕了这只老虎，让它在我面前作恶，那我就不是武松！

武松说完，解下腰间张荣贵留下的酒囊，仰头一饮而尽，将酒囊肆意一丢，脸上尽是搏命的狂态！

武松：我武松今天，就在这景阳冈上，打、虎！

猛虎咆哮，冲向武松。武松也冲向猛虎。一人一虎竟逐渐离开地方，在峡谷山壁上游走搏斗，拳脚互殴！

最终，一人一虎落回地面，武松顶住猛虎的双爪，使出浑身力气与猛虎角力。然而武松先前就已负伤，血流不止，逐渐不支，身体渐渐被猛虎压弯下去，尽管咬牙死撑，仍是眼看就要被猛虎压倒。

这时，小宝一对粉拳紧紧攥着，咬牙替武松加油：叔叔，加油啊！

然而小宝身旁的一个小孩被眼前可怕的景象吓哭了。

没想到猛虎看见那哭泣的孩子，居然分神侧目，嘴角滴下口水，对那孩子发出饥饿的低吼。

孙虎见状，虎眼圆睁，厉声大喊：不要分神，先杀了他！这里的人随便你吃！

猛虎回头再与孙虎的虎眼对视，立即领命，扭过头猛地发力。

慧娘见状，突然恍然大悟，高喊道：他的眼睛！控制老虎的是他的眼睛！

然而武松已经快要支撑不住，根本无能为力。

千钧一发之际，小宝居然勇气，朝老虎冲了过去！

慧娘大惊：小宝！

小宝却没有停下，对猛虎高声叫：我不怕你！来吃我呀！

猛虎见到小宝跑进，再也忍不住，放开武松，直扑小宝而去！

武松和慧娘急忙全力冲刺，追赶猛虎，却依然追不上猛虎的脚步，眼看猛虎离小宝越来越近！

危急关头，一支箭破空袭来，正中猛虎肩胛。猛虎脚步登时一顿。

孙虎回头一看，正是张荣贵、周奎等猎户赶到，不由得大惊：你们居然没死?!

张荣贵：小宝！

小宝：爹！

然而猛虎不但没有就此退却，反而被激发出愤怒，它咆哮着，加速冲向小宝。

张荣贵：救人！

张荣贵、周奎等猎户顿时弓箭齐发。

猛虎左闪右躲，仍是连中数箭，受伤流血，脚步顿挫。

孙虎见猛虎受伤，用铁爪荡开射向他等流箭，咬牙怒道：该死的烂泥，屡屡坏我好事，我先杀了你们！

孙虎挥舞铁爪杀向猎户，张荣贵等人登时负伤，手中弓也被无坚不摧的铁爪削断。

箭矢一止，猛虎再无顾忌，全力冲向小宝。

眼看猛虎的血盆大口已经出现在小宝的后脑勺，再进一步就能把小宝的脑袋一口吞掉，就在这时，一直在冲刺的武松飞身扑出，死死拽住猛虎的尾巴，即便被老虎拖着在地上拖行，也咬紧牙关绝不撒手。

就在这时，孙虎虎目再次眯成一条缝，瞪向迎面冲来的猛虎。

孙虎的视角里，一切的动作都变得极慢，这个瞬间，他用眼神与猛虎交流：回头。

孙虎的视角里，猛虎缓缓回过头，看向身后的武松。

孙虎露出狞笑：杀了，武——

不料"松"字还没出口，一道人影快速冲到孙虎面前，正是慧娘，只见寒芒一闪，慧娘手中的匕首划过了孙虎的双眼！

孙虎顿时捂住被匕首弄瞎的双眼，放声惨号。

猛虎失去控制，继续冲向小宝。

这时，在地上拖行的武松终于找到平衡，拽着老虎的尾巴，像抓着冲浪的绳索，逐渐站起，随着老虎的冲刺来到了被山壁卡住的哨棒前，一把抓过哨棒，纵身一跃而起，落在虎背之上。

就在猛虎的血盆大口即将朝小宝咬下之时，骑在虎背上的武松拽住虎背上的毛猛地一拉，猛虎吃痛，腾身而起，跃过小宝，竟朝着瞎眼的孙虎直扑过去！

武松高举哨棒，如天神下凡，随着猛虎扑向孙虎。

瞎了的孙虎完全没有防备，脑袋被张着血盆大口的猛虎一口吞下。

这时，武松对准猛虎的脑袋，一棒杵下，老虎登时气绝。

老虎"扑通"栽倒在地，瘫软死去，咬住孙虎的血盆大口也随之松开。

孙虎捂着被虎牙刺穿、不住流血的喉咙，奄奄一息，却仍死不悔改地：为什么？我才是被上天眷顾的人，连百兽之王都臣服在我脚下，为什么最后会是这样？

这时，武松出现在孙虎身边，冷冷地俯视着他：我不知道上天会眷顾什么人，我只知道，有你这种人存在，这个世道就不会有希望。我要做的，就是替天行道，守护这个世道的希望。

武松说完，看向前方。那里，张荣贵与小宝父子团聚。

张荣贵疼爱地揉搓着小宝的头：臭小子，好样的！

小宝：那是当然。我长大了，可是要成为爹和武叔叔那样的人！

张荣贵欣慰地紧紧抱住儿子，父子温馨相拥。

这时，武松身后，一只手伸来，牵住武松的手。武松扭头一看，牵着他的人正是慧娘。两人四目相对，会心一笑，一切情感，尽在不言中。

地上，孙虎与猛虎早已成了两具冰冷的尸体。

天下，艳阳高照，象征天理昭昭。

90. 阳谷县城　外　日

画面叠化：火红的艳阳叠化成大铜锣的中间的红心。

张荣贵敲打着猎户村的那面大铜锣，周奎等猎户抬着老虎和孙虎的尸体，护送武松和慧娘来到阳谷县县城。

张荣贵朗声对围观百姓：景阳冈上，恶虎已除！

围观百姓顿时爆发出如雷的掌声与欢呼声。

这时，前面的人群让出一条道，正是阳谷县县令率众衙役来到。

阳谷县县令威严地：武松何在？

武松昂首阔步走出，朗声地：在下便是武松。

阳谷县县令：果然威武，来人。

县令一招手，衙役们抬上一块盖着红布的牌匾。

阳谷县县令：本县有命，封武松为都头，赐匾！

衙役掀开匾上红布，赫见四个大字：打虎英雄！

91. 阳谷县县城　外　日

武松披红戴花，气宇轩昂地骑着高头大马走在大街上。

慧娘和张荣贵等猎户兴高采烈地跟在身边。

武大郎挑着炊饼担子在路边，听到"清河县武松"，一愣，赶紧撂下担子，挤上前踮着脚看：大家让让！让让！

武松被人抬着，不住朝街人拱手。

武松被人围在中间，不停地向众人作揖打招呼。现场热闹非凡。有店家献上美酒吃食，武松等人也都一一笑纳，不停地接受店家的酒。

武大郎惊喜：武二？真的是武二？我兄弟——

武松一行被人簇拥着从武大郎身边走过。

武大郎被人挤着，近不得前去，只得不断跟身边人兴奋地一个劲说：

我兄弟，这打虎英雄是我兄弟，我是武大，他是武二！呵呵。

没人理会武大郎，把他挤倒在一旁。

武大郎也不生气，乐呵呵地爬起来：呵呵，这真是我兄弟，我是武大，他是武二！我真的没骗你们。

街坊：都知道武二是你兄弟，这个人跟你有什么关系！

武大郎：他是我兄弟，他是我兄弟。

街坊撇撇嘴：你就做梦吧。

武松忽然从众多的人脸中，看到了自己哥哥武大的一双含了热泪的眼睛。

武松立刻滚落马下，对自己的大哥磕头作揖。

武大郎忽然抬头，愕然，大喜，眼角滑下两行泪珠：兄弟？真的是你？我不是在做梦吧？

武松惊喜交集，强忍泪水：哥！我回来了！（单膝跪地而拜）哥！

武大郎惊慌失措，赶紧搀扶：二郎！（泪水涟涟）兄弟，哥哥终于把你盼回来了！

兄弟二人抱在一起。

张荣贵也赶紧拜过武大哥哥。

张荣贵：大哥！我和武松是结拜的兄弟，从今日起，您就是我的大哥！

张荣贵对武大郎叩头。

武大：兄弟，咱们赶紧回家，去见你家嫂嫂！

武松：嗯，好嘞！

92. 阳谷县青石街武家　外　日

武大郎拉着武松进门，边走边说：兄弟，来，我给你引见你嫂子。金莲，快出来！

这时，一个妖娆婀娜的艳妇潘金莲自闺房中缓缓走出，见到武松，眼中顿时露出勾魂夺魄的撩人身材，施礼酥声地：奴家潘氏，见过叔叔。

武松见状，顿时戒备。

（剧终）

神机疑影

1. 虢、虞边境　外　日

战场上滚滚浓烟，大雾笼罩，飘着飞雪。

横七竖八地躺着很多尸体，血迹未干。破裂的虢国军旗，摇摇欲坠。

一个虞国小军官（公孙若雨）戴着面具领着五六个士兵在检查战场，发现有活气的虢国士兵便一一将其杀掉。

杞国神机营机器局总旗祁炫从死人堆里爬起，刚刚站起就被虞国士兵发现，祁炫托着疲惫受伤的身体与虞国士兵周旋混战许久，小军官在一旁观战。

在杀死几个士兵后，终因寡不敌众，被两个士兵制住，刀光剑影中祁炫腰间悬挂的一个木牌也掉落在地。

士兵朝祁炫脖子比画了一下，举起刀。祁炫心灰意冷地闭上眼睛。

小军官捡起祁炫遗落的木牌，上面刻着杞·神机营·机器局·总旗祁炫。

士兵举刀将要砍下之际，小军官迅速挡住士兵的刀，并将两个士兵杀死。

祁炫惊讶地看着小军官。

小军官：你是杞国神机营的人怎么在虢国军队？

祁炫：我是被派来虢国做火器指导的。敢问阁下是？

小军官：快走吧。

祁炫疑惑地迅速离开战场。

祁炫走远后小军官摘下面具露出女子面容。

2. 虢国宫殿　内　日

一支毛笔在写着救援国书，落款是虢王。

3. 小路　外　夜

寒夜　风起　云遮月

一骑驿卒挥鞭斥马，携虢国国王的求援国书，赶往杞国京城。

4. 杞国王宫　外　夜

一个内侍，提着灯笼，拿着国书，急匆匆地跑向国王寝宫。

5. 寝宫　内　夜

王座上杞国国王看着面前的两位大臣。

两位大臣在看求援国书。

杞国国王姒鸿：两千虢寇竟让我属国损失上万精兵，虞国如今战力竟如此强盛？

兵部尚书石英：皇上，自虞国结束建国林立局面以后，在政治和军事上进行革新，如今火器远胜虢国和我大杞军队，而且国号也早已改为虞国。

首辅申时行：皇上，虢国国王李昖的求援国书上说丰臣秀吉想假道虢国进攻我大杞，臣以为此事可疑，以虞国之国力断不敢入侵大杞，可能谎称借道，实则借机侵占虢国。

石英：虢国自从革新以来，国力长足发展，已不同往日。若其侵占虢国，也损我大杞之颜面，而我兵之救虢国实所以保大杞。

申时行：如若尚书所说，虞国火器远胜我军，出兵虢国，何以有制胜把握？虢国亦有数十万军队，不如先观其形势再出兵。

石英：皇上，神机营有一人，精通各种新发明，而且曾去虢国做指导，并参与了这场虢国与虞国的交战，刚刚回国，不如让他带一批能工巧匠研发新式火器。

姒鸿思索片刻：石英，就依你所言，万不可走漏风声，一月后进驻虢国，伺机突袭虞国。

6. 祁炫家院内　外　日

一只木鸢在天上疾飞

木鸢飞数米突然往下跌落

祁炫家仆捡起木鸢，两家仆讨论着木鸢。

一家仆：祁大人发明这纸竹之物竟然能飞，好神奇啊！

大门"哐当"一响被推开，祁炫穿着破烂的军服跌倒在门框。

家仆：祁公子……

7. 祁炫家院内　内　夜

祁炫倚靠在椅子上，上身缠着绷带，身上多处伤口淤青，手里拿着木鸢：此物只能飞数米，还需改进！若有朝一日，能研制出一种用于军事的机械，为我大杞战事出力……

这时兵部尚书石英的部下前来：尚书大人请祁公子去府上，有要事商量。

祁炫：好。

8. 石府　内　夜

月上枝头

石英正在给祁炫交代研发事宜，部下杨元也在一侧听候。

石英：依皇上口谕，我已修书数封，送往各地州府，选派能工巧匠，由杨元带领，一并前往月坨岛秘密研制火炮，若能在一月内完成，可成就大杞。

祁炫：是，大人。

9. 路上　外　夜

从石府回神机营的路上。

一把剑突然刺向祁炫，数十蒙面杀手将祁炫围起。

祁炫与杀手搏斗，祁炫稍处弱势之时苗惠出现。

祁炫：师妹，你怎么下山了？

苗惠：师父让我来的。

两人迅速将杀手击败，只剩一领头蒙面杀手阿朵逃跑。

祁炫、苗惠追去。

10. 翠芳阁外　外　夜

祁炫一路追逐。

杀手在翠芳阁外消失不见。

祁炫看了一眼翠芳阁，然后进去，苗惠在阁外探寻。

11. 翠芳阁　内　夜

翠芳阁里穿着花红柳绿的姑娘们拿着手绢笑着围住了祁炫。

姑娘们：公子——

祁炫（拨开人群）：我找人。

姑娘们：公子，我们这有的就是人，不知道你喜欢什么样的？

祁炫四处张望。

舞台上，阿朵手里拉着两根绸带从天而降，然后跳起了舞蹈。

台下的人纷纷鼓掌。

阿朵跳舞，逐渐跳到了祁炫身边。

祁炫感到不自在，往后退了退。

阿朵：公子，为何面露杀气？

祁炫甩了甩袖子离开。

12. 翠芳阁一屋内　内　夜

阿朵：本还有胜算，没想到突然杀出一女子。

一虞国中年人巴赫：不怪你。

中年人拍了拍阿朵的肩膀离开。

13. 祁炫家屋内　内　日

出发前，师妹帮师兄整理衣物。

祁炫：师父让你下山有事吗？

苗惠：师父听说你在研发木鸢，让我下山看看能不能帮上忙，刚好在去神机营的路上遇见你。

祁炫：师父的滑翔木翼研发成功了吗？

苗惠：还没，师父已是花甲之人，还总想亲自试验飞行，我放心不下，便多次代替师父，结果我也一身伤。

苗惠拉起袖子：你看！

祁炫看到了手臂上的伤和苗惠小时候留下的的烙印。

苗惠意识到烙印又把袖子放下。

祁炫：城西李首辅落魄时丢弃的男婴找到了，就是通过印记。你不必灰心，定会找到你的父母。

苗惠陷入沉思。

苗惠：找不到也好，找到了就不能陪在师父身边了，不说这些了，你带我去月坨岛吧，我也许能帮帮忙。

祁炫：可以，但凡事听我的，不要惹事。

苗惠：好，师父最近教我的针灸，我也带去岛上吧。

14. 月坨岛　外　日

一条船驶向月坨岛。

15. 月坨岛火器坊院内　外　日

院内除了祁炫、苗惠、杨元，还高高矮矮站了七个人。

副总兵杨元：此地是当年董浩董大人建造，秘密研制火炮的地方。没想到我们今天又能用上，虢寇的火器在更新，我们的也要跟上。此次新式大炮研发工程，由祁公子主持，希望你们齐心协力，早日将大炮研制成功。

众人向杨元行礼：请大人放心。

杨元向祁炫介绍：营缮所所正崔福贤，在我们工部当差，火炮铸造高手，贤弟就算没见过，想必也有耳闻。

祁炫：久仰久仰。

崔福贤：祁公子天资聪颖，听说做出了可以在天空飞的木鸢。

曹裕宽此时露出不屑的表情。

祁炫：还在改进中，目前只能飞数米。

杨元：这位你赶紧认识认识，来自号称机关削器第一的制造坊，以后辅助你进行大炮的结构设计。

祁炫：幸会幸会！

曹裕宽态度傲慢，只勉强拱了拱手。

崔福贤见曹裕宽态度傲慢：唉……曹裕宽听说你们青云党反对出兵虢国，怎么也来凑热闹？

曹裕宽：你是不是做宦官的走狗久了，这样酸里酸气的？

崔福贤：你……

肖永刚高声地：不要和青云党一般见识。

杨元：好了好了！无论是出自哪个门下只要为了国家出力就行。

杨元继续：这位是军器局广东造办处举荐的肖永刚，如今佛山精铁，甲于天下，都是造办处的功劳。

杨元：这位田野兄弟是山东神机营举荐的，与虢寇交战多次，何种火炮更适合对抗虢寇，你多问问田野。

祁炫：田野兄弟以后多多指教。

杨元：这位韩家旺，是京中最有名的铁匠，对钢铁的锻造和铸造有丰富的经验。这位是冯源兄弟，从江南火器局而来。他专长制造火炮，火炮的事可多跟这位讨教。

祁炫：以后火炮的铸造和火药就仰仗二位了。

冯源：愿尽一份薄力。

韩家旺：听祁公子差遣。

杨元：此外，还有一位客卿，虢国人，曾去虞国做密探，熟知虢国、虞国军事、地利。

祁炫看向不远处的公孙若雨：客卿？

公孙若雨独自一人，苗惠正过去和她搭话。

冯源：虢国人，靠得住吗？

谈话间公孙若雨已来到大家面前。

公孙若雨：火药我也有研究，祁公子幸会。

祁炫似曾相识：幸会。

16. 月坨岛院内门口　外　日

祁炫送别副总兵杨元。

杨元：为了不走漏风声，现在全岛只有你们9人，每隔7日会有人送来粮食米面，陆地通往此岛的水路亦有士兵把守，我就在府内静待佳音

了。(杨元抱拳)

祁炫抱拳：大人放心。

17. 月坨岛饭厅　内　日

众人都在吃饭，只有韩家旺不在，但谁也没有注意。

桌上菜肴非常丰盛。

肖永刚频频下筷，狼吞虎咽。

苗惠又端了一盘菜放在桌子上。

肖永刚：苗姑娘好厨艺，将来祁公子有口福啊。

苗惠羞涩一笑。

祁炫略显尴尬。

曹裕宽突然指着祁炫头上方。

曹裕宽：那是什么东西？

众人随着他所指的方向看去，围绕着墙壁上方钉有一圈木板，木板上整齐地排着一个个小木块，木块沿着木板的走势，一个接着一个顺延下去（多米诺骨牌）。

祁炫：谁这么别出心裁地摆这些？

苗惠抬头看。

苗惠：这些木块挨得这么紧，岂不是推倒一个，其余都倒？

苗惠伸手推倒一个木块，瞬间其余的木块产生连锁反应，依次倒下。

众人沿着木块倒下的走势一路看去，最后一个木块倒下了。

祁炫的目光一移，距离木块不远处，箭轮就镶在墙角里。

祁炫：不好！

刹那间，箭轮射出一连串的短箭，坐在对面墙角的崔福贤当场连中数箭，被射死在椅子上。

众人惊讶。

崔福贤尸体仰坐在椅子上，脸部、颈部、胸部各中一箭，三支箭由上至下呈一条直线。

苗惠（惊恐）：不是我害他的，不是我！

祁炫：大家不要轻举妄动，或许还有机关。

祁炫沿着墙壁，仔细观察一番，然后拿一把椅子站上去，慢慢将箭轮拆下来。箭轮侧面的扳手上拉着一根细细的铜丝。

众人聚在一起讨论，祁炫心中揣摩着每一个人。

田野：有人来岛上陷害我们？

公孙若雨：我想应当不是外人，水路杨大人早已封死。

冯源：莫非，凶手就在我们当中？

曹裕宽：也未必，有可能凶手比我们早一步登岛。

祁炫：我刚才看了一下机关布局，此人不但知道箭轮该如何使用，并且还由此做出改变，将箭轮和一个控制机关连接在一起。我想，此人对于器械机括十分精通。

苗惠：曹大哥，听说你的祖父发明了孙氏连弩。

田野：曹裕宽，你和崔福贤有私仇吧。

众人将目光看向曹裕宽。

曹裕宽：既然曹某嫌疑最大，抓到真凶之前，祁炫你将我拘禁起来吧。

祁炫：曹大哥，真相还没查清楚，你不必如此。

曹裕宽（冷笑）：是吗？你不抓我，我自己进去，不用这么拐弯抹角，你们合伙想陷害我就直说！

田野：他都认了。为了保证大家的安全，还是暂且把他关押一下吧。

祁炫思考着。

18. 囚室　内　日

曹裕宽被关进囚室。

19. 月坨岛大厅　内　夜

祁炫和苗惠两人，祁炫写了一个便条。

祁炫：苗惠，这是我写给杨大人的，说明了我们这里的情况，你去放信鸽，让他派大理寺的人来调查。如果是私仇还好，就怕这个岛上还有其他人。

苗惠：好。

20. 月坨岛院内　外　夜

苗惠看着一个空的信鸽笼子。

21. 囚室　内　夜

囚室是一个狭小的地下室，只有铁门上开有小窗，墙壁上插着一支火把。

祁炫站在囚室外面，隔着门上的铁条看着曹裕宽。

祁炫：曹兄，我只是分析案情，并未针对你。

曹裕宽只是冷笑：精通机括的除了我，你师兄妹两个也精通吧。

苗惠此时来到囚室，刚好听到曹裕宽讲话。

苗惠：你怀疑我们两个，我们怎会杀人？

曹裕宽：祁炫你自诩聪明，难道没有注意到，吃饭的时候，一直有一个人不在？

祁炫（和苗惠对视一眼）：韩家旺！

22. 院内　外　夜

两人朝炼铁室走去。

苗惠：鸽子不见了。

祁炫疑惑。

23. 炼铁室　内　夜

韩家旺望着眼前的炉火，神情沉重。

祁炫和苗惠走过来。

祁炫：韩大哥！

韩家旺没有反应。

祁炫连喊几声，韩家旺才回过头来。

韩家旺：祁公子。

祁炫：韩大哥似乎有心事，连饭都没有去吃。

韩家旺笑笑：大哥这称呼可不敢当。祁公子，我韩家旺是个粗人，承蒙州府举荐，来做这造炮抗虢的大事。当时我心里就想，可千万别在我韩铁匠身上出了岔子。没想到才第一天，就把我给难倒了。旧式火炮威力小，可用普通钢铁，如果火药多了威力大了，再用普通钢铁就可能会炸膛。

祁炫点头。

肖永刚一边剔牙，一边走过来。

韩家旺（向他拱手）：肖大人，都说佛山精铁，甲于天下。这铸炮的材料，您有什么高见？

肖永刚（打个饱嗝）：你们先聊，你们先聊。

肖永刚转身离开。

祁炫和韩家旺都很奇怪地看着肖永刚，然后对视一眼。

24. 茶水房　内　日

苗惠：本来怀疑韩家旺，现在看来，还是肖永刚更加可疑。

如果肖永刚对冶炼一无所知，那么很可能就是冒名顶替，专为杀人而来的。

祁炫：造办处里碌碌无为、靠拍马溜须上位的大有人在，对冶炼一无所知也并不一定是凶手，这样，你去试探他一下。

25. 月坨岛院子　外　日

苗惠手持长剑顶住肖永刚的脖子。

祁炫等人站在一旁。

苗惠：我问你，肖永刚，我手腕上这个纯银镯子，要刻上花纹，你用哪些器材，哪些工序？

肖永刚（颤颤发抖）：姑娘，姑娘，我没得罪你啊。

苗惠手腕一用力，剑尖微微向前一顶。

苗惠：快说！

肖永刚：要，要，要扳手，锤子，钢丝，绳子，哎哟，姑奶奶，你轻点儿！

苗惠（手一收）：呸！！你拿扳手锤子刻点花纹给我瞧瞧！你就是杀崔福贤的凶手！

众人闻声都赶了过来。

肖永刚（摸着自己的脖子）：我？我不是凶手，谁说我是凶手。我跟他往日无冤近日无仇的，我凭什么杀他！我，我甚至都不认识他！

韩家旺（站出来）：你是不是凶手，我不知道。但我知道你肯定不是肖永刚。瞧你这两天的举动，肯定是个外行。

冯源：那不用问了，一定是他安了那个箭轮！

田野：等等，大家不要轻易下结论。把事情先弄清楚。肖永刚，我问你，你为什么要杀崔福贤？

肖永刚：我，我，我冤哪！祁公子，祁大人，我……我确实不是肖永刚……

苗惠：那你是谁？

肖永刚：我，我是造办处汪大人的小舅子！我姐叫尤玉凤，我叫尤虎。

祁炫：你来这里干什么？

苗惠（上前揪住尤虎）：说！

尤虎：我姐听说这次石大人招募能工巧匠研发大炮，俸禄丰厚，于是让我顶了肖永刚的名。

苗惠：这尤虎言语一时难辨真伪，多少有些麻烦。

祁炫：将他先关押起来，待大炮研制成功，再作处理。

26. 囚室　内　日

尤虎：曹大哥，我冤啊，我真不是杀人凶手。

曹裕宽双目紧闭。

尤虎：妈的，这个祁炫，居然敢找我麻烦，等我出去，让我姐夫收拾他！（环顾四周）奶奶的，这个房间这么小，连床被子都没有，想冻死爷啊！

曹裕宽（微微睁开眼）：你闭上嘴！再吵，我杀了你。

尤虎愣了一下，突然扑到铁窗上，抓住铁条。

尤虎：祁炫，祁大人，你放我出去。他是凶手啊，救命啊。

27. 院内 走廊　外　日

苗惠：师兄，你把尤虎和曹裕宽关在一起，就不怕其中一人杀了对方？

祁炫：谁动手，就说明谁就是凶手。我想这个凶手，能设计出如此精良的机括，定不会如此愚蠢。

28. 大厅　内　日

众人在大厅。

田野：我看就是那曹裕宽干的，抓起来就没事了。

冯源：尤虎也不是什么好东西。

祁炫：这是目前旧式火炮的图纸，我们在这个基础上改进。就是火炮射程短，威力小，精度不够，火炮的外形要改，火药配比要改，铸造材料也要改……

29. 月坨岛厨房　内　夜

给尤虎和曹裕宽准备的饭菜已经单独盛了出来放在一旁。

苗惠和公孙若雨正要端着大家的饭菜出去，此时韩家旺进来帮忙拿饭菜。

韩家旺：我来帮你们端菜。

苗惠微笑：好。

随后三人一同走出厨房。

30. 月坨岛饭厅　内　夜

众人坐在餐桌前。

苗惠和公孙若雨端着饭菜走出厨房。

苗惠边走边说：汤在厨房，大家自己去厨房盛。

说完大家起身去厨房盛汤，同时，苗惠和若雨将饭菜放在桌上。

公孙若雨放下菜后：苗惠姑娘，咱们先去给囚室送饭。

苗惠：他们着什么急吃。

公孙若雨：走吧走吧。

说完，苗惠和公孙若雨走向厨房。

同时，在厨房盛完汤的人先后从厨房走出。

31. 囚室　内　夜

苗惠和公孙若雨来给尤虎、曹裕宽送饭。苗惠端着饭菜，公孙若雨提着灯笼。

苗惠和公孙若雨来到囚室前把饭放下。

苗惠：吃饭了。

曹裕宽闭目养神没有说话，尤虎赶忙走上前。

尤虎：姑娘姑娘，你把我放了吧，我真不是凶手，我姐夫可是汪大人，忠君爱国……

曹裕宽打断尤虎：你就不能消停一会儿吗？

苗惠和公孙若雨不屑地走了。

曹裕宽和尤虎各自端起自己的饭菜吃了起来。

尤虎嘴里不停地叨叨着：妈的，这是喂狗的吗，也不知道给爷做点好的。

曹裕宽听得心烦，直接把吃了两口的饭菜扔向尤虎。

曹裕宽：不想吃别吃，能不能安静一会儿。

尤虎小声嘟囔：谁说我不吃。

于是便端着饭菜自顾自地吃了起来。

32. 月坨岛饭厅　内　夜

众人在饭厅吃饭。

33. 囚室内　内　夜

尤虎正吃着饭，突然嘴里喷出一口血水，饭菜掉在了地上。

曹裕宽睁开双眼，震惊地走向尤虎并扶着尤虎的肩膀。

曹裕宽：尤虎！

尤虎瞪着双眼难以置信地：饭里有毒！

尤虎说完，死去。

曹裕宽看着死去的尤虎，突然觉得胸口发闷，想到自己刚才也吃了少许饭菜，便拍打着囚室的门大声喊人。

曹裕宽：快来人呀，有人下毒。

曹裕宽边说边捂着胸口瘫软在地。

34. 月坨岛饭厅　内　夜

众人听到囚室有声响，朝囚室跑去。

35. 囚室　内　夜

众人赶到囚室。

此时曹裕宽疼痛难忍，嘴角有一丝鲜血。

祁炫蹲下扶起曹裕宽。

祁炫：曹兄，你怎么了？

曹裕宽：饭里有毒！

这时苗惠试了试尤虎的鼻息。

苗惠：尤虎已经死了！

众人惊恐。

冯源：这是怎么回事？

田野：肯定是谁在饭菜里下毒了！

说完众人看向苗惠和公孙若雨。

苗惠：你们看我干吗！

公孙若雨冷漠地看向众人。

祁炫：曹裕宽中毒不深，还有机会抢救，大家赶紧将曹裕宽扶回房间。

苗惠摸了摸曹裕宽的脉搏。

苗惠：我有办法逼出曹大哥体内的毒，你们先扶曹大哥回房间，我去取银针。

众人急忙将曹裕宽扶回房间。

祁炫蹲下看着地上的饭菜沉思。

苗惠刚要离开，转身看到正在观察饭菜的祁炫，然后走到祁炫身旁。

苗惠：怎么了师兄？有什么发现吗？

祁炫：没事，先回去救曹兄。

说完两人便一起走了。

36. 房间内　内　夜

苗惠拿出一颗药丸给曹裕宽服下，然后又拿出一根银针扎入曹裕宽脚底。

众人围在床边。

曹裕宽满头大汗，不一会儿，曹裕宽吐了一口黑色的血液。

苗惠略显疲惫地：毒液已经被逼出来了。

37. 月坨岛大厅　内　夜

众人聚集在一起。

祁炫：曹兄幸亏所食饭菜不多，已经脱离了生命危险。

冯源：我们要为崔福贤和尤虎报仇，尽快找出凶手。

田野看向苗惠和公孙若雨：到底是你们谁下的毒？

苗惠：你瞎说什么，如果是我下的毒我还救他干什么。

公孙若雨：饭菜虽然是我和苗惠做的，但是当时进厨房的可不止我们两个人吧。

说完公孙若雨看向韩家旺。

38. 月坨岛厨房　内　夜（回忆）

韩家旺帮忙端菜画面（第27场）。

39. 月坨岛大厅　内　夜

韩家旺急忙解释：我是帮忙拿了饭菜，可是当时苗惠和公孙姑娘都在，我根本就没有下毒的机会！而且除了我，其他人也都进过厨房盛汤呀。

说完韩家旺看向众人。

40. 月坨岛餐厅　内　夜（回忆）

众人进出厨房盛汤画面（第28场）。

41. 月坨岛大厅　内　夜

冯源：这下好了，每个人都有嫌疑。

若雨：我们现在最重要的是找出凶手，而不是互相猜测。

田野：我们在明敌人在暗，怎么找？况且我们都不确定，凶手是在我们之中还是另有其人。

公孙若雨：火炮的研发也不能耽误。

韩家旺：我们是先研发火炮，还是先找出凶手？

苗惠：师兄，怎么办？

祁炫：火炮研发和找凶手，两者都要进行。以后未有特殊情况，大家都要聚在一起，如要外出至少要两人结伴而行。负责饮食的公孙若雨、苗惠，每天用餐前，你们先试吃，外人不得擅入厨房。以后每天晚上两人巡夜。大家今天都累了，先回去休息吧。

众人离开的时候祁炫的目光定在公孙若雨的身上，公孙若雨看到祁炫的目光没有说话，转身走了出去。

42. 月坨岛院子　外　夜

公孙若雨走到院中，月光下，公孙若雨手中短剑寒光一闪。

祁炫走到公孙若雨身后。

祁炫：白钱草，长于高溪峭壁之上，未完全开放时的黄色小花含有剧毒。

公孙若雨：祁公子有话直说。

祁炫：我记得这种草，只有虞国才有。

公孙若雨：那又怎么样？

祁炫：公孙姑娘曾去虞国做过间谍，得到此草想必也不难。

公孙若雨：祁公子的意思是我下的毒？

祁炫：这里只有你一人去过虞国。

公孙若雨：公子可还记得当年在虢、虞边境的战场上救你之人吗？

祁炫震惊，脑海里闪现当年小官兵的眼神，再看着面前站着的公孙若雨。

祁炫：难道……那人是公孙姑娘？

公孙若雨：正是在下。

祁炫惊讶地看着若雨。

公孙若雨：我本是虢国御前女郡，被派去虞国做密探，当年机缘巧合救下公子。我若是下毒之人，当年又何必救公子。

43. 月坨岛大厅　内　早上

曹裕宽虚弱地来到大厅。

祁炫：曹兄感觉怎么样了？

曹裕宽：已无大碍，多亏苗姑娘相救。

说完曹裕宽向苗惠作揖感谢。

苗惠：曹大哥你客气了，都是自己人。

祁炫：火炮的事，大家有进展吗？

韩家旺：我想到了，一些新的方法，白水淬火冷得太快，会导致铁质不均留下后患。铸造旧式小型火炮筒还行，新式火炮，火药威力大，怕是会开裂，我想在水里加盐可能会使铁质更均匀。

冯源：火药我也想尝试一种的新的配比：硝八成，磺一成，碳一成。

曹裕宽：炮管我做了延长，这样精度会更准，但反冲力也会更大，而且提升还是有限。

祁炫：这个问题，我想对炮口做一下改动，让气流分流到炮口两侧，这样就大大减小了气流带来的反冲力。（制退火炮口）

曹裕宽笑：此法甚好，我怎么没想到，佩服佩服。

祁炫：那我们就行动起来。

44. 火药室　内　日

冯源正在实验火药，公孙若雨在一旁帮忙。

45. 炼铁房　内　日

韩家旺在试验淬火技术，田野在一旁帮忙。

46. 大厅　内　日

祁炫、苗惠和曹裕宽在一起设计图纸。

47. 岛上　外　黄昏

太阳落山

48. 炼铁房外　外　夜

祁炫、苗惠在院墙外焦急地等待。

抬头可以看见墙内高高的炉顶，红光冲天。

里面传出淬火时的"嗤嗤"声响。

祁炫：韩师傅用九分水溶一分盐，拿来淬火，不知道行不行？

49. 火药室　内　夜

冯源正在实验火药，公孙若雨在一旁帮忙。

50. 月坨岛院内　外　夜

田野和曹裕宽一组正在巡夜。

田野灯油不够了：孙兄，灯油不够了我去添一些灯油。

曹裕宽：好。

只剩曹裕宽一人在巡夜。

云遮月伴着寒风。

51. 炼铁房外　外　夜

院门忽然打开。韩家旺满脸喜色地出来。

祁炫：成了？

韩家旺（微笑）：成了！

祁炫（松了口气）：我最担心这一环，总算解决了。

苗惠：恭喜韩师傅！

田野：韩师傅果然名不虚传。

祁炫：哈哈，巡视完了？

田野（走近）：快完了，曹兄在检查西边，我回去添一些灯油，打这儿经过。

此时火器坊东边传来一声爆炸，惊天动地。

祁炫：怎么回事？

韩家旺：不好，像是东边火药室！

52. 火药室　外　夜

公孙若雨站在火药室门口，火药室内漆黑一片。

一具烧黑的尸体倒在火药室外。

众人纷纷赶到。

祁炫：怎么回事？

公孙若雨（摇摇头）：我刚才去了一趟厨房，听到火药室爆炸声就急忙赶回来了，回来时冯源大哥就这样了。

祁炫上前检查尸体。

田野：冯源大哥，你怎么这么不小心呀，出现这么大的意外……

曹裕宽：冯源兄弟经验丰富，应该不会出现这种失误吧。公孙若雨，你为什么这时候去厨房？说自己是虢国人，说不定是虞国人呢。

众人怀疑地看向公孙若雨。

公孙若雨：曹裕宽，你别血口喷人。你不是和田大哥在一起吗？怎么单独赶来，是不是趁我离开时来杀害冯源。

曹裕宽：我一直在巡夜！

公孙若雨：谁能证明？

祁炫：不是曹裕宽，如果是他的话，他怎么会在囚室中毒。

苗惠：发生爆炸时，师兄、韩大哥和我还有田野在一起，曹裕宽也不是凶手，这个岛上唯一洗脱不了嫌疑的就只有你公孙姑娘了。

祁炫：无论如何你也洗脱不了嫌疑，暂且关进牢房，冯源的尸体不要入土，等杨大人来后做进一步调查。

公孙若雨看向众人。

53. 大厅 内 夜

曹裕宽：真没想到竟是公孙若雨，先杀了崔福贤，后又杀了尤虎，现在又杀了冯源，她肯定是虞国人。

祁炫：冯源大哥去世后，曹裕宽你就和韩家旺一个房间吧，田野和我一个房间，苗惠你就只能自己一个房间了，大家千万小心。

苗惠：好。

祁炫：今天就到这里吧。

众人散去。

祁炫：苗惠你等一下。

54. 苗惠屋内　内　夜

祁炫、苗惠走进屋内。

祁炫：凶手可能另有其人，我在检查冯源身体的时候发现有刀伤。

苗惠：你是说凶手是在杀死冯源后，又故意伪装成爆炸？

祁炫：对，公孙若雨平时用剑，此伤口却是刀伤。

苗惠：那凶手是谁？

祁炫：可能是田野。

苗惠：他当时不是和我们在一起吗？

祁炫：这个倒也不难，只要引线做得足够长，从点燃引线到火药爆炸，他有足够的时间离开，给自己制造不在场证据。

苗惠：那为什么还要把公孙若雨关进牢房。

祁炫：如果真的是田野我们也没有确切的证据，所以我安排他和我一个房间，如果他有什么行动，我就会第一时间发现。

曹裕宽和韩家旺两个人在一起比较安全，公孙若雨只自己一人在牢房，凶手想谋杀的下一个人可能是公孙若雨。

从你的房间刚好可以看到牢房，如果有人想刺杀公孙若雨，你刚好可以看到。

苗惠：好，师兄多加小心。不过如果凶手这两天不行动，你我的身体也吃不消呀。

祁炫：目前我们先观察两天，如果凶手不行动我们就把田野也关进牢房。

55. 祁炫屋内　内　夜

祁炫和田野分别躺在两张床上。

田野似乎已经睡着。

祁炫未睡，思考着这段时间的各种事。

56. 苗惠屋内　内　夜

苗惠看着窗外牢房的方向。

57. 大厅屋内　内　日

苗惠一夜未睡，打着瞌睡，似乎要睡着。

祁炫打了一个哈欠：我有了新的进展。

精度不准这个事我昨晚想了半夜，除了延长炮管，还有一个更好的方法，就是在炮壁内加上螺旋线，这样炮弹出去是旋转的，就能减小重心偏移，以保持飞行稳定，提高命中精度。

曹裕宽拍了一下桌子：此方法甚好！

苗惠惊醒：啊，怎么了？怎么了？成功了？

众人哈哈大笑。

祁炫打了个哈欠：我先回屋休息一下。

苗惠打着哈欠：我去做饭。

祁炫对剩下三个人（田野、曹裕宽、韩家旺）：你们三人要时刻在一起，寸步不离，切不可擅自行动。

祁炫、苗惠两人走出大厅。

苗惠困意难消：我先睡一会儿，一会儿再做饭。

58. 囚室　内　日

祁炫：你为什么要去厨房？

公孙若雨：今天是侍天教祭祀土谷神的日子，我去厨房烧了一炷香。

59. 祁炫屋内　内　夜

祁炫和田野分别躺在两张床上。

田野似乎已经睡着。

祁炫未睡，余光看向田野。

60. 苗惠屋内　内　夜

苗惠继续看着窗外牢房的方向。

61. 厨房　内　夜

韩家旺走进厨房，偷偷拿走藏在角落隔间的一瓶老酒。

62. 曹裕宽韩家旺卧室　内　夜

曹裕宽一人在屋中正要睡，韩家旺推门走进，左手里一盘花生米，右手一瓶老酒。

韩家旺：曹兄，整两口。

说话间韩家旺已把桌凳摆好。

曹裕宽：祁公子有言，非常时期，不可饮酒。

韩家旺：欸，自从咱俩一屋以来，还没叙叙，听说你酒量了得，不耽误明天的事。

韩家旺说着已给曹裕宽把酒倒满了。

曹裕宽饮下一口：好酒，玉液琼浆、馨香四溢。

韩家旺：这是我从应天府带来的……

乌云遮月

63. 大厅　内　清晨

祁炫、田野、苗惠在大厅工作许久，发现其他人都没来。

苗惠：他们怎么还没来？都日上三竿了。

祁炫：我们去看看。

三人来到曹裕宽、韩家旺房间。

发现韩家旺不在，曹裕宽的床前拉着床帐。

祁炫感觉异样，慢慢走到床前，拉开床帐，看到被刀刺死的曹裕宽。

田野在床边发现一个韩家旺的小配饰。

苗惠：这是韩家旺的吧。

64. 院内　外　日

众人寻找韩家旺。

祁炫站在院中打量着四周。

苗惠一个房间一个房间地搜寻。

田野握着剑冲着院子大喊：韩家旺，你给我出来。

韩家旺从厨房出来：怎么了？

田野：怎么了！你杀了曹裕宽，还在这装傻。

韩家旺：曹裕宽死了？

苗惠：你去厨房干什么？

韩家旺：我昨晚和曹裕宽喝了酒，刚才把酒放回去。

田野：你是先把曹大哥灌醉，然后杀了他。

韩家旺：不是我，祁公子不是我。田野也有嫌疑呀。

祁炫：田野整晚都和我在一起。

田野：你竟然还想嫁祸于我，看我不杀了你，替大家报仇。

在田野和韩家旺打斗的过程中。

祁炫看田野出手太重，大有杀掉韩家旺之势，遂突然制止，田野猝不及防，右手将刀一投，传入左手，左手持刀来抵挡祁炫的刀，祁炫突然借势试探了田野一下，发现田野左手比右手还灵活有力。

祁炫脑海冲回忆起冯源身上有些奇怪的刀伤。

田野惊讶祁炫为何对自己出手：祁公子？

祁炫：我怕你一失手把韩家旺给杀了。

田野：这杀人凶手，就该把他杀了。

此时韩家旺也早已停手：你说是我有什么证据。

苗惠：只有你有作案时间。

祁炫：韩家旺，你有不在场证明吗？如果没有那就先在囚室，等杨大人来后再做调查。

韩家旺：我不去。

苗惠：你不去？我们三人中，你能是谁的对手？更何况若是我们联合起来，一失手再把你给杀了。

韩家旺思考着。

65. 囚室　内　日

韩家旺被押进牢房，打量着牢房。

66. 尸体屋内　内　日

祁炫正验证尸体，仔细端详刀口。

苗惠慢慢走近：师兄发现什么了吗？

祁炫被吓了一跳：凶手就是田野。

苗惠：为何？

刚才我看他要将韩家旺置于死地，出手阻止，他情急之中暴露了左手用刀的习惯。上次我看伤口就有些特殊，今天再来观察。这伤口正是左手所为。

苗惠：怎么能看出是左手？

祁炫：伤口从右至左，末端很深且宽，这是用左手的标志。

苗惠：我刚才见他出门了，我们赶紧去杀了他，谋害这么多性命，别让他跑了。

祁炫：在岛上他跑不掉的，你把尸体放好，我先去牢房把公孙姑娘放出来，我们三人一起去，把他抓回来关进牢房。

祁炫出门。

苗惠若有所思。

67. 院内　外　日

公孙若雨、祁炫两人发现苗惠不见了，开始寻找。

公孙若雨：苗惠姑娘……

祁炫：师妹……

两人匆匆出了院子。

68. 岛上　外　日

祁炫和公孙若雨在岛上四处寻找，远远望见一处悬崖处正在激战的苗惠和田野。两人迅速靠近，刚到悬崖处，即见处于劣势的苗惠被田野一脚踢下悬崖，掉入水中。

祁炫大怒拔出刀，眼睛死死盯着田野。

对身边的公孙若雨：你去悬崖下面搜寻苗惠，我来对付他。

公孙若雨向山下跑去。

祁炫质问田野：你为什么背叛大杞？

田野：我本就是虞国江户人，潜伏这里 10 年，没想到今日被你识破。

祁炫手持碧凌剑，刺向田野，田野不是祁炫的对手，没几回合就被祁炫杀死。

69. 海边　内　日

祁炫和公孙若雨迅速来到悬崖下。

只见滚滚浪涛上漂浮着一个青色丝带，正是苗惠的。

祁炫悲痛万分。

公孙若雨上前安慰祁炫。

70. 大厅　内　日

祁炫桌前摆着图纸，自己却在发呆。

公孙若雨：冯源大哥逝世的那天，正打算试一种火药的配比。

一会儿我去试试吧。

祁炫：好，总感觉韩家旺老老实实不像凶手。

公孙若雨：你不会想把他放了吧。

祁炫：没有。

祁炫继续完善图纸。

71. 火药室　内　日

公孙若雨在火药室继续研发。

72. 囚室　内　日

祁炫总感觉韩家旺不是凶手，走到囚房想和韩家旺聊聊。

走进囚房，发现韩家旺已死，是剑伤。

73. 火药室　内　夜

祁炫配着刀来到火药室，祁炫和公孙若雨四目相对，无言。

74. 囚室　内　夜

公孙若雨独自一人在囚室，手戴铁链，面无表情。

75. 大厅内　内　夜

祁炫独自一人边绘着图纸，表情凝重，像得了一场大病，写着大炮各种的配比，同时回忆：韩家旺研究出铸造方法，曹裕宽发明滑轮，冯源研究火药配比等画面，最后回忆到了苗惠，画面定格。

76. 囚室　内　夜

一个黑影从墙上翻进院内，此人腰佩一把刀，蒙着面，穿过几棵影影绰绰的树，迅速靠近囚室。

黑影来到囚室，拿出迷烟，正要吹时，肩膀被一手掌按住，黑影一回头，见正是祁炫，祁炫拉下对方脸上的面纱，面色凝重。

公孙若雨打开假装被锁上的锁链，走出牢房。

看到这黑影正是苗惠。

公孙若雨：没想到真的是你。平时看你活泼单纯，没想到心机竟然这样深。

苗惠：师兄，这个公孙若雨杀死了韩大哥，我是来替韩大哥报仇的。

公孙若雨：曹裕宽也是你害死的吧，曹裕宽死时祁公子在监视着田野，所以田野不是凶手，我在囚室没有做案的可能，只有你和韩家旺有作案时间。你就是用这个迷烟将两人迷倒，然后杀了曹裕宽。

苗惠：血口喷人，如果是我，为何我不将他们全部杀死。

祁炫：如果全部杀死，那么你就是唯一一个有作案时间的人了，大家就会立即怀疑到是你，所以你只能杀死一个，嫁祸给韩家旺。如果是公孙若雨杀死的韩家旺，那么她杀死韩家旺后，就应该直接来杀我，或者逃掉，何必等我去怀疑他呢。

公孙若雨：你武功不如我，所以你杀死韩家旺嫁祸给我，然后在囚房中再杀死我。

祁炫：崔福贤死的时候，是你按动的机关，因为你是我的师妹，一个杀手又不可能这么明目张胆地行凶，所以大家都不会怀疑到你身上。而且尤虎、曹裕宽中的白钱草毒，是虞国特有的，除了公孙若雨，你也很容易得到，你当时救曹裕宽只是为了洗脱自己的嫌疑，只有冯源是被田野害死的。

祁炫：我只是有一事不明，你是什么时候投靠了虞国？

苗惠：还记得我胳膊上那个烙印吗？从小到大我苦苦打探父母的消息，直到三年前，我终于查明了自己的身世，我的父亲本是虞国驻杞国的使臣，在我 5 岁时，就因为虞杞边境发生了战争，杞国就将我父母双双杀害，母亲临死前给我烙了印记。三年前我的族人终于找到了我。

苗惠：师兄你放弃研制大炮吧，要不我们就只能刀兵相见了。

祁炫无动于衷。

公孙若雨持剑：你休想。

公孙若雨与苗惠打得不可开交，苗惠逐渐处于劣势。

数十回合后，公孙若雨一剑刺来，苗惠将要招架不住，祁炫情急之中将苗惠救下。

祁炫：跟我回去服罪。

苗惠摆好姿势正要再次进攻，院内突然冲进很多虞国武士，带头的一人正是巴赫，旁边还有阿朵，原来虞国人已经发现了此岛。

苗惠惊讶地看向巴赫：大人你怎么找到这里的？

开始了回忆。

77. 屋内　内　夜（回忆）

巴赫：听说他们要去一个秘密基地研究火炮，你知道哪里了吗？

苗惠撒谎：不知道。

巴赫：继续打探吧，这次我们要痛击支那，为你父母报仇！

苗惠：祁炫是我的师兄，请大人放过他，其他的人我来处理。

巴赫看着苗惠，脸上充满着不信任。

78. 院内　内　夜

巴赫手一挥：一个不留。

一排弓箭手杀向苗惠、祁炫、公孙若雨三人，三人迅速找掩体躲避。

苗惠眼中含泪，没想到巴赫竟然也想把自己灭口。

数十武士已经朝三人冲了过来，祁炫看向苗惠和公孙若雨，三人跳出掩体，与虞国人厮杀起来。

许久……

三人背靠背手持刀剑与虞国武士对峙，三人均有受伤，已筋疲力尽，武器也已经被砍出许多豁口。

苗惠：师兄，我快不行了，来世咱们再做兄妹吧。

祁炫：别怕师妹，就这些还不是我的对手。

三人继续与虞国人打斗。

打斗中苗惠被阿朵的暗器击中，倒下（生死未知）。

正当三人将要抵挡不住时，杨元带兵赶来：水路已封死，没想到他们从虞国海而来。

众人打作一团，很快将虞国人团灭。

79. 祁国王宫　内　日

祁炫、公孙若雨给皇上呈上大炮图纸。

皇上点头，兵部尚书石英、首辅申时行在堂下听候。

内侍总管的声音飘在皇宫上空：宣兵部尚书石英统领神机营即日赶制祁远大炮。

80. 城外林荫小路　外　日

祁炫和公孙若雨两人牵着马，走在城外小路上。

祁炫：怎么不留下来，20日后和杞国大军一起奔赴虞虢边境。

公孙若雨：我还是想先回虢国跟随虢王整备军队。

祁炫：也好，20日后见。

两人上马，南北而驰。

81. 杞国监狱　内　夜

一女子在监狱内，面壁而坐。

祁炫走到牢房外，看着眼前的女子。

祁炫：师妹。

苗惠回头微笑。

82. 虢国王宫　内　日

字幕：一个月前

虢国国王坐在书房内。

公孙若雨：研发大炮，不是一朝一夕之事，况且我国研发方面实力不足，我们何不借杞国之手研发大炮，壮大我国，最后一统中原。

神都奇案

1. 武曌寝宫　内　夜

寝宫里灯光昏暗。

外面的风呼呼作响，树影摇曳倒映在窗户上。

武曌躺在床上，表情痛苦，身体不停地晃动。

一个靓丽的身影一点点靠近武曌。女人拿着剑刺向武曌。

武曌被噩梦惊醒，猛然坐起来，四处看无人，武曌长吁了一口气，擦了一下头上的冷汗。

武曌：来人，来人——

两名宫女匆匆地跑过去。

2. 皇宫大殿　内　日

武曌坐在大殿皇帝的宝座上。

大臣们站在下面。

一大臣：陛下，金翎国连连侵犯我国边境，百姓不堪其苦，国家难以安宁。望陛下早日派人平定金翎！

武曌扶着额头，表情疲惫不堪。

武曌：武重规——

武重规（出列）：臣在。

武曌：朕命你率兵 50 万反击金翎。

武重归：是！

武曌：周恒。

周恒（出列）：臣在。

武曌：朕升你为副将，协助武重规抗击金翎。

周恒：是！谢陛下！

3. 野外　外　日

两个孩子在牡丹花田间奔跑。

两名大臣边走边说。

大臣甲：女人当政自古闻所未闻，如今金翎国来犯，她怎能担此大任？

大臣乙看了看四周，做了一个嘘的手势。

大臣乙：慎言，慎言啊！

大臣甲：有什么！不满武曌当政的又不是只有你我二人。要是老天有灵，就让真命天子降临，还我们李家的江山！

天上突然出现一阵响雷。

一阵狂风刮过，两位大臣和两个孩子纷纷捂上了眼睛，等到他们睁开眼睛的时候，看到地上用牡丹花瓣摆了一个武字，上面一个大大的×号。

有两个人路过看到，惊讶不已。

4. 御花园　外　夜

御花园里凉风习习。

桌子上摆着几碟菜，一壶酒，一个盛满酒的酒杯。

武曌拿起酒杯一饮而尽，然后突然生气地把酒杯扔到地上。

宫女们吓得跪在了地上。

武曌：不过是金翎来犯，他们就质疑朕的能力了吗？还说什么朕不是真命天子！

醉酒后的武曌摇摇晃晃地站了起来，往花坛旁边走去。

一个宫女起身，搀扶住武曌。

武曌走到花园前，无意间看到园中一株牡丹花正盛开，她看到牡丹花震怒。

武曌：听说，今日在野外有异象，牡丹花辱我武氏。来人！

侍卫：在。

武曌：立刻把这里所有的牡丹花烧掉！

侍卫：是！

侍卫拿着火跑向御花园中的牡丹花。

5. 酒楼 外 夜

周恒和苏大人在酒楼喝酒。

一阵音乐声响起。

一个蒙着面纱的女人走出来翩翩起舞。

大家看得如痴如醉。

周恒：这莫不就是头牌奇女子金牡丹？

苏大人端起酒杯向周恒敬酒。

苏大人：正是。周大人今日得陛下重用，可喜可贺，恭喜恭喜！小弟也只好借佳人之舞为大人饯行。

周恒（微笑）：哪里哪里！客气客气。

舞女金牡丹随着音乐的节拍越跳越快。

周恒笑着和苏大人喝酒。

6. 街上 外 夜

两个轿夫抬着周恒在街上行走。

周恒扶着头在轿子里沉思。

前面突然起了一阵烟雾。

在烟雾中绽放出一朵大大的牡丹花，牡丹花里一个女人袅袅地走来。

两个轿夫看着女人揉了揉眼睛。

女人手里突然变出了一把剑，她飞在半空中刺向周恒。

还没等两个轿夫反应过来，周恒已从轿子中掉下来坠亡。

女人：我乃牡丹仙子下凡。武曌摧毁牡丹花，让我的姐妹们流离失所，不日，我定让她以命偿命！

两名轿夫吓得惊慌失措，扔下轿子大叫着跑走。

轿夫：牡丹仙子杀人了，牡丹仙子杀人了！

7. 武曌寝宫　内　夜

武曌躺在床上睡觉，脸上表情痛苦，她正在做一个噩梦。

梦境：武曌走在烟雾弥漫的路上，四周一片漆黑。在烟雾中走来一个看不清面孔的女人。

女人：还我命来，还我命来。

武曌的身体不停地在床上翻转，最后惊吓地起身。

一个宫女匆匆地跑到武曌身边。

宫女：陛下，又做噩梦了，您没事吧？

武曌闭着眼睛无力地摆了摆手。

宫女：陛下，宫外传来紧急消息。

武曌（起身）：说。

宫女：据说，周大人为牡丹仙子所杀。牡丹仙子还放言要害，（宫女诚惶诚恐地看了一眼武曌）陛下。

宫女说完赶紧低下了头，跪在了地下。

武曌：什么？

武曌生气地把桌子上的水杯推到了地上。

8. 武重规家　内　夜

武重规和众将在沙盘前讨论。

武重规：金翎地势险要，易守难攻……

突然，上方一阵巨响，随之屋顶裂开，一具尸体重重地跌落到了沙盘上。

血溅落到了其他人身上。

大家害怕地往后退。

甲（仔细看）：这不是苏大人吗？

大家议论纷纷：是啊，怎么是苏大人？这到底是怎么回事啊？

苏大人身上突然绽放出一朵大大的牡丹花。

大家惊讶不已。

外面传来一阵声音：武曌逆天，必遭天谴！牡丹仙子定会找她索命！

苏大人尸体上突然燃起了大火。

众人惊讶。

武重规：快，快救火！

将士们迅速地拿起水泼向苏大人的尸体。

屋里乱作一团。

9. 御花园　外　夜

武曌身上披着披风，心事重重地走到御花园。

几个宫女跟在武曌身后。

天空突然一阵响雷，随后一道闪电划破了天空。

大风吹起。

武曌的披风被风吹得左右飘摆。

旁边的树枝摇曳。

宫女们的眼睛被大风吹得半睁半开。

突然，从曾经种过牡丹花的位置长出了一根藤蔓，藤蔓上迅速地开出来金色的牡丹花。

大家惊讶地看着眼前的一切，还没等反应过来，金色的牡丹花向刀片一样朝武曌飞来。

宫女用一块布挡住如刀子一样的牡丹花瓣，并拉走了武曌。

宫女：陛下，快走！

武曌在宫女们的掩护下离开。

10. 皇宫大殿　内　日

武曌一脸憔悴地坐在大殿的龙椅上。

众位大臣议论纷纷。

一位大臣（出列）：陛下，苏大人、周大人离奇死亡，朝中上下都惶恐不安。如今正是讨伐金翎之际，民心不稳，军心不定，这可如何是好啊？

武曌：朕已想到一个人。他来破案，不日后定会真相大白。

大臣：敢问陛下，此人莫非是曾经屡破奇案的……？

武曌：正是，狄仁杰。

11. 竹林　外　日

一个御林军骑着马奔跑在茂密青翠的竹林中。

武曌：速去找狄卿前来破案！

12. 御书房　内　日

武曌背对着狄仁杰。

狄仁杰（行礼）：臣狄仁杰拜见陛下！

武曌回头转身。

武曌：爱卿免礼。近日朝中大臣相继惨死，更有谣言说朕并非真命天子难当大任，上天派牡丹仙子来逼朕退位。朕彻夜难眠，望爱卿早日破案为朕分忧。

狄仁杰（行礼）：是，陛下！只是……

武曌：只是什么？爱卿不妨直说。

狄仁杰：请陛下百年后还政于李家。

武曌：大胆！你竟敢要挟朕！

狄仁杰：臣七日之内必将破案，否则提头来见！

武曌：好。

13. 御花园　外　日

狄仁杰查看御花园。

地下有牡丹花瓣，还有一些洒落的牡丹花粉，在一旁还有一片金色的牡丹花瓣。

狄仁杰捏起地上的花瓣和花粉在鼻子下面闻了闻。

狄仁杰：不错，是牡丹花。不过臣从不信鬼神之说。

武曌：爱卿不知，朕和这牡丹有些渊源。

武曌走了两步，眼睛看向窗外。

14. 御花园　外　夜（闪回）

武曌在御花园拿着酒瓶喝酒。武曌醉醺醺地站了起来，望向花园。

武曌：百花听朕命令，立刻开放！

一阵风刮来，御花园里的各种花竞相开放。

武曌握着酒瓶哈哈大笑。

武曌：哈哈哈！谁说朕不是天选的真命天子？就连百花都听朕的号召。

花园中的几株牡丹花还没有开放。

一个太监指向牡丹花。

太监：陛，陛下，那儿株牡丹花还没有开。

武曌生气地把酒瓶摔到地上。

武曌：大胆牡丹，竟敢不听朕的命令！来人！

上官婉儿跑过去。

上官婉儿：陛下。

武曌：把宫里的牡丹花全部烧死！其他的赶出京城，发配洛阳！

上官婉儿：是！

15. 皇宫　外　夜

皇宫花园里一片火海。

牡丹花在火海中焚烧。（特效）

16. 深山　外　日

上官婉儿带人把一株株干枯的花枝全部扔到了山里，然后离开。

17. 御花园　外　日

武曌：都怪朕当时太冲动，烧毁牡丹园，得罪牡丹仙子，如今也是因果循环啊。唉！

武曌叹了口气。

狄仁杰：陛下莫要忧心，臣定当竭尽全力，早日破案！

武曌点了点头。

18. 武重规家　内　日

狄仁杰抬头看武重规家上面破裂的房顶，然后查看了沙盘上苏大人的尸体。

苏大人的尸体已经被烧得面目全非。

狄仁杰助手叶飞：狄大人，苏大人死得如此离奇，莫非真是牡丹仙子的惩戒？

狄仁杰捏了一把尸体上的焦灰，放在鼻子下面闻了闻。

狄仁杰：这一切都是人为。

叶飞：人为？

狄仁杰：苏大人是被人杀死后抛到这里的。凶手在他身上涂上了白磷。白磷经过摩擦产生了温度，加上夜里屋里点了烛火，加速了白磷的自燃。

叶飞：所以说，火烧苏大人是白磷自燃。

狄仁杰（点了点头）：正是。如今，要先找出两起死亡案件之间的关联。

19. 停尸房　内　日

狄仁杰掀开盖尸体的布，查看周大人尸体情况。

狄仁杰：头颅受损。死者表情惊恐，临死前一定是看到令他恐怖的东西。

叶飞：可是据目击者说周大人是被牡丹仙子用剑刺死，而他的全身却没有发现一处剑伤，这是怎么回事？

狄仁杰（沉思了一下）：有时候，眼见并非为实。

叶飞似懂非懂地点了点头。

狄仁杰：苏大人和周大人生前是至交。他们那天究竟去了哪里？

叶飞：他们那天就只是去酒楼喝了点酒。哦，听说苏大人还专门为周大人请来了万花楼的头牌金牡丹姑娘跳舞助兴。

狄仁杰：万花楼？

20. 边境村子里　外　日

金翎国的士兵们在村子里烧杀抢掠。

村子里鸡飞狗跳，村民们四下而逃。

村民们：快跑啊，金翎人又来了！

21. 万花楼　内　日

青楼里乐声四起，一个身材火辣的美女头发上别着一支牡丹花，身穿若隐若现的轻纱衣服背对着大家。

鼓点响起，美女金牡丹转身露出国色天香的面容。

大家惊艳，发出唏嘘的声响。

众人：好美啊！

一片片花瓣从空中飘下。

金牡丹随着音乐翩翩起舞，舞姿妖娆妩媚。

众人（鼓掌）：好！

狄仁杰坐在一边，喝着酒看着金牡丹跳舞。

醉醺醺的阿史那拉拿着酒杯摇摇晃晃地走向金牡丹。

台下的人对着阿史那拉指指点点。

众人：这人怎么这样啊？下去，快下去！

阿史那拉搂住金牡丹，拿着酒杯举向金牡丹。

阿史那拉：美人儿，陪我喝一杯。

金牡丹：我不会喝酒。

阿史那拉：别不识好歹！大爷让你喝酒是看得起你！

阿史那拉捏住金牡丹的嘴巴，往金牡丹嘴里灌酒。

金牡丹被呛得直咳嗽，用衣袖捂住嘴。

阿史那拉想再次捏住金牡丹的嘴，他的手被一只手拉住，掰到一边。阿史那拉疼得直叫，回头看到了狄仁杰。

阿史那拉：哎哟，疼，疼，疼！

一片金牡丹花瓣从阿史那拉身上掉下来。

狄仁杰捡起地下的花瓣。

狄仁杰：这花瓣，和陛下御花园刺客留下的花瓣一样。来人！

两名官兵走来，按住了阿史那拉。

阿史那拉（挣扎）：放开我，放开我！

狄仁杰：没有其他证据之前，你有最大的嫌疑。带走！

几名侍卫架着阿史那拉的胳膊带走了他。

旁边酒桌上几个凶神恶煞的壮汉摸了摸桌子上的剑，准备动手。

阿史那拉向他们使了个眼色。

壮汉们按兵不动。

272

22. 大理寺大牢　内　日

阿史那拉昏睡着被绑在柱子上。

一盆冷水泼到了他的脸上。阿史那拉惊醒。

狄仁杰拿着金色的牡丹花瓣看向阿史那拉。

狄仁杰：说，是谁指使你们行刺陛下的？

阿史那拉：我听不懂你在说什么。

狄仁杰：我现在怀疑你刺杀陛下！

阿史那拉：陛，陛下，我怎么会刺杀陛下？

狄仁杰拿出一片金色的牡丹花瓣。

狄仁杰：这种金色的牡丹只有你金翎国有，你还怎么狡辩？

狄仁杰一把撕下了阿史那拉外面的衣服。阿史那拉里面一身异域装扮。

叶飞：还说你不是金翎人，现在你无话可说了吧？

阿史那拉：什么？就算我是金翎人，你们也不能仅凭这片牡丹花瓣就认定我是凶手吧？

23. 狄仁杰房间　内　夜

狄仁杰手里拿着金色牡丹花瓣沉思。

叶飞：大人，莫非您也觉得阿史那拉是凶手？

狄仁杰：现在还不能妄下结论。但如今金翎国在我国边境烧杀抢掠，这个金翎人混入神都，一定另有所谋。

叶飞：大人，在这之前您怎么知道他是金翎人？

狄仁杰：他虽然打扮模仿我们，但是腰间配饰，喝酒习惯，还有万花楼里那几个大汉，都有金翎国的标志。

闪回万花楼细节片段。

狄仁杰：而金翎国的人被我们带走，那几个护卫竟然无动于衷。想必，他们还会有更大的计划。

叶飞：什么计划？

狄仁杰想了一下，摇了摇头。

狄仁杰：什么计划我还不知道。但是目前有一个人，非常可疑。

叶飞：谁？

24. 万花楼金牡丹房间　内　夜

狄仁杰坐在金牡丹房间里。

金牡丹笑着为狄仁杰倒水。

金牡丹：狄大人，我还没有来得及感谢您，这么快就见到您了。

狄仁杰一把抓住了金牡丹的胳膊。

金牡丹吓了一跳，随后很快笑容满面地拿开了狄仁杰的胳膊。

金牡丹：本以为大人不解风情，想不到还这么心急呢。

狄仁杰（拿出金色牡丹花瓣）：这片牡丹花瓣，是你放在阿史那拉身上的？

金牡丹：大人又是如何断定的？

狄仁杰：金色牡丹虽然为金翎国所有，但是这上面却有脂粉。阿史那拉不会蠢到带着杀人工具出来喝酒，更何况还是带了脂粉的牡丹花。

金牡丹：狄大人果然名不虚传。这金色牡丹花瓣的确是有人托我放到那人身上，但是我也不知为何。因为收了别人好处，所以只好照做。

狄仁杰（激动地站了起来）：是谁让你这么做的？他人在哪？

金牡丹：这个我不知道。只记得她是位姑娘。

狄仁杰：姑娘？

金牡丹点了点头。

狄仁杰（OS）：此人嫁祸给阿史那拉，又让我怀疑金牡丹，目的何在？

25. 皇宫　内　夜

一个黑衣人潜入皇宫，背了一个包袱逃走。

26. 藏宝室　内　夜

一个太监打开宝盒，发现盒中是空的，大喊。

太监：国宝被偷了，快来人哪！

27. 皇宫　内　夜

黑衣人在皇宫内上蹿下跳，不一会儿消失在夜色中。

28. 狄仁杰房间　内　夜

外面的天还没有亮。

狄仁杰正在床上睡觉。

外面传来一阵敲门声。

狄仁杰（起身）：谁？

叶飞（OS）：大人，昨晚曼殊国赠送的宝物在宫里丢失了。

狄仁杰（下床）：什么？

29. 皇宫大殿　内　日

大殿上大臣们议论纷纷。

大臣甲：听闻昨夜宝物被盗，那可是曼殊国送给我国的和平信物，如果曼殊国知道，一定会借此机会侵犯边境，这可如何是好？

大臣乙：依我看，这就是女人当政引来的祸患。

狄仁杰：大家莫要擅自揣测，如今国家内忧外患，我们更当以大局为主，抓住凶手，解除国家危机。

大臣乙：狄大人说的好听，凶手你还没抓到啊？

大臣乙哈哈大笑。

武曌满面愁容地走过来，坐在大殿上。

大家纷纷行礼。

武曌：狄卿。

狄仁杰：在！

武曌：朕命你早日抓到盗窃宝物的凶手，追回宝物！

狄仁杰：是！

30. 狄仁杰家外　外　日

狄仁杰和叶飞在外面走路。狄仁杰边走边思考。

叶飞：大人，这杀人案还没破，现在陛下又让您查这宝物丢失案。万一都查不出来，您有几个脑袋让她砍啊？

狄仁杰：想必陛下和我想得一样。

叶飞：什么一样？

狄仁杰：两案之间，或有关联。

叶飞思考了一会儿，看狄仁杰已经走远，赶紧追了上去。

叶飞：什么，什么关联啊？

狄仁杰神秘地笑了一下，继续往前走。

31. 大理寺大牢　内　夜

牢房里阴暗潮湿，旁边用干草铺了一张床。

阿史那拉嫌弃地拎了拎干草。

阿史那拉：这地方能住人吗？

阿史那拉跑到了门前，用手晃动栏杆。

阿史那拉：来人，来人哪！

突然，一帮黑衣人打晕了大牢里的守卫，为阿史那拉打开了牢门，拉着他往外走。

黑衣人：大人，我们来救你了。

阿史那拉：太好了！宝物安全拿到了吗？

黑衣人点了点头。

黑衣人架着阿史那拉往外走。

黑衣人：大人，宝物如何处理？

阿史那拉：把宝物带到万花楼，无影和秋灵会在那里负责一起转移宝物。

黑衣人点了点头。

一帮大理寺的守卫冲进来。

阿史那拉躲在黑衣人的后面。

阿史那拉：快，保护我，离开这里！

黑衣人揭下面纱和面具，露出狄仁杰的脸。

阿史那拉惊讶地看着狄仁杰。

阿史那拉：你，怎么是你？我被你骗了！

叶飞向狄仁杰竖起了大拇指。

叶飞：大人，您果然神机妙算！

狄仁杰：来人，把阿史那拉带走！

叶飞、守卫们：是！

守卫们将阿史那拉拖进大牢。

32. 皇宫御书房　内　日

武曌坐在御书房的龙椅上。

狄仁杰站在一旁。

武曌：狄卿，你我君臣二人果然想到了一处。这夺宝案和谋杀案竟然都和阿史那拉有关。

狄仁杰：陛下，谋杀案的凶手还没有确定。不过在抓到阿史那拉的时候，他的手下还按兵不动，原来就是谋划了夺宝。

武曌：皇宫守卫森严，他们必是有了内应。狄卿，你刚才提到秋灵和无影要秘密转移宝物。

狄仁杰：正是。

武曌：这么说，无影和秋灵很有可能就是暗通金翎国的叛贼。

慕容雪在一旁拱手行礼。

慕容雪：陛下，臣愿随狄大人一起捉拿叛贼！

武曌：也好。狄仁杰，你和大理寺少卿慕容雪一同去查案，找出无影。

狄仁杰：是！

33. 万花楼大厅　内　日

狄仁杰和慕容雪来到万花楼。

慕容雪：你说这阿史那拉也够执着的，在万花楼被抓，还要在万花楼接头。看来这万花楼不简单啊。

狄仁杰点了点头。

金牡丹在台上跳着妖娆的舞蹈，在她的眉间点缀着一朵花，头上戴了一朵鲜艳的牡丹花。

台下的看客欢呼。

看客：牡丹姑娘，牡丹姑娘！

万花楼大厅里喝酒划拳的声音此起彼伏。

慕容雪：这么多人，上哪里去找无影？

狄仁杰：总有办法的。

慕容雪看着台上跳着舞的金牡丹，然后看了看她头上戴着的牡丹花。

慕容雪：狄大人，我怎么看着这头牌金牡丹有点像传说中的牡丹仙子？

狄仁杰：你的意思是金牡丹就是杀人凶手？

慕容雪：不敢。办案是要讲证据的，不能妄加揣测。

狄仁杰点了点头。

金牡丹跳完舞，看到狄仁杰，走到他身旁。

金牡丹：狄大人。这位是……

金牡丹看向狄仁杰身旁的慕容雪。

狄仁杰：这位是大理寺少卿慕容雪。

金牡丹（行礼）：慕容大人好！

狄仁杰：牡丹姑娘，我想向你打听点事。

金牡丹：狄大人尽管说，我金牡丹一定知无不言言无不尽。

34. 万花楼厢房　内　日

金牡丹、狄仁杰、慕容雪坐在桌子旁。

慕容雪：牡丹姑娘，你可听说过无影和秋灵？

金牡丹想了想，摇了摇头。

狄仁杰：那可有其他可疑人物？

金牡丹（想了想）：狄大人这么一说，倒是提醒了我。有段时间，有人会身上别着一支梅花，我想那可能是他们接头的信号。

狄仁杰：多谢！

狄仁杰站起来往外走。

慕容雪跟了上去。

35. 万花楼二楼　内　日
慕容雪看到楼下的人来人往。

狄仁杰掏出一支梅花别在了衣服上。

拿着一支梅花的无影走向狄仁杰。

无影：跟我来。

36. 街上　外　日
狄仁杰和慕容雪跟着无影来到了街上。

狄仁杰：宝物在哪里？

无影：今日午时，秋灵会到万花楼找我，到时候就知道了。

狄仁杰点了点头。

37. 万花楼　外　日
万花楼里醉醺醺的客人们搂着姑娘们嬉笑玩乐。

"无影"衣服前别了一支梅花，面无表情地看着一旁。

秋灵走向"无影"。

"无影"：秋灵。

秋灵：无影。

"无影"向秋灵点了点头。

一帮蒙面杀手突然出现，拿着剑刺向秋灵。

"无影"和杀手们展开打斗。

旁边的姑娘和客人们被吓得连连后退。

姑娘们被吓得尖叫着跑走。

杀手们步步紧逼秋灵。

"无影"拉着秋灵跑出了万花楼。

38. 小巷　外　日

秋灵累得气喘吁吁，然后甩开了"无影"。

"无影"：宝物在哪里？

秋灵：你不是无影。

"无影"撕开面具，露出了狄仁杰的脸。

狄仁杰拿了一把剑架到了秋灵的脖子上。

秋灵：怎么是你？

39. 街上　外　日（闪回）

慕容雪在无影背后打他。

无影（突然回头）：你们是谁？

慕容雪和无影展开打斗。

慕容雪：不需要你知道。

无影的剑和慕容雪的剑打在一起。

狄仁杰也跑过去和无影打斗。

几个来回的打斗后，慕容雪一剑把无影刺死。

狄仁杰惊讶地看着无影，然后看了看慕容雪。

狄仁杰：我们还有很多话要问他，你怎么把他杀了？

慕容雪：不急，还有办法。

慕容雪从怀里掏出一张人皮面具，然后盖到无影的脸上，用手捏着制作人皮面具，随后把做好的人皮面具贴到了狄仁杰的脸上。

狄仁杰变成了无影的模样。

慕容雪：现在，你就是无影。

40. 小巷　外　日

秋灵：无影死了？

狄仁杰：宝物在哪里？

秋灵：我只是一个中间商。宝物在我一个买家的手里。他们要用宝物换阿史那拉。

狄仁杰（犹豫了一下）：行。等我消息。

狄仁杰放下了手中的剑。

秋灵看着狄仁杰点了点头。

41. 狄仁杰房间　内　夜

外面的树枝被风摇曳，影子映在窗户上。

房间的桌子上放着一盏灯。

狄仁杰坐在灯下看书。

突然，一个飞镖向狄仁杰飞来。

狄仁杰闪身。

飞镖扎到了旁边的桌子上。

狄仁杰取下飞镖上的一张字条。

字条上写着：城外小树林见。

狄仁杰起身跑向外面。

42. 城外小树林　外　夜

月光洒落在树林里。

树林里一片宁静，不时地传来几声鸟的叫声。

狄仁杰来到小树林。

一个女人戴着斗篷的背影背对着他。

狄仁杰：是你找我？

女人转过身，揭下头上的斗篷，露出一张清秀的金牡丹的脸。

狄仁杰：牡丹姑娘，是你？

金牡丹：狄大人，我有个消息要告诉你。两日后，御林军要押送阿史那拉面圣，途经前面那条小路。

　　狄仁杰：你怎么知道，为什么要告诉我？

　　金牡丹：我在万花楼里多多少少还是能打探些消息的。这也是为了感谢大人的救命之恩。

　　金牡丹羞答答地看了一眼狄仁杰，然后低下了头。

　　狄仁杰：多谢姑娘。如果我的事都能成功，狄某一定会为姑娘赎身，让你自由。

　　金牡丹羞答答地看了一眼狄仁杰。

　　金牡丹：如果我能自由，能够跟随大人左右吗？

　　狄仁杰：这……

　　狄仁杰尴尬地看了看四周。

　　金牡丹：好了。狄大人去忙吧。有什么需要的尽管吩咐。

　　狄仁杰：好，谢谢牡丹姑娘。

　　金牡丹：大人如果不见外的话，以后就叫我牡丹吧。

　　狄仁杰（看着金牡丹）：好，牡丹。

43. 树林小路　外　日

御林军押着囚车上的阿史那拉行驶在林中小路。

道路两旁的竹林被风吹得左右摇曳。

领头的御林军警惕地看了看四周。

几个蒙面杀手从天而降，和御林军展开了打斗。

一个黑衣人劈开了囚车，救下阿史那拉。

黑衣人杀出重围，带着阿史那拉逃跑。

44. 林中小屋外　外　夜

几个黑衣人带着阿史那拉走向树林里的小屋。

一个黑衣人拉下脸上的面巾，露出狄仁杰的脸。

狄仁杰看了看四周，然后示意手下把阿史那拉带进屋里。

几个黑衣人把阿史那拉带进屋。

不远处的慕容雪看到，偷偷溜走。

45. 大理寺　外　夜

慕容雪偷偷摸摸地走到大理寺的一个角落，看着四周无人，拿着一个小纸条绑在信鸽的腿上，然后放出信鸽。

信鸽飞出大理寺。

46. 大理寺外　外　夜

信鸽飞到大理寺外面的树林。

狄仁杰一跃而上，徒手抓到了信鸽，然后跳落在地。

狄仁杰取出绑在信鸽上的纸条，放走信鸽。

字条上写着：阿史那拉被狄仁杰带走。

47. 树林　外　日

秋灵背对着狄仁杰站立。

狄仁杰走到秋灵面前。

狄仁杰：阿史那拉我已经救下了。宝物呢？

秋灵：买家已经约好，我们在一个隐蔽的地方交易。你等我消息。

48. 客栈　内　日

狄仁杰和侍卫们带着被堵住嘴捆绑起来的阿史那拉回到客栈。

大理寺卿夏青拿着剑指向了狄仁杰的脖子。

夏青：狄仁杰，原来大理寺的内奸是你！我身为大理寺卿绝不会对你姑息！

狄仁杰：夏大人，相信我，内奸不是我。

夏青：不是你，（看阿史那拉）不是你的话，他怎么会被你救下？

狄仁杰：我另有苦衷。

夏青：你分明是和金翎国串通好的。快把阿史那拉交给我，然后跟我回大理寺投案。

狄仁杰：不，大人，您听我慢慢解释。

夏青：人都在这里，还有什么好解释的？如果你不愿意跟我走，我只好动手了。

夏青身后的侍卫们纷纷拔出了刀，和夏青一起与狄仁杰等人打斗。

慕容雪：狄仁杰，快听大人的，早点就范。

狄仁杰和夏青正在激烈地打斗。狄仁杰突然用剑刺到夏青的胸前。

夏青心脏中剑倒地而亡。

慕容雪惊讶地看着倒在地下的夏青。

慕容雪：狄仁杰，你！你居然对夏大人下手！

狄仁杰：慕容兄，如今我已经把大理寺卿杀死，虽然我难逃一死，但是你也难逃干系，不如我们用这个人换一世荣华。

狄仁杰看阿史那拉。

阿史那拉塞着嘴不断地"啊啊"乱叫。

慕容雪：狄仁杰，我才不与你同流合污！

狄仁杰：那好。既然不想与我同富贵，就共患难好了。大家看到了吗，是谁杀了夏大人？

侍卫们纷纷指向慕容雪。

慕容雪（慌张）：你们，你们一个个的……

狄仁杰：要不你帮我，咱们一起共享富贵。

慕容雪：好，算你狠！

狄仁杰朝慕容雪笑了笑。

狄仁杰：合作愉快！

49. 树林　外　日

假扮成阿史那拉的叶飞坐在马车上。

狄仁杰（OS）：你假扮成阿史那拉去交换宝物。

50. 客栈　内　日

狄仁杰（看慕容雪）：你在这里看着阿史那拉。

慕容雪：你去哪里？

狄仁杰拉了一个侍卫，给他戴上阿史那拉的面具。

狄仁杰：我带着这个假的阿史那拉去交换宝物。

慕容雪：不行。这样糊弄不了金翎人，早晚会暴露的。

狄仁杰：那怎么办？难道带他，真的阿史那拉去？

狄仁杰指着阿史那拉。

阿史那拉嘴里咿咿呀呀。

慕容雪（欲言又止）：唉，算了算了，随你吧。

狄仁杰（想了一下）：我觉得你说的也挺有道理，还是带真的去吧。

狄仁杰把阿史那拉推给慕容雪。

51. 客栈外　外　日

狄仁杰带着另一个阿史那拉走出了客栈。

52. 客栈　内　日

慕容雪拉着阿史那拉走。

慕容雪：快走！

阿史那拉"呜呜哇哇"地比画。

慕容雪：我好不容易说服狄仁杰要带你走，快点走啊！

阿史那拉依然"呜呜哇哇"地比画。

慕容雪粘上胡子，忙活了半天，恢复了起初的模样。

慕容雪：阿史那拉大人，您看清楚了，我就是无影。

阿史那拉惊讶地瞪着眼睛看着慕容雪。

慕容雪：快走！

阿史那拉拉着旁边的门框不愿意离开。

慕容雪盯着阿史那拉脖子上的一块刺青，惊讶。

慕容雪：你不是阿史那拉。你是谁？

阿史那拉挣脱开绳子。

慕容雪抽出剑和阿史那拉打斗。

打斗中，慕容雪撕开阿史那拉的面具，露出叶飞的面貌。

慕容雪：你居然是叶飞！这么说，狄仁杰带走的是真的阿史那拉。

53. 客栈外　外　日

阿史那拉（看狄仁杰）：你要把我带去哪里？

狄仁杰拉着阿史那拉走进客栈。

54. 客栈　内　日

慕容雪正和叶飞进行激烈的打斗。慕容雪招招紧逼，想要把叶飞置于死地。

倒在地上的夏青站起来和慕容雪打斗。

慕容雪惊讶地看着夏青。

慕容雪：你没死？

狄仁杰带着阿史那拉走进房间。

狄仁杰：没想到吧？

慕容雪拿着剑指向狄仁杰。

慕容雪：狄仁杰！这是怎么回事？

夏青：狄仁杰早就看出你有问题，于是让我帮他一起共同做了一个局。

慕容雪：你们——

55. 大理寺　内　日（闪回）

夏青生气地把一本书摔到了地下。

夏青：狄仁杰，你居然敢私自劫下阿史那拉。不想活了吗？还是想连累整个大理寺为你陪葬？

狄仁杰：大人莫急。我怀疑慕容雪有问题，不如大人配合我演一出戏？这次，我一定能抓住凶手。

狄仁杰附耳到夏青旁，小声对他说了一通话。

狄仁杰：到时候演得像一点。就拜托你了，夏大人！

夏青：狄仁杰，我这次是铤而走险啊！

狄仁杰：大人放心，我定不会让您有性命之忧！

狄仁杰拿了一把剑突然刺到自己。

夏青（紧张）：狄仁杰，你这是干什么！

狄仁杰笑着抽出已经缩回去的剑。

狄仁杰：此剑可以伸缩，可达到以假乱真的效果。

狄仁杰拿出一包血袋给夏青。

狄仁杰：大人到时候再把这血袋放在胸口就会天衣无缝了。

夏青微笑着点了点头。

56. 客栈　内　日

慕容雪生气地看着狄仁杰。

慕容雪：你们——

狄仁杰：慕容雪，不，无影，快束手就擒吧！

慕容雪看了看四周，破窗跳到外面。

57. 客栈外　外　日

御林军迅速集结，包围了客栈。

58. 客栈外　内　日

狄仁杰和夏青跟着跑了出去。

夏青：慕容雪，你已经被包围了，还不速速束手就擒！

御林军破门而入，重重包围住了他们。

狄仁杰：御林军，快，把无影抓住！

慕容雪：不错。快把这个通敌的叛徒无影抓住！

慕容雪指向狄仁杰。

御林军包围住了狄仁杰。

夏青（看御林军）：你们疯了吗？

慕容雪（指向夏青等人）：还有他们，都是同党，统统把他们都给拿下！

御林军包围了夏青、狄仁杰等人。

狄仁杰：没想到，他们也被你收买了。

慕容雪（一挥手）：给我上！

御林军杀向夏青、狄仁杰等人。

夏青：狄仁杰，我来断后，你快带着阿史那拉离开此地！

狄仁杰向夏青点了点头，带着阿史那拉跑出了客栈。

59. 树林　外　日

狄仁杰和叶飞拉着阿史那拉在树林里奔跑。

后面的御林军穷追不舍。

御林军士兵追上狄仁杰和他展开打斗。

眼看御林军士兵的剑刺向了狄仁杰的脖子，狄仁杰命悬一线。

金牡丹身穿轻纱，从天而降，拿剑刺向御林军士兵，狄仁杰躲闪，逃离了剑口。

金牡丹把狄仁杰护在自己身后，她拿着剑和御林军士兵搏杀。

一个御林军士兵砍伤了金牡丹的胳膊。

狄仁杰（紧张地看着金牡丹）：牡丹——

叶飞拉着阿史那拉拼命地和御林军搏斗厮杀。

狄仁杰：快撤！

狄仁杰扔了一个烟雾弹。

顿时，周围冒起了浓烟。

御林军什么也看不到，不断地用手拨着白雾。

等雾四散而去的时候，狄仁杰他们已经消失不见。

一个御林军头目：人呢？快去找！

御林军纷纷四处寻找狄仁杰等人。

60. 密林　外　日

狄仁杰带着金牡丹、阿史那拉、叶飞一行人跑着来到密林。

金牡丹捂着血流不止的胳膊虚弱地奔跑。金牡丹嘴角发白，逐渐体力不支，差点绊倒在地。

狄仁杰及时地扶住了金牡丹。

狄仁杰：牡丹，你没事吧？

金牡丹看着狄仁杰虚弱地摇了摇头。

狄仁杰看到金牡丹血流不止的胳膊，心疼地皱了皱眉头。

狄仁杰：你的伤口很深，需要及时止血。

狄仁杰从自己的衣服上撕下一截布条，给金牡丹包扎上。

金牡丹深情地看着为他包扎的狄仁杰。

阿史那拉被塞住嘴，"呜哇呜哇"地直叫。

叶飞看着狄仁杰和金牡丹咳嗽了一下。

叶飞：狄大人，下一步，我们去哪？

狄仁杰已经为金牡丹包扎好了伤口，起身。

狄仁杰：走，带着阿史那拉换宝物！

大家跟着狄仁杰一起走向密林深处的方向。

61. 河边　外　日

狄仁杰、金牡丹、叶飞带着阿史那拉来到河边。

秋灵背对着他们站在河边。

狄仁杰：人带来了，我们要的宝物呢？

秋灵转过身，看向一边。

长孙鸿从一旁笑着走了过来。

长孙鸿：狄大人好啊！

狄仁杰：怎么是你？秋灵，这怎么回事？金翎国的人呢？

长孙鸿：怎么？不欢迎我吗？昨夜我还梦到叔父长孙无忌，他要我问狄大人好呢。狄大人要不要下去陪陪他？

一对蒙面杀手冲出来，包围住了狄仁杰等人。

狄仁杰（看向秋灵）：秋灵，这是怎么回事？

秋灵走向长孙鸿旁边，依偎到了他身旁。

长孙鸿（搂住了秋灵）：她是我的人，怎么会把阿史那拉送给别人？

狄仁杰：我们快走！

长孙鸿：想走，可没那么容易！

叶飞：长孙鸿，你蓄意谋害朝廷重臣，知道该当何罪吗？

长孙鸿（仰天大笑）：哈哈哈！（长孙鸿突然表情凝滞，变得非常凶恶）这朝廷，本就不是那妖妇的朝廷！都给我上！

长孙鸿一摆手，杀手们一拥而上。

狄仁杰等人和杀手们展开了打斗。

长孙鸿把阿史那拉拉走。

狄仁杰趁机带着叶飞、金牡丹杀出重围。

62. 林中小屋 外 日

狄仁杰、叶飞、金牡丹气喘吁吁地逃到林中小屋。

叶飞关住门，看了看外面没人跟过来。

叶飞：没人跟过来，我们安全了。

狄仁杰扶着虚弱的金牡丹坐下，为金牡丹倒水。

狄仁杰：来，喝点水。

金牡丹点头看了看狄仁杰，然后喝水。

金牡丹：长孙鸿一定不会善罢甘休。

狄仁杰：现在看来，宝物应该在他手上。阿史那拉也在他手上。他
这么做的目的就是为了复仇。

金牡丹：复仇？

狄仁杰若有所思，来回走动。

狄仁杰：当年，长孙大人因反对立陛下为后，被人陷害流放，自缢
而死。想必长孙鸿对此耿耿于怀，如今陛下已经登基，朝中局势不稳，
他会趁此机会找陛下复仇。

叶飞：那这样的话陛下就危险了。

狄仁杰：所以我们得赶紧行动。

金牡丹点了点头。

63. 长孙鸿家 内 日

长孙鸿坐在家里喝酒。

桌子上摆满了丰盛的饭菜和水果。

秋灵为长孙鸿倒酒。

秋灵：主人，你终于可以为老爷复仇了。

长孙鸿猛喝一杯酒，然后把酒杯摔到了地上。

长孙鸿：叔父，我终于能为你报仇了！

64. 长孙鸿家外　外　夜

秋灵走出长孙鸿家，来到一处偏僻的道路。

一根木棍突然敲在秋灵脑门后。

秋灵被击晕，倒地。

65. 皇宫大殿　内　日

武曌端坐在大殿的龙椅上，看向大殿下的"狄仁杰"。

武曌：狄卿，朕让你查的案子有何进展？

"狄仁杰"手捧一个包装精致的盒子站在大殿下。

"狄仁杰"：陛下，杀人案臣还没有破。但是臣有一样东西要献于陛下。

武曌：哦？朕倒要看看，是何物比查案还要重要。

"狄仁杰"打开盒盖，显现出装在里面的国宝。

武曌惊讶地站了起来。

众臣们指着国宝议论纷纷。

大臣甲：是国宝。

大臣乙：他居然把国宝找回来了。

大臣丙：国宝找回，就不用担心外敌以此为借口来战了。

众臣们纷纷点头。

武曌高兴地走向"狄仁杰"。

武曌：爱卿此次立了大功，朕重重有赏。

"狄仁杰"：谢陛下！

"狄仁杰"举着国宝，低着头用余光看着武曌向他越走越近。在他的袖口里突然掉落出一把尖刀。"狄仁杰"拿着尖刀刺向武曌。

众大臣惊讶。

武曌吓得脸色苍白。

关键时刻，真正的狄仁杰一脚踢飞了尖刀。

武曌指了指"狄仁杰"，又指了指狄仁杰。

武曌：你，你……

大臣们：怎么两个狄仁杰？

狄仁杰指着"狄仁杰"。

狄仁杰：他是慕容雪，实际身份就是无影。

武曌：快，来人，快抓住他！

"狄仁杰"大笑，撕开了面具，扔到了地下，露出了慕容雪的真面目。

御林军围住了慕容雪。

慕容雪看了看武曌旁边的宫女，给她使了一个眼色。

宫女从衣袖里掉落一把尖刀，迅速地挟持住了武曌。

大臣们惊慌失措。

狄仁杰：陛下——

慕容雪：哈哈哈。没想到吧，她才是秋灵。

武曌（惊慌）：你们要什么，朕都给你们。

秋灵挟持着武曌慢慢走向慕容雪。

狄仁杰：无影，秋灵，你们快点放开陛下，你们到底想要什么？

慕容雪：快准备一辆马车，让我们速速离开皇宫。

狄仁杰：是谁指使你这么做的？

慕容雪用手指指向武曌。

慕容雪：这个，你要问她！当年，都是因为她，害得长孙无忌，也就是我的师傅自缢而亡。这么多年，长孙鸿和我一直谋划，今天，终于如愿以偿了。哈哈哈！

狄仁杰：长孙鸿在哪里？

慕容雪：此时，他自然是在宫外等着面见陛下。快，给我准备辆马车!

秋灵的刀又离武曌的脖子近了一些。

武曌（紧张）：快，快去准备。

秋灵挟持着武曌，慕容雪跟随在旁边，慢慢地走出大殿外。

狄仁杰和众人也跟着走出去。

66. 宫外　外　日

秋灵、慕容雪挟持着武曌来到了宫外。

狄仁杰和御林军和他们保持着一定的距离紧紧地跟随。

长孙鸿从一边小巷走出来，哈哈大笑。

长孙鸿：武曌，没想到，你也有今天。

一辆马车停在了宫外。

慕容雪：狄仁杰，你们快退下，我们要上车了。

挟持着武曌的秋灵却突然把刀插到了慕容雪的胸口。

慕容雪口吐鲜血，惊讶地看着秋灵。

慕容雪：这是怎么回事？

秋灵揭开了她的面具，露出了金牡丹的面貌。

慕容雪：你，金牡丹。

长孙鸿见势不妙，迅速地走向武曌。

没想到，武曌却从衣服里掏出一把刀，身手矫捷地和长孙鸿展开打斗。

马车上也跳出几个带剑的御林军，把长孙鸿团团围住。

长孙鸿惊讶地看着眼前的一切。

又一个穿着雍容华贵的武曌从皇宫走出。

武曌：好久不见，长孙鸿。

另一个会武功的武曌撕下脸上的面具。

长孙鸿：没想到，算来算去，还是被你们算计了。狄仁杰，不妨告诉我你们是怎么看出来破绽的，也好让我输得心服口服。

狄仁杰：好。我首先来到皇宫，发现御花园里并无异样。可是案发当天，就连陛下都说看到了牡丹仙子。于是我仔细勘察，发现了金翎国独有的一样东西——迷魂香。

67. 皇宫御花园　外　日（闪回）

狄仁杰在御花园查看四周，发现没有异样。他走到御花园里，从地上捏了一撮土，放到鼻子下面闻了闻，随后皱了皱眉头。

68. 宫外　外　日

狄仁杰：这种迷魂香在使用者的引导下，会令当事人产生幻觉，从而出现了牡丹仙子的假象。苏大人和周大人也是为这种迷魂香所害。为了掩人耳目，你们把这种迷魂香做成胭脂水粉，送给牡丹姑娘。在牡丹姑娘跳舞时，迷魂香挥发，被苏大人和周大人吸入，然后在他们外出时使其毒性挥发，最后你们再下毒手。

长孙鸿鼓着掌哈哈大笑。

长孙鸿：狄仁杰啊，狄仁杰，没想到，这一切还是都被你看破了。不过，就算你再聪明，今天这一关，你是过不了了。

武曌：长孙鸿，死到临头，还说什么大话！还不快束手就擒！

长孙鸿：死到临头的是你吧！

长孙鸿手指向武曌，然后向大家撒了一把粉末。

突然，从城墙降落下来一拨刺客。

狄仁杰：快用鼻子捂住嘴和鼻子，护送陛下回宫！

侍卫们护送着武曌迅速地跑到宫门内。

侍卫：狄大人，快点！

狄仁杰头痛欲裂，捂着头痛苦地看着宫门。

狄仁杰：快关门，保护陛下！

侍卫们把门关住。

阿史那拉出现。

阿史那拉：狄仁杰，我看你这次往哪里跑！你的死期到了！

狄仁杰的眼睛开始模糊，眼前出现幻象。

牡丹仙子拿着剑出现，飞着向狄仁杰刺去。

一群杀手也团团围住了狄仁杰。

狄仁杰眼光涣散地看着他们，来不及躲闪。

突然一把剑挡住了牡丹仙子的剑。

狄仁杰清醒过来时，发现金牡丹拉住自己退到了远处。

长孙鸿（恼怒）：牡丹，你这是要反了吗？

金牡丹把一大瓶解药塞给狄仁杰。

金牡丹：狄大人，这是解药，快走！

狄仁杰（看金牡丹）：我走了，你怎么办？

金牡丹：不要管我，快走！

金牡丹一把把狄仁杰推开。

狄仁杰拿着解药跑向宫门。

69. 宫内　外　日

狄仁杰把解药拿给侍卫们。

狄仁杰：快！把解药拿给陛下！其他的分发给大家。

70. 宫外　外　日

金牡丹正和杀手们打斗。

杀手们依次在金牡丹的身上划下一道道刀痕。

金牡丹身上已经伤痕累累，她虚弱地被杀手们一遍遍用剑刺。

狄仁杰带着御林军赶到，看到金牡丹。

狄仁杰：牡丹——

金牡丹回头看到狄仁杰，虚弱地一笑，身体往下倒。

御林军迅速地跑过去，和杀手们打作一团。

阿史那拉和长孙鸿见势不妙，正准备溜走，却被御林军们团团围住。

狄仁杰迅速地跑过去，接住了即将倒地的金牡丹。

金牡丹嘴里流着鲜血，虚弱地看狄仁杰。

金牡丹：大人，对不起，是我骗了你。

狄仁杰含着泪看着浑身是血的金牡丹，抚摸着她流血的脸。

狄仁杰：别说话，我这就带你去看太医。

金牡丹（摇了摇头）：来不及了。大人，你一直都知道我是他们的眼线对吧？

狄仁杰哽咽着点了点头。

金牡丹：那你为什么不揭穿我？

狄仁杰：我知道，你一直在帮我，是不会害我的。

金牡丹（微笑着点了点头）：就连我会武功你都没有问过我，我想你一定知道了。我多想和你一起漫步山间，看过所有的人间美景。可惜，我没机会了……

金牡丹开始剧烈咳嗽，并吐出一大口鲜血。

狄仁杰（哽咽）：牡丹，别说了。一定会的，一定会的。

71. 皇宫大殿　内　日

身穿龙袍的武曌正坐在大殿的龙椅上。

众大臣站立在下面。

武曌：狄卿，这次多亏了你破了奇案，又活捉了阿史那拉，拿下了重要的筹码，为击退金翎国做了很大的贡献。朕该给你什么赏赐好呢？

狄仁杰：陛下，臣斗胆想请假一月，云游四方。

武曌：哈哈哈。朕准了，赐狄仁杰黄金万两，良马一匹。去吧。

狄仁杰（行礼）：谢陛下！

72. 田间小路　外　日

狄仁杰和金牡丹各骑了一匹马奔驰在田间小路上。

金牡丹回头向狄仁杰微笑。

金牡丹跳下马。

狄仁杰也跳下马。

两人牵着马并肩齐行。

金牡丹：多亏了大人不仅救回了我，还制造了我的假死，让我远离那些是非。

狄仁杰：我答应过你，一定带你看遍这人间美景。

金牡丹深情地看着狄仁杰，两人相视而笑。

（剧终）